你微笑时很美

1

青浼／著

图书在版编目（CIP）数据

你微笑时很美. 1 / 青浼著. -- 北京：西苑出版社，
2021.6
ISBN 978-7-5151-0798-1

Ⅰ.①你… Ⅱ.①青… Ⅲ.①长篇小说－中国－当代
Ⅳ.①I247.5

中国版本图书馆CIP数据核字(2021)第079694号

你微笑时很美1
NI WEIXIAO SHI HENMEI 1

责任编辑	汪昊宇　刘崴
装帧设计	沈鸿　富贵　张强
责任印制	荆永华
出版发行	西苑出版社
地　　址	北京市朝阳区和平街11区37号楼　邮政编码：100013
电　　话	010-88636419
印　　刷	北京盛通印刷股份有限公司
开　　本	787mm×1092mm　1/32
字　　数	221千字
印　　张	10.75
版　　次	2021年6月第1版
印　　次	2021年6月第1次印刷
书　　号	ISBN 978-7-5151-0798-1
定　　价	45.00元

（图书如有缺漏页、错页、残破等质量问题，由印刷厂负责调换）

主要人物介绍

童　谣	ZGDX 战队现任中单
陆思诚	ZGDX 战队现任 AD 兼队长
简　阳	CK 战队现任打野，童谣前男友
艾　佳	YQCB 战队现任中单，陈今阳男朋友
陈今阳	艾佳女朋友，童谣闺密
明	ZGDX 战队前任中单，现任数据分析师
老　猫	ZGDX 战队现任上单
老　K	ZGDX 战队现任打野
小　胖	ZGDX 战队现任辅助

主要人物介绍

小　瑞	ZGDX 战队经理
陆　岳	ZGDX 战队替补中单，陆思诚弟弟
好运来	CK 战队现任上单
小　花	CK 战队现任中单
蝴　蝶	CK 战队现任 AD
老　王	CK 战队现任辅助
教　皇	YQCB 战队现任 AD，陆思诚好友
凉　生	YQCB 战队现任辅助兼队长
阿　太	TAT 战队现任中单

技术名词解释

Counter	克制
Buff	增益状态
Carry	指带领队伍获胜
GANK	指敌人的偷袭、包抄、围杀等行动
OB	在线观赛系统
RANK	排位赛
惩戒	召唤师技能,对野区怪物造成大量伤害,通常是打野携带
传送	召唤师技能,可从当前位置传送到地图内任意拥有己方视野的位置

目录

第一章	/ 001 /	第 十 章	/ 077 /
第二章	/ 007 /	第十一章	/ 083 /
第三章	/ 015 /	第十二章	/ 089 /
第四章	/ 025 /	第十三章	/ 097 /
第五章	/ 033 /	第十四章	/ 105 /
第六章	/ 041 /	第十五章	/ 115 /
第七章	/ 049 /	第十六章	/ 123 /
第八章	/ 059/	第十七章	/ 131 /
第九章	/ 067 /	第十八章	/ 139 /

第 十 九 章	/ 147 /	第二十八章	/ 251 /
第 二 十 章	/ 163 /	第二十九章	/ 259 /
第二十一章	/ 173 /	第 三 十 章	/ 269 /
第二十二章	/ 185 /	第三十一章	/ 281 /
第二十三章	/ 197 /	第三十二章	/ 295 /
第二十四章	/ 209 /	第三十三章	/ 303 /
第二十五章	/ 221 /	第三十四章	/ 313 /
第二十六章	/ 233 /	第三十五章	/ 325 /
第二十七章	/ 245 /		

第一章

"谣谣,我和艾佳分手了。"

童谣打开微信,就看见好友今阳发来的信息,她先是愣了三秒,然后摸过桌子上放着的饼干塞进嘴巴里压了压惊,想了想回复道:"为啥分手啊?"

"高攀不上。"

四个字冷冰冰地甩到脸上,童谣盯着看了很久,半晌"哦"了一声,然后才反应过来,她再"哦"多少次手机那边的人也听不见。

今阳的男朋友艾佳是个《英雄王座》职业选手,也就是人们口中的"电竞选手"。在早些年电子竞技被国家正式承认为体育项目之后,这些电竞选手,不论是待遇还是曝光率都被拔高了一个档次。

虽然大多数打职业的都是一些少年,思想简单,只要有一台电脑就可以愉快地生存下去,但是如果和他们谈恋爱,大概和明星谈恋爱也没多少区别。

"早就说了当初就不要答应那个家伙啊!"

童谣又抓了块饼干塞进嘴里,暂时不知道怎么回复大概还在气头上的朋友,所以她干脆点开了电脑桌面上《英雄王座》的游戏图标。

界面都是韩文的,她最近都在打韩服,因为韩国的电竞行业发展更成熟,所以相比来说,韩服的高手也就更多,于是全世界的职业选手都在往韩服里挤。

童谣曾经也遇见过几个。

她登录游戏,还没正式开始排队等待匹配对手,左下角就跳出一个对话框,是一个英文的ID。童谣微微眯起眼想看看这人说的什么,结果发现对方开门见山地来了一句——

"Hi, friend, would you like come to China play game?"

童谣叼着块饼干笑出了声,顺手回复:"wo shi zhong guo ren(我是中国人)。"

对方沉默三秒,然后发过来一大串"hahaha(哈哈哈)"。

"ni da de bu cuo(你打得不错), duo da le(多大了)? yao bu yao lai da zhi ye(要不要来打职业)? wo shi ZGDX zhan dui de(我是ZGDX战队的)。"

童谣盯着屏幕上某四个字母看了很久,半响才"啊"了一声,在厨房忙碌的童谣母亲吓了一跳,举着菜刀冲进来:"干吗干吗!有蟑螂?"

"妈,有人找我去打职业!"童谣指着电脑屏幕说,"是个很有名的战队,总部在上海呢!"

童母"哦"了一声,没有表现出任何的情绪波动:"我上星期也接到电话说我在超市买鱼的结账订单抽奖中了辆劳斯莱斯。"

童母盯着女儿的脸,问道:"你怎么这么好骗?还打职业?不读书啦?玩个破电脑都上天了你?暑假作业写完了没?"

"大一哪有什么暑假作业……"童谣一边说着一边扭过脑袋看了看屏幕,愣了一下说,"他们说年薪六十万,比赛奖金另算,如果不满意,还可以谈。"

童母说:"你给他联系方式。"

"不是说骗子吗?"

"骗子会说六百万。"

"可能这是个不那么浮夸的骗子。"

"你把电话号码给骗子一下也不会少块肉。"

"不是说好了还要读书吗?"

"休学啊,赚完六十万再回去读。"童母举着菜刀上下挥舞,"给他电话。"

仿佛童谣敢说个"不",下一秒那个菜刀就会插在她的门上。童谣摇了摇头,转过头想了想,于是在电脑上打下一行字——

"Sorry(对不起),wo shi nü de(我是女的),da bu liao HPL(打不了HPL)。"

HPL是《英雄王座》职业联赛中国大陆赛区的缩写,整个赛区十二支队伍,ZGDX战队在里面属于上游队伍,明星选手很多,国内外粉丝一大票,比今阳的男朋友——前男友艾佳所在的

YQCB战队还要厉害。

童谣也喜欢这支队伍，有这支队伍的比赛她都会关注。

最开始看见这支队伍的人来联系她，她还真的挺高兴的，但是眼下似乎别的都不是问题，问题在于——

她是女的。

除了去年北美赛区接纳过一名女性职业选手，放眼全世界各大赛区，似乎还没有第二个姑娘站上过那个耀眼的比赛舞台——当初北美赛区搞这么一出，在圈内也是引发了一次小型"地震"。

童谣抹了把脸，看了眼对话框，发现对方没有回复她，她也知道估计是没有下文了，心中说不上是失望还是别的什么，顿时也没有打游戏的心情了。她正准备关掉对话框，这时候又看见对方发来——

"Girl is OK（女生没问题的），xiao jie jie（小姐姐），lai gao ge da xin wen ba（来搞个大新闻吧）！"

童谣突然觉得三毛钱英语也蛮可爱的。

本着"哪怕你是骗子好歹让我开心了一下我也认了"的乐观心理，童谣将自己的手机号发给对方，然后下了游戏。

这个时候，她发现自己的微信信息栏已经被塞爆了——

"他就知道打游戏，打个屁游戏，游戏比女朋友还重要，我说我今天心情不好，你猜他怎么说？'训练赛输了，我也心情不好，哭哭脸'。"

"我说我想看看你，他说好的，今晚直播开摄像头，你来看我，顺便给我送点鱼丸（直播平台小礼物）哦，么么哒。"

"我说我上课好累，他说他打游戏也好累。"

"我快气死了，你人呢！快来回答我，昨天我看见他穿了一件我没见过的衣服，还挺好看的，一看就知道不是直男审美。问他哪儿来的，说是粉丝送的！女粉你敢信？！这种人也有女粉？我能说好看吗？我必须说不好看。结果他说什么粉丝送礼物是心意，穿一下表达感谢是应该的！粉丝的心意是心意，我的心意就是狗屎？！"

"我受够这个人了，心累。"

"好不容易放假没有训练赛，让他出去吃饭还不愿意，非要在基地自行训练，我都感动了，这么努力的少年为啥还没拿冠军？老天爷你眼睛长在屁股上啊！"

"他爱键盘胜过爱我，最气的是那个键盘还是我送的。"

"连约会的内容都是打游戏。打游戏就算了，还嫌我菜！拜托，女人只要萌萌哒就好了。如果这个世界上有又萌又会打游戏的生物存在，那还有他们这些电竞选手什么事？！"

"我气死了！"

童谣一边看一边狂笑，笑到最后她都不好意思了，正懒洋洋地在输入框里输入"要乐观，出来请你吃大餐"，这个时候，对方突然又跳出来一行字——

"谣谣，如果是你，你会选择怎样好好地和这些职业选手谈恋爱？"

童谣停下手上打了一半的字,想了想,将它们全部删掉,然后她沉默了一下,像是一瞬间想到了些什么,嘴角边的笑容收敛了。她垂下眼认认真真地打下一行字——

"如果是我,我不会和职业选手谈恋爱。有那耐心,我怎么不去考清华、北大?"

第二章

俗话说得好,电子竞技没有爱情。

深深地意识到这一点,还要从童谣刚刚接触这款游戏时说起。

童谣还依稀记得自己接触《英雄王座》这款游戏的理由非常简单,甚至和大部分在玩这款游戏的小姑娘一样,无非就是因为另外一个人沉迷这个游戏,而她喜欢他。

那个暑假,虽然是住在隔壁,只隔着一条走道这么近的距离,但是暑假过了一半,童谣才发现自己似乎根本没来得及和那个人说上几句话。于是某一天,她敲开了隔壁的门,发现她喜欢的那个家伙正坐在电脑前面疯狂地打某个游戏,童谣跟他搭话他也不理不睬。于是她绕到他的电脑旁边,看了看他正在操作的游戏技能栏,趁着他不注意,伸出手摁下某个键——

少年"啊啊啊"了几声。

屏幕中,少年正在操作着的人物"嘭"的一下往外蹿出一小段距离,冲进一堆红色的名字里,然后彩色的屏幕变成了黑白的。

童谣"嘿嘿"一笑,对视着那双对自己怒目而视的眼睛。片刻,她转身搬过一个板凳在少年的身边坐下来,正好看见他飞快地在游戏里打字:"不好意思啊,女朋友闹。"

童谣的眼都笑得眯成了一条缝,她伸出手戳了戳这个一脸不满却敢怒不敢言的少年,缓缓道:"简阳同学,玩得那么开心,也教教我,我陪你一起玩啊。"

"嗯?"简阳转过头来,"就你?"

"对啊,就我。"童谣直起腰,微笑道。

至今童谣还记得,简阳一脸无奈地退出了游戏,然后用童谣的QQ登录游戏建立了一个新号。他不情不愿地挪开屁股,让童谣坐在他的位置上握住鼠标,站在她的身后温和又耐心地给她一点点解释:"这是一个推塔游戏,地图上分成三条路,你只用记住,把这三条路上的塔推光,再推上对方的基地,推掉最后的大水晶就算赢了。"

游戏进入选角色画面——

"我选哪个?哪个好看选哪个,行吗?"

"别别别,你别乱来!哎呀,你就选个辅助,就辅助——看见那个穿蓝色盔甲的大块头没?就他了。"

"这么丑。"

"你长得好看就行了。"

"你这孩子真会说话,什么叫辅助?"

"这游戏不是分三条路吗?五个玩家分别走不同的路,一个在野区跑来跑去刷野怪升级的玩家,叫'打野';一个走上面那条路的玩家叫'上单';一个走中间那条路的玩家叫'中单',下面那条路——"

"下单吗?"

"叫'ADC'。"

"通常下路是两个玩家一起,因为ADC担任全队的主要输出位置,所以前期发育很重要,这时候就要有人来保驾护航了。喏,就是辅助。"

"听上去好像没我什么事,是不是一般选了辅助位置就可以切屏出去刷微博了?"

"刷你个头,没看见野区地图一片漆黑吗?辅助要负责当队友的眼,使用游戏的视野装备去种蘑菇似的照亮地图。"

"这么麻烦!有没有那种不用跑来跑去,爆炸输出,存在感很强,又不用跟别人挤一条路搭档,避免因太菜了而被骂的位置?"

"有啊!"简阳努了努嘴,指指屏幕正中间说,"中单喽!"

于是,童谣就成了一名中单玩家。

简阳是个打野玩家,他俩一起玩的时候,简阳这个打野就像是住在中路一样,不管其他两路怎么疯狂发信号请求帮助,他都不知疲倦地在中路晃来晃去,骚扰对面,给童谣建立线上优势。

简阳管这个叫"中野联动"。

后来童谣稍微懂了一点,才明白过来这不叫"中野联动",这叫"带妹基本法则"。

刚开始的时候,童谣总要简阳来帮她,简阳稍稍走开一下,她就会立刻死在敌方魔爪之下，大呼小叫着"我死了""我又死了""我怎么又死了""简阳你再刷野怪不来中路，你就没有女朋友了"，然后在一次次的"躺尸"中，童谣终于渐渐上手。

游戏满级三十级，三十级后就可以打排位赛了。

排位是判定一个人游戏水平高低的基本系统，段位由低至高分为青铜、白银、黄金、白金、钻石，每个分段分别有五个段位。规则很简单，打赢一局排位赛，系统会增加十分到三十分不等的胜点，输了就会扣此范围内的胜点。当胜点累加到一百点，玩家进行五局三胜的晋级赛，晋级赛成功就可以升至下一个段位。

只是钻石一段晋级赛后，再往上就不再细分段位，只是无上限累加胜点的"大师"，而每个服务器胜点积分前两百名的是代表着巅峰的"最强王者"。

简阳是这个游戏高手最多的电信一区艾欧大陆的最强王者，是去网吧上机都有广播公告"电信一区艾欧大陆最强王者×××在本网吧第十七号机上机了"的那种稀有动物，所以他可以带着童谣这个傻兮兮的新人在中路虐天虐地虐空气。

日子一天一天过去，满级的那天，童谣兴奋得一晚上没睡好觉，第二天早上爬起来第一件事就是去敲简阳家的门，嚷嚷着让他带自己打排位——看着简阳打开门一脸茫然的样子，童谣自己也瞬间茫然了。她惊恐地发现自己也成了游戏少女……于是那一个暑假，童谣和简阳靠在召唤师峡谷（游戏地图名字）约会度过了整个暑假的后半段。

暑假结束的前几天，童谣咬着一袋酸奶敲开隔壁家的门。简阳打开门后,她的第一句话是:"今天不打游戏,我们来写暑假作业吧!"

然后她抱着一堆作业本,挤开简阳进了屋子,来到简阳的房间里。还没来得及放下作业本,她就看见床上打开的行李箱,里面刚收拾了几件衣服。

童谣觉得莫名其妙,转过身问简阳:"你要出去?快开学了你还到处浪?作业不写了啊?你别拖拖拉拉浪到马上开学了又哭唧唧地求我帮你写——"

"童谣。"

"嗯?"

简阳停顿了下,片刻后,他像是下定了某种决心似的说:"我不回学校了。"

"什么?"童谣愣了下,还以为自己的耳朵出了毛病。

"有个职业战队的经理看上我,让我去上海试训,顺利的话就留在那儿打职业了,我爸妈已经同意了。"简阳微微蹙眉,抬起手挠挠头,"你也知道我学习不怎么样,哪怕考个三流大学出来也不知道做什么。我喜欢打游戏,我觉得我能在这方面走得更远。"

这就是童谣第一次听到关于《英雄王座》职业联赛相关的事情,而这个"第一次"并没有给她带来多么愉快的印象,她觉得这破游戏抢走了她喜欢的人,简直不可理喻。

几天后,童谣开学,简阳还是去了上海。再几天后,简阳告诉童谣他顺利通过试训了,先在那个国内一线战队做替补,然后某一天,他终于盼来了第一次上场比赛的机会。

那次比赛，简阳所在的队伍不仅赢了，而且赢得很漂亮，那段时间那个战队的首发打野状态不好，所以简阳几乎坐稳了首发位置。

当天，他兴奋地跟童谣说了一晚的话，几乎没停过，童谣一边听他说，一边在网上搜关于简阳的评论，贴吧、微博、APP，铺天盖地的评论都在惊叹这个YANG从哪儿来的，真的好强啊。

童谣心想，哎呀，我男朋友成明星了。

后来她男朋友就真的成明星了——

简阳每天要么有比赛，要么有训练赛。童谣早上八点发的微信他晚上八点才回，第一句话一定是"抱歉，刚才在训练没看见"。

两个人聊天的时间越来越少，白天童谣上课，简阳睡觉。

童谣放学时简阳刚刚起床，两人匆匆聊两句，简阳就去训练赛或者开直播完成直播任务了，童谣准备睡觉的时候，简阳正打电话叫外卖吃晚餐……

当简阳变成人们口中的"阳神"时，简阳和童谣也成了完全的时差恋加异地恋。

最后到底是谁先受不了谁，童谣也不记得了，总之就是两个人大吵一架，以悻悻分手收场。

那一段时间，童谣基本不再关注职业联赛，埋头打自己的排位，从一个白银选手慢慢爬，到黄金，到白金，到钻石……

后来童谣上了大学，认识了些朋友，也换了个ID。然后某一天，她登上了《英雄王座》电信一区最强王者分段积分第一名。

至此，那个暑假少女对着少年大呼小叫"你再刷野不来中路你就没有女朋友了",仿佛已经是时隔很远的事了。

直到现在——

"童谣!"

"……"

"童谣!嘿,回神了!想什么呢?!"

ZGDX战队经理拍了拍手,将思想跑得很远的童谣叫回了神。童谣猛地回过神来,便看见对方笑眯眯地对着她伸出手:"欢迎你加入ZGDX战队!"

童谣一脸茫然地伸出手跟对方握了握。

ZGDX战队的现任中单明神是个老选手,这些年越发力不从心,所以准备打完今年的春季赛干脆急流勇退——听说退役的公关稿都准备好了,就等着春季赛总决赛当天宣布。

于是,这会儿ZGDX战队急着找个备胎,就找上了童谣——据说,在正式找上童谣之前,ZGDX战队的数据分析师在游戏的观赛系统观察她好几天了,数据分析师对她很满意,甚至觉得她连试训部分都可以直接省略……至于ZGDX战队的负责人从上海坐飞机来到童谣的城市,约她还有她的父母见面,到最后以年薪八十万外加保证夏季赛首发位置的合同签下童谣,这整个过程都是完全没有对外公开的。

甚至就连童谣自己拿到合同并在上面端端正正地签上自己的名字时,她整个人还有些茫然。

她真的没想到,有一天她也会站到那个曾经对她来说非常非常遥远的舞台上。

而此时此刻——

握完手,战队经理坐回他的位置,看着童谣笑着说:"虽然先不急着入队,不过下周三就是我们队伍和CK战队的春季赛总决赛了,你要不要干脆来看一下?提前看看你的队友也好,包机票和总决赛第一排门票哦!"

"和哪个队比?"

"CK战队。"

"哦。"童谣木着脸缓缓点了点头,"好,我去。"

CK战队,就是简阳所在的战队。

曾经这个队伍的比赛童谣一场不落、如数家珍。如今,她只想去现场坐着,然后看她未来的队友们如何将他们踩爆。

那张沮丧的脸啊……她想想都开心。

第三章

和ZGDX战队签完合同的当周周末,童谣就坐上了前往上海的飞机。上飞机之前,坐在候机厅里的她只干了两件事——

第一件事是发了个微信给朋友今阳,告诉她自己要去上海打职业联赛了,她童谣要做电竞花木兰。

第二件事是发了个微博,告诉经常看她直播的粉丝们,她准备到上海去看今年的春季赛总决赛,并说得清清楚楚:"ZGDX战队加油!"

童谣的微博一发,ZGDX战队官方微博就转发了,配字"谢谢smiling大大的祝福!期待和你见面",这个突如其来的小小互动让童谣的粉丝们兴奋了起来,纷纷留言:

"女神,你啥时候和运营商队有了'不可描述'的关系啊?"

"真的吗?你要去看比赛!我也去!我要去蹲着猜猜看哪个是你!"

"好开心啊!smiling和我喜欢一个战队!答应我一定要搞到

诚哥的签名,好吗?"

"运营商队给包机票吗?毕竟有钱,记得让他们给你买商务舱啊……"

童谣平常在学校没课或者放假闲着无聊时会开一下直播,打打游戏或者唠唠嗑,赚点零用钱——和别的女主播不一样的是,她从来不开摄像头,但是因为本身是女的,打的又是国服、韩服王者段位的高技术排位,所以这些年也攒下了一些粉丝——粉丝不多,也就三五万人,平时发微博有几十条回复就了不起了。眼下大概是ZGDX战队的官方微博转发了的缘故,童谣这条要去看春季赛总决赛的微博刚发出去不到十分钟,留言就突破了三百条。

"去看个比赛还特地发个微博,无聊!有本事你去打比赛啊?直播都不敢开摄像头,真是害怕见光死啊!"

当然,也是因为不开摄像头的关系,自年初另外一个同样是女生的王者段位主播被曝出代打丑闻以后,围绕着童谣说她是让别人代打的话题便从来没有停下来过——比如现在,微博底下就有人恶意嘲讽。

童谣撇撇嘴,盯着这条微博看了一会儿。这个时候广播提示她的航班已经开始登机,童谣笑了笑,顺手回了他一个微笑外加"对啊!你不知道女人屁大点事都喜欢发微博吗?就是这么可爱",然后淡定地退出了微博。

手机振动,电话响了——

一看来电提示,是今阳。

童谣几乎能想到对方会说什么,于是想假装自己已经准备登机没看见,结果电话响了两声就挂断了。还没等她松口气,那边的微信已经飞了过来——

"你给我接电话!装什么不在?我看到你发微博了!三十五秒前还在跟人家互喷!"

唯恐下了飞机就变成了没有朋友的人,童谣主动将电话打了过去,并虚心聆听她的好友如何在电话里咆哮——

"去你的电竞花木兰!"

"我男朋友打比赛,我闺密也要打比赛,以后我在看比赛的时候人家问我看啥呢,我就说看我男朋友和闺密,人家不把我当神经病才怪!"

"你在哪儿呢?难道真的已经在飞机上了?你给我下来!我要去劫机!"

童谣花了很长的时间安抚她这个最近对"电竞选手"四个字深恶痛绝的好友的情绪,直到空姐温柔地提醒她飞机即将起飞,她才准备挂电话。只是挂电话之前,一直很激动的今阳突然沉默了一下——

童谣猜到她好像要糟。

果不其然,下一秒她就听见好友道:"你不会是为了简阳才同意打职业的吧?"

"不,"童谣说,"我为了八十万年薪而来。"

"童谣!"

"哎呀,真的没有啊!我跟他好久没说话了……最近看贴吧都在说阳神有了新女朋友,一个漂亮的女主播。"

"啥？你不就是个女主播吗？"

"漂亮，女主播。"

"别吧，虽然我看不起简阳那个渣渣，但是我没听我们艾佳提起过新女朋友什么的啊？都说CK战队不让谈恋爱……"

"总之我不是去找他的。"

"那就行了，"电话那边哼了一声，又似不放心补充道，"好马不吃回头草。记得你前两天才说过，再给你一次机会，你肯定不会跟职业选手谈恋爱的。"

"知道了，知道了。"

"如果非要谈，也只能是诚哥那种，我才会去参加你的婚礼。"

"那我婚礼你不用来了。"一瞬间想到好友口中那个"诚哥"的脸，童谣顺口答道，"诚哥明明长了一张不会爱人类的脸。"

电话那边的今阳哈哈大笑起来。

这时候，空姐第二次过来提醒她关机，童谣只好匆匆道别好友，收好手机扭头看向窗外。

此时，飞机已经逐渐加速起飞。在窗外蓝天白云的映衬下，童谣在窗户上看见了一张写满了对《英雄王座》职业联赛憧憬的傻脸……

"要矜持，"她嘟囔着拍拍自己的脸，"要冷静。"

从童谣的城市飞到上海大概要两个半小时。

下了飞机，ZGDX俱乐部派来接机的姐姐二话不说就把童谣接去了后天打总决赛的选手们下榻的酒店。

童谣还以为这是要把她介绍给未来的队友们认识了,为此还紧张了好一会儿,结果快要到酒店才知道其实不是,只是战队经理怕她小姑娘只身一人来上海受委屈,非要给她好吃好住。

至于和新队友见面,还是等到原中单明神公布退役以后再另行安排。

"挺好的,挺好的。"童谣点头如捣蒜,"我也觉得今天就见面实在太匆忙了。"

接待姐姐见她这模样也跟着笑:"我还以为你会迫不及待想要见到诚哥他们,以前那些来我们基地的训练生都这样。"

"我是想见他们,"童谣一脸耿直,"可是我今天没洗头。"

"……"

"昨天也没洗。"

童谣一脸尴尬"嘿嘿嘿"笑着,好在这时候她们已经到达目的地酒店。远远地便看见一堆媒体扛着"长枪短炮"在那儿蹲着,场面之热闹,不亚于哪个大明星即将出现的架势。

接待姐姐摇了摇头:"这些媒体不知道从哪儿打听到了明神打完春季赛就要退役的事,这会儿一个两个都跟疯了似的想搞个大新闻……"

童谣:"哦。"

接待姐姐从后视镜看了满脸麻木的童谣一眼,挑挑眉,得意地说:"这群愚蠢的人类,殊不知最大的新闻这会儿正坐在我车的后座。"

"别别别,"童谣笑嘻嘻地摆手道,"大新闻没洗头。"

两个人说话之间，只见一辆车身上印着ZGDX标志的奔驰保姆车从她们的车旁呼啸而过。那车先一步停在了酒店的门前，等童谣她们的车停下时，保姆车的车门已经打开，几个身穿战队工作服的工作人员先下车，他们将那些围上来的媒体记者往两旁赶，清出了一条道，紧接着，几个年轻人从车上走了下来。

他们每个人看上去都很年轻，最大的那个绝对不超过二十五岁。首先下车的是个胖子，他身上穿着红黑搭配色、印着"ZGDX"队标的短袖队服，裤子是宽松的黑色运动裤。他下车后跟那些媒体笑了笑，还挥了挥手。

他后面的几个人又陆续走下来，只是最后一个人下来的时候，童谣注意到那些媒体的镜头不约而同、整齐划一地对准了他。

如果说走在前面的那几个最多算得上是"少年"的话，那么这个正从车上下来的人必须称呼他为"年轻的男人"——相比其他队友，他几乎高了一个头，虽然身着和队友一样红黑相间的队服，但在队服外他又套了个外套。此时他双手插在口袋里，耳朵里塞着耳机。他的鼻梁高挺，单眼皮，薄唇，面无表情的模样看上去有些刻薄。

但他很英俊。

当走在前面的队友回头跟他说话时，他稍稍偏头摘下耳机，然后垂着眼似乎是在认真听对方说话。此时，也不知道对方说了什么，男人突然浅浅地勾了勾下唇，那张面瘫似的脸上出现了一个短暂得都不知道应不应该称之为"笑容"的表情。

童谣曾经看过这个人的战队宣传照在微博转发上万，人们纷纷感慨"明明可以去当明星偏偏要来打电竞",而如今看到真人,只能说比起照片,真人完全毫不逊色。

这人是不是去韩国集训的时候顺便整过容啊?游戏少年的形象哪能被这么颠覆呢?看看童谣,就连她都知道,作为一个游戏少女,不洗头才符合她的身份。

"哇,看看我们诚哥那要笑不笑的脸,估计今天训练赛又输给韩国队了。"

一声叹息从童谣身边传来,是才停好车刚跟上来的接待姐姐在摇头叹息。童谣没说话,因为此时她的眼睛完全黏在了那个微微佝着背、迈着懒散的步伐跟在队友身后逐渐走远的男人的背上。

眼前这人就是童谣即将加入的ZGDX战队的ADC选手"Chessman",也就是被童谣的好友今阳——那个有夫之妇——疯狂惦记着的"诚哥"。

Chessman,真名陆思诚,翻译成中文是"棋子"的意思,但是陆思诚本人在队伍里的重量绝对不像他的ID那么低调,至少从他开始打职业以来,每年的赛季精彩操作集锦前十至少一半的镜头都有这个ID在狂刷存在感,多少次他于劣势局力挽狂澜,带领队友走向胜利。

这个人已经连续两年代表中国赛区ADC位置出席世界全明星比赛,粉丝数千万,听说年薪比童谣拿的八十万至少多个零,长得高,脸够帅,话少,指挥与决策力一流,哪怕是对队友而言,都是强力定心丸一般的存在。

打职业那么多年,当其他的选手总是被人找到各种黑点在贴吧黑得飞起时，唯独Chessman是一股清流，仿佛人人爱他，没人不爱。

虽然听说他脾气不咋样，但是长得帅的人的"脾气不咋样"都应该叫作"有个性"。

陆思诚在ZGDX这个战队里绝对是灵魂人物一般的存在。

嗯，准确地说，"ZGDX这个战队里"的范围其实可以放大成"中国电竞圈"。

在来之前，童谣曾经想过一万次第一次见到这个风云人物时会是一幅什么样的画面，而事到如今，她只能说，希望她在未来的职业生涯里好好表现，争取不要让这张英俊的脸对着她皱哪怕一下眉，因为她想象不到这张平日里看上去已经有点刻薄的脸真的想刻薄人的话到底能有多刻薄。

童谣："是我的错觉吗？诚哥看着有点凶。"

接待姐姐："纠正一下，不是'看着'。"

好害怕。

而在童谣走神的时候，她的未来队友们已经拖拖拉拉地走进了酒店。

"我们也进去吧。"

接待姐姐一脸感慨地拍拍童谣的肩，带着她走进酒店，去前台登记。拿了早就准备好的房间钥匙，童谣回房间放了行李，跑去跟战队经理打了个招呼，然后接下来就是她的自由时间。

童谣在房间里转了一圈，觉得酒店送的免费矿泉水似乎不够喝，索性带了钱包下楼准备再去买——她在进酒店之前注意到附

第三章

近有一家超市。下了楼,童谣很容易地就找到了那家超市。幸运的是桶装水还有最后一桶,童谣抱起那桶水,掂了掂又觉得有点沉,看看周围没发现有超市推车。这时候,她又有点想吃冰激凌和水果了……

毕竟年薪八十万,并不准备委屈自己的她决定先拿点想吃的东西,最后再绕回来扛这桶水。打定主意后她看了看周围来来往往的人群,生怕哪个路过的把她这最后的生命之源带走。考虑再三,她做出了一个很有创意的举动——

她踮起脚,把桶装水扛起来打横藏在了最上层货架的最里面。

这样就没人看见啦!

心满意足地拍拍手,站回原地看了一眼被藏得很好的桶装水,童谣很得意地撩撩头发转身走人。

然而她万万没想到的是,在她离开没多久之后,一个高大的身影便从货架后绕了出来。来人单手插在口袋里,身上的外套拉链敞开,隐隐约约露出底下红色的"ZGDX"队标。他走到那藏了桶装水的货架跟前停下,插在口袋里的手没动,然后用另一只手轻而易举地便将那被藏好的桶装水从货架上拿了下来。

转身,结账,走人。

陆思诚用房卡刷开门的时候,房间里那染着一头红发、正在打手机游戏的队友猛地抬头,看见他手里拎着的水,欢呼一声凑了上来。

"下次自己去。"陆思诚放下水说道。

"知道了知道了,队长大人万万岁!"那人像是猴子一样拧开水,扛起来对准瓶口咕噜咕噜喝了两口,然后感到身边的人正沉默地看着自己。

他被看得有些发毛,将口中含着的水咕噜一声吞进肚子里,转过头看着男人,特别无辜地问:"咋了?"

"这水是超市里的最后一桶。"

"啊?"

"我亲眼看见一个矮子踮着脚把它藏到最上面的货架里——那个大概全天下的矮子都会以为藏得特别好,但我用下巴都能看见的地方。"

男人停顿了一下,然后幽幽道:"蠢得我都替她尴尬。"

第四章

第二天就是《英雄王座》2016年春季赛总决赛。

童谣起了个大早,路过两个喝空的矿泉水瓶时还特别怨念,昨天到底是哪个王八蛋偷了她的水,她都放得那么高了!那人是长了孙悟空的火眼金睛还是怎么的!视力那么好,怎么不来打职业呢?!

刷完牙洗完脸,抓起手机看见战队经理的微信,说他们准备发车到比赛场地去了,问童谣是跟战队的车去还是自己去。

童谣看了眼镜子里的自己,头发凌乱,面色苍白,自带黑眼圈,这鬼模样再吓着未来队友,搞得他们比赛发挥失常就不好了。于是她尴尬地笑了笑,回经理"反正也不远,走两步就到了,我自己过去"。然后童谣不敢再继续犯懒,跳进了浴室去洗澡洗头。

一个小时后,童谣来到了举行春季赛总决赛的体育场门前,加入排队入场长龙般的队伍之中。

排在她前面的是两个二十岁左右的男生,普通大学生的打扮。

在他们前面是一群妹子,她们手里拎着袋子,袋子里装着几百张叠好的应援手幅,手幅是蓝白相间的。因为CK战队的队标是红黑色,所以童谣猜测这大概是她未来东家的粉丝。其中几个妹子手里还拿着画着陆思诚、明神等队员卡通形象的发光手牌、应援牌。此时此刻,她们正一脸兴奋地讨论着一会儿即将开始的比赛。

"这些女的到底是来看比赛的,还是来看欧巴演唱会的?"站在童谣前面的大学生小声对自己的朋友抱怨,"真是烦死这些女粉了,把追韩星那一套照搬带来电竞圈,也不知道游戏里有没有三十级就跑来看比赛,那些选手随便打给对面一个技能,她们也能尖叫半天……"

"是啊是啊,我那时候看直播也是,还有嚷嚷着什么'不要杀他'的,雷得我……"

"本来就是男人的游戏,不知道这些女的到底凑什么热闹?估计英雄都认不全吧?黄金分段在她们看来也是'大手子',那天我看比赛还有个女的在我身后问中单是什么,我差点晕过去!"

那人说着说着,就好像突然感觉到有点心虚似的回头看了看,结果一不小心就对视上一双乌溜溜的眼,他愣了愣,定睛一瞧,这才发现自己身后站着的也是个妹子——短头发,戴着鸭舌帽,短裤T袖人字拖,这会儿正双眼放空,看外星人似的看着自己。

两个人一阵尴尬。

"都是粉丝,看个比赛并不会有谁比谁高贵吧?"童谣清了清嗓音,举起双手澄清,"先说明,我知道啥是中单,就是走中间那条路的那个。"

第四章

男生:"哎呀,我们其实也不是说全部的妹子都这样,只是说个别几个……你是哪个区的啊?"

童谣:"国服,在一区艾欧大陆。"

男生:"电一的啊!我电五的……国服什么的,你还玩韩服?"

童谣:"是啊。"

男生的眼珠在眼眶里转了一圈:"韩服什么段位?"

童谣笑了笑:"王者,最近刚上的。"

然后她亲眼看见面前的两个男生都愣了愣,他们先是沉默,然后交换了一个眼神,最后不约而同地笑了起来。与此同时,其中一个男生眼中的轻蔑变得更加明显了一些。接下来,他们不再跟童谣搭话,而是选择转过身去,用童谣正好能够听见的声音"窃窃私语"——

"哈哈哈哈哈!她说她是韩服王者!"

"这牛吹得我都接不下话了,估计游戏客户端都没下载吧?还韩服王者呢,张口就来,吹牛之前也不百度一下韩服王者到底是什么概念……"

"哎呀,我算是服了这些小姐姐了。"

童谣摸了摸自己的脸,心想:难道我没有长着一张"我是高手"的脸吗?怎么哪儿哪儿都被人家质疑呢?

好在这个时候队伍开始往前挪动,观众开始入场了,于是童谣也终于可以不用再继续忍受前面这两位小哥哥对她的质疑,进了比赛场地就往她票上写的方向走去。

因为是战队发的票,所以她拿到的是距离比赛台很近的内场票。到了地方坐下来,她发现之前那群拿应援手幅和灯牌的妹子们就坐在离她不远的地方。她坐进去的时候,其中一个女生正拎着袋子,看上去是准备发手幅。那妹子经过童谣时跟她笑了笑,小声道:"谢谢你刚才替我们说话啊。"

呃,原来她们听见了?

"没有没有,"童谣摆摆手,"我就是听什么这是男人的游戏这句话就不高兴了,而且你们准备这么多东西来看比赛,怎么也比他们这些就知道挑三拣四的大老爷们儿走心,队员知道了应该也是很高兴的。"

"嗯,希望吧。"那妹子无奈地笑了笑,"我在贴吧看见有人说明神要退役了,追着他天南地北地看比赛,我自己也从不满三十级到钻石分段。说不定今天是最后一场了呢,明神退役了我也就退圈了。"

"我去发应援手幅。"那妹子说着,从袋子里抽出来一条塞给童谣,"坐在这半区位置的,你也是ZGDX战队的粉吧?给你。"

"哦哦。"童谣看着手上那个制作精良的手幅,"多少钱啊?"说着要去掏钱包。

谁知话音刚落,前面那些姑娘就嘻嘻哈哈地笑了起来,其中一个转过来抢在给童谣手幅的妹子前面说:"这些都是发给粉丝的,怎么可能要钱!一会儿加油声叫大声些就好啦!"

童谣顿时觉得自己忒俗了,一脸尴尬地将钱包放回去,一转头果然发现方才那妹子已经转身跑到后面去发应援手幅和其他的战队小周边了。

第四章

那披着长发的、纤细的背影拎着个看似沉重的大袋子一个台阶、一个台阶地往上走，童谣看着都快看痴了，她满脑子都是一个想法：这些妹子太可爱了！能打职业被这些妹子爱真是太幸福了！嫌弃她们的那些糙汉的脑子到底出了啥毛病？

直到半个小时后总决赛的两个战队的选手分别入场，童谣的注意力才稍微回归正题。

只见现场的灯光暗了下来，所有的光都聚焦在了体育馆中央的舞台之上，最开始是主持人对两个战队本赛季的成绩做总结，然后两个队伍的队员在他的总结声中分别从舞台两旁走上来——舞台的正中间是春季赛总决赛的奖杯，CK战队、ZGDX战队共十名队员各自在奖杯前站稳，然后向台下的粉丝们鞠躬，挥手致意。

现场的气氛立刻热闹了起来。

"啊啊啊！诚哥诚哥！你好棒！"

"明神再拿个冠军吧！"

"阳神无敌！你的野区我养鱼！"

坐在童谣身边的粉丝们拼命地尖叫，呐喊着自己喜欢的队员的名字，无论男女，大家都激动得上蹿下跳的，吼得脸红脖子粗。

童谣微微眯起眼，她先是一眼看见了站在稍远位置的简阳，他烫了头发，长高了，瘦了，CK战队红黑相间的队服很适合他，看着是蛮帅的，还有一股不知道打哪儿来的自信，笑得那叫一个阳光灿烂。

童谣觉得被那"阳光灿烂"晃得眼睛疼，于是转头看向她的未来队友——

上单选手猫，红头发，年轻，笑得像个傻狍子，还冲台下的粉丝飞吻。

打野选手老K，一点也不老，高，皮肤白，中等身材，长得特别好看，像个女孩子，年轻得看着最多上高中的模样，这会儿他正一脸兴奋地与身边的人说话。

跟老K说话的是ZGDX战队现任中单选手明，也是ZGDX战队里资历最老的队员，这会儿他正微微蹙眉，看上去有些心不在焉。

明神旁边的便是ADC选手陆思诚，Chessman，ZGDX战队队长，人们口中需要嫁不少人也需要娶不少人的"诚哥"。灯光打到他的时候，他正摆着面无表情的死人脸——哪怕是这样，现场的粉丝还是为之倾倒，就连坐在CK战队那半区的粉丝都在咆哮他的名字。

诚哥旁边的是他家小辅助，小胖，一个看着就长着一张乐观脸的胖子——小胖曾经在采访里说，打比赛的时候，有时候下路就是他的单口相声，以至于他自己都不知道诚哥到底是不是屏蔽了他的语音……

此时，现场的音乐声变得激昂起来。当童谣也稍稍跟着激动起来时，站在奖杯旁的队员们纷纷转身往舞台后面摆着的那十台电脑走去。电脑后的背景板亮了起来。

左边的是红黑相间的CK战队标志，于是左边的观众开始跺脚、尖叫、欢呼。右边的是蓝白相间的ZGDX战队标志，当那运营商标志亮起来的时候，无论看多少次都觉得有些喜感，但是这并不妨碍童谣周围的人也跟着嗨了起来，仿佛要跟左边的观众比赛似的开始咆哮、呐喊。

第四章

队员们落座电脑之后，在观众席后面的两位现场解说员也各就各位开始侃侃而谈，此时队员们还没戴上隔音耳机，但是看上去显然比之前站在台上时放松了不少，开始喝水交谈。

就在这时，导播将镜头投向了观众席，于是在场地中央那即将播放比赛实况的超大屏幕上，先是出现了那些后排嗨得像是猴子似的观众，然后镜头慢慢往前——

"最近两年我们《英雄王座》职业联赛逐渐受到越来越多的关注。我就举个例子吧！我解说HPL决赛三年，从第一次现场没坐几个人到今天全场满座，真的感到特别特别高兴。"

"是啊，特别是见现场还有很多女玩家参与互动，要知道几年前这个游戏只有男生在打……说不定，我是说说不定，可能一两年后，我们还能在HPL这个舞台上看见女职业选手。"

"哈哈哈哈，你这么说我就很期待了……"

两名解说闲聊时，镜头照向了童谣附近，一些妹子看见自己的脸出现在大屏幕上，纷纷用手中的应援条害羞地捂住了脸。

镜头转向一对情侣，两人愣了愣后，想起来电子竞技职业联赛现场观众席向来有"被照到的情侣必须接吻"的莫名其妙的习俗，于是那个妹子笑眯眯地拉过男朋友来了个热情的吻，现场欢呼，哄笑鼓掌，解说也跟着起哄。

最后镜头居然照到了童谣。

看着自己那张大脸出现在屏幕上，童谣的内心先是惊了一下，然后第一反应是，还好今天早上出门前洗了头。

在之前众妹子纷纷捂脸的前提下，童谣没有捂脸，反而是扬起一个大大的笑脸冲着导播的方向摆了摆手，于是她那张笑得露出大白牙的傻脸占据了大屏幕大约有十五秒的时间。

解说A也跟着调侃："这个妹子就很大方了！哎，其实我一直不明白，在场的妹子们都很漂亮，为啥被导播照到就要捂脸……"

解说B点点头正想接话，却突然停顿了一下，然后说："我刚才接到一个意外的消息，说是CK战队那边阳神的设备好像出了点问题……"

"什么问题啊？"

"不知道啊，好像是设备进水了……估计是水被打翻了吧？"

闻言，现场先是沉默了三秒，然后集体哄笑。

CK战队的粉丝纷纷站起来看发生了什么事。童谣听见有女粉丝夸"阳神打翻水了萌萌哒"，她翻了个白眼，向前男友的方向看去，只见后者这会儿正低着头，用纸巾在电脑台上一阵猛擦。

CK战队这边也是一阵骚动，用只有比赛台上才能听见的声音纷纷炸道："阳神你是见着鬼了？咖啡都喷到我的屏幕上来了。"

CK战队的上单好运来一脸错愕——刚刚他分明见简阳原本还好好地喝着咖啡，其间一个不经意回头去看身后的大屏幕，然后口里的咖啡就呈喷射状飞了出来。

"我真的见鬼了。"简阳阴沉着脸，将手中的纸巾往工作人员递过来的废纸盒里一扔，"国外不是已经开学了吗？她怎么跑上海来了？"

"谁啊？"

"我祖宗。"

第五章

"祖宗好啊,阳神,祖宗保佑你赢比赛。"

"这是来讨债的祖宗。"

"……"

"估计来之前祈祷我赛前被人打断手。"

"啧,前女友吧?"

"嗯。"

比赛台上,简阳不理会队友的调侃,阴沉着脸稍微调试了一下自己的键盘,确认没毛病后跟身后的工作人员打了个手势。

第一局比赛很快就开始了。

首先是BAN(禁用)英雄和PICK(选择)英雄环节,比赛双方各有三次禁用英雄的机会,被禁用的英雄不会在本局比赛中出现——通常来说,被禁用的都是对手某个位置的拿手招牌英雄,又或者是当前游戏版本非常强势的,但是己方可能拿不到或者拿了用不好的英雄。

因为事先对对方战队有所研究，这个环节进行得很快，很快六个禁用英雄便被选出，进行到选择英雄环节。

选择英雄环节顺序为蓝色方一选，红色方一、二选，再轮到蓝色方二、三选，依次类推，直到双方各五个，一共选满十个英雄。每个位置的队员当前不一定会立刻选择自己使用的英雄，一般都是根据战略拿需要的英雄，最后再调换对应位置就可以。

解说A："ZGDX战队毫不犹豫就拿了当前版本强势的三只手，一选拿出中单英雄，这个拿得有点早了啊！"

解说B："怎么早了？现在不拿三只手，CK战队肯定就要抢了，我觉得CK战队肯定要针对这个三只手选个Counter的英雄了……你觉得拿什么比较好？"

解说A："对于三只手这种没有位移的英雄，要我就选妖姬来针对，毕竟它的突进和抓人能力都很强势。"

解说B："妖姬？哈哈哈哈哈，这个可以有！我记得CK战队的中单选手妖姬用得也非常不错。"

坐在台下，捧着脸的童谣心不在焉地想：妖姬我也用得很好啊，简直可以算是招牌英雄了。当年登顶国服的时候，还有人叫宝宝我国服第一妖姬呢！

她稍稍掀起眼皮，扫了一眼舞台上方的大屏幕——因为打野是固定在队伍的第二个位置，可以先选英雄。果不其然，这个时候简阳已经为队友点亮了妖姬的图标，只是还没有锁定。

童谣颇有几分玩味地勾了勾唇，稍稍坐直了身体，跷起了二郎腿。

但就在这时候——

解说A:"说起妖姬,我就想到一个人。"

解说B:"谁?"

解说A:"刚才我们还提起妹子打游戏这个话题。你还记得我们的国服第一妖姬smiling吗?听说人家就是个妹子。"

解说B:"哈哈哈哈!这个人我听过,以前也曾经围观过她的妖姬,真的是非常厉害且有灵性,如果前期让她发育起来,后期她就是每一个小脆皮英雄玩家的噩梦……"

坐在台下啥也没干的童谣就这样默默地怒刷了一波存在感。

与此同时,坐在比赛台上的简阳就好像能听见解说在说什么似的,突然像是想起来什么一样手一抖,直接改选了另一个英雄深渊卡萨,并毫不犹豫地锁了。

现场顿时一片哗然!

"阳神啊!你给我拿了个啥!"CK战队中单小花咆哮道,"为啥不拿妖姬!"

"瞎搞!"站在队员后面的CK战队教练直接将手中的笔记本拍到了简阳头上!

"完了完了。"之前跟简阳废话的上单好运来开始碎碎念。

而此时,不仅是CK战队的队员纷纷侧头去看简阳,就连ZGDX战队的队员也是一脸诧异地转过头来看隔壁,满脸分明写着:搞啥呢,大兄弟?

解说A:"阳神锁了个深渊卡萨!哎哟,这就没道理了呀!"

解说B:"这是哪儿?发生了什么?我是谁?为什么阳神突然

锁了个深渊卡萨？刚才那手拿个妖姬是没有问题的呀！"

解说A："难道是手抖点歪了？"

解说B："不知道。"

坐在台下，跷着二郎腿的童谣抖了抖腿，挑起了眉。

禁选模式结束后，比赛进入游戏环节。

人们很快发现"妖姬惊变深渊卡萨"只是一个序曲。

令人目瞪口呆的是，今天，CK战队的打野阳似乎真的完全不在状态。

整个游戏前半段的五分钟，他隐身于野区埋头刷野怪。第六分钟，他跑到中路去，本来想与自家中单形成二打一的人数优势击杀对面中单明，谁知道反被秀了一脸，贡献出一血。

而这仿佛是一个噩梦的开始！

接下来，简阳上、中、下三路抓人，次次抓空，次次送人头，原本形势还算持平的线上因为他不断去为ZGDX战队贡献击杀率，胜利的天平逐渐倾斜到了ZGDX战队那边。

比赛进行到第二十分钟时，双方人头比为3:15，简阳的个人数据是0击杀8死亡2助攻——

他一个人就贡献了全队一半的人头！

整局比赛下来，他不是在死，就是在去送死的路上。

CK战队的粉丝坐在场下都看醉了，这才意识到今天的阳神好像哪里不太对劲……

比赛进行到第二十七分钟时，在双方针对地图资源进行抢夺的过程中，又因为简阳的一个错误选择开启团战,CK战队被已经

第五章

拥有巨大经济优势的ZGDX战队一顿暴打，打出团灭，然后ZGDX战队乘胜追击，杀上CK战队的基地，打爆对方基地水晶，一波结束比赛！

第一局比赛打完的音乐声响起时，CK战队的五人还是一脸茫然，像没反应过来发生了什么似的。按照硬实力，他们完全不输ZGDX战队，要真的打起来，输也是有可能的，但是他们万万没想到会是这么个输法——被摁在地板上暴打！

什么情况？！

包括教练在内，众人一拥而上将他们突然发挥失常的打野同志架下去做心理素质教育。

而相比CK战队这边乱作一团，ZGDX战队那边反而是显得淡定许多，队员们纷纷拿起杯子喝了口水，然后慢吞吞地站起来往身后的休息室走去。

陆思诚走在最后，临走前他打开数据统计，看了眼双方数据对比。条形统计图清楚地显示了方才那局比赛的输出情况——平静的目光从己方ADC位算是"一柱擎天""一览众山小""傲视群雄"的数字条上扫过，他看了眼对方打野的输出——

整场比赛共贡献伤害6574。比辅助的伤害还低。

大概是ZGDX战队打野输出伤害的三分之一，陆思诚的七分之一。

"诚哥！"

这时，队友叫了一声，陆思诚停顿了一下，稍稍抬起头，意味深长地看了眼对方赛区某个看上去垂头丧气的背影，而后才收回目光,转身往不远处在等着他的队友那边走去。

他们回到休息室,战队经理带着满脸笑容凑上来,疯狂夸奖他们这局打得不错,然而还没等他来得及把所有的赞美词都用上,便听见自家ADC不咸不淡地说了句:"小瑞,你昨天去给对面打野送钱了啊?"

ZGDX战队经理小瑞一愣:"啊?"小瑞的脑门上开始冒汗,"诚哥哟,你讲话当心点,东西可以乱吃,话不可以乱说。"

"6574。"

"啥?"

"简阳的输出伤害。"

"啥?"

"他用的还是赏金,团战时把脸摁在键盘上滚一圈,输出都能比这高吧?"

陆思诚转过脑袋,幽幽地瞥了一眼战队经理。

小瑞:"喂!都说不是了!你别走,听我解释!陆思诚!你上天了!我要扣你工资!老猫,你给我拦住他——"

被叫到名字的红毛对自家经理的咆哮充耳不闻,只是满脸堆笑,掸掸身边椅子上并不存在的灰,对走过来的男人阿谀奉承:"诚哥坐,诚哥坐……"

陆思诚一屁股坐在椅子上,以非常舒适的方式伸展开自己的大长腿。

与此同时,从头到尾一直很沉默地坐在角落里的ZGDX战队中单余明放下了手中的咖啡杯,站了起来。方才还闹哄哄的休息室一下安静下来,人们纷纷转过头来看向他。

陆思诚也转过头去,看着队友,他微微蹙眉,语焉不详地问:"现在就去?"

余明显然知道他在说什么,朝他点了点头。

陆思诚的眉头没有松开:"其实我觉得你还能再坚持两年。"

"刚才只不过是打了一局比赛,我现在手痛得要死,下来的时候咖啡杯差点都拿不起来。"余明苦笑了一下,指了指咖啡杯边缘飞溅出来的液体,"年底还安排了手术和康复,在医院排了很久的队,所以不能再拖了。"

陆思诚沉默下来。良久,他的眉毛松开来,恢复了之前的淡然。

"去吧。"

他的目光如往日般淡然地看着队友走过来拍了拍自己的肩,然后又转过身向那个他们才离开不久的比赛台走去——

在那比赛台上,有余明身为职业选手的全部荣耀,甚至也可能记录了他这一生最重要、最难以忘却的时刻;在那比赛台前,有成千上万的观众,数不清的ZGDX战队粉丝;在那比赛台后,有他的队友、朋友、教练、老板,他们都在看着他。

而今天,他将站在那里,对观众,对粉丝,对全世界,对《英雄王座》这个游戏,宣布退役。

第六章

余明往外走的同时,童谣正忙着找厕所。

春季赛总决赛使用的是五局三胜制,每一局比赛打完后,中间都会有十五分钟左右的时间给选手和观众休息。

于是第一局打完以后,童谣见队员都跑去后台休息了,也没想太多,站起来就往外走。刚才发应援手幅的那个妹子就坐在她旁边,见她要出去,乖乖地缩起腿让她过去,并顺口问了句:"上厕所吗?"

"是啊,"童谣也是相当随便地回答道,"肾不好。"

话音刚落,余光便瞥见前面那些妹子纷纷回头,看着她窃笑起来,笑得童谣老脸一红,搞得好像全世界只有她这么奔放似的,于是她赶紧夹着尾巴落荒而逃。童谣一溜烟地跑出体育场,来到场外,她狂吸一口新鲜空气,左右张望寻找厕所的标志——

然而厕所没找到,前男友倒是找到一个。

前男友同志看上去已经在门口站了一会儿了。童谣走出来时他周围围着几个女粉,一脸惊喜地正抓着他要合影、要签名。选手休息室有专用卫生间,她们大概怎么也没想明白,出来上个厕所也能捕捉到阳神。

看看那被粉丝们围着的模样……啧啧,就差如同花儿一样盛开了。

童谣心中万分感慨,掏出手机顺手给好友今阳发了个微信:"朋友,我看见阳神大大了,正被粉丝围剿,深陷幸福的海洋里。"

今阳那边很快有了反应:"所以你决定……"

童谣:"面无表情、目不斜视地走过去。那么问题来了,怎么走才能显得比较骄傲霸气?踢正步怎么样?"

"童谣!"

手指停留在发送按键上,正低头摁手机的少女僵住了,然后她慢吞吞地抬起头,一眼就看见在她不远处,正有大约十几双眼睛看着自己——

属于简阳的那双可怜的眼睛就在那十几双眼睛的正中间。

然而这可怜丝毫激不起童谣的爱心,她默默地在心中骂了一句,放下手机,僵硬地勾起嘴角,笑道:"好巧啊,你怎么在这儿?"

语气淡定得就好像在街上偶遇了一个路人似的。

简阳微微蹙眉,但是又很快松开了,他稍微从周围粉丝的围绕下推挤出来,嘴巴里还嘟囔着"不好意思,让让""我朋友""先不签了""合照也等一会儿",然后在粉丝的注视下来到童谣面前站好。他露出纠结的表情,停顿了一下才问:"你怎么来上海了?这个时候你学校不是开学了吗?"

"休学一年。"

"休学?你怎么了?为什么突然决定休学……"简阳这次皱起的眉再没有松开,他停顿了一下,"你病了吗?"

这孩子还和当年一样傻。

"你才病了,"童谣翻了个白眼,"你在这儿干吗?"

"打、打比赛啊。"

童谣露出关爱智障的表情。

简阳眨眨眼,像是这才反应过来她在问什么,又连忙道:"我刚才看见你了,在大屏幕上,就琢磨着在这儿能不能等到你来上厕所……"

"你站这儿干等?找我不知道打电话?你活在远古时代?"

简阳露出尴尬的表情。童谣一拍脑门这才想起来,她早就把他的电话、微信等一切联络方式通通拉黑了,连邮件地址都没忘记列入黑名单,来啥直接塞进垃圾箱过滤掉,七天后自动销毁。

拉黑了人家还理直气壮问人家为啥不给她打电话,这就是她的不好了。童谣讪笑了一下,语气稍微好了些:"你找我做什么?"

"就、就问问你最近怎么样。"

简阳似乎有些紧张,他搓了搓手,身上的队服被他弄皱了些——方才开幕式的时候站在台上意气风发的电竞明星不见了,这会儿他看上去似乎就是一个普通的、有些紧张的大男孩。见童谣瞅着自己,一脸"你在逗我"的调侃又不说话,他又着急地补充道:"真的,那之后我没有就那么不管你了!我想知道你的情况,但是陈今阳不让我问,我去问艾佳她就连艾佳一起骂。唉,我都不知道之后你过得怎么样……"

"怎么样？可开心了，谈恋爱多无聊啊，有那时间打打游戏多开心。"

童谣翻了翻眼睛。越过简阳的肩膀，她可以看见站在他身后的那些粉丝个个伸长了脖子，似乎想偷听他们在说些什么……想到接下来自己还有其他的大节奏要带，这会儿还真没空跟过气前男友搞出点绯闻来，她伸出手拍拍简阳的肩膀，索性简单粗暴地结束谈话："都过去了，你也别惦记了……那之后大家都很开心，你只需要知道这就够了。"

简阳闻言挑起眉，似乎没想到童谣会这样说。

然而就在这时，从体育馆里传来一阵骚动！

周围的人——包括童谣和简阳，都同时转过头去看向场馆内部，从他们的方向，正好可以看见ZGDX战队的中单余明从后面休息室独自走出来，并且在他走出来的一瞬间，场馆里原本还亮着的光线暗了下来，比赛台上只站着余明一个人，灯光打在他的身上……

童谣的胃抽搐了一下，她觉得自己已经猜到接下来要发生什么了——

果不其然，余明站在台上拿着话筒说了很长的一段话。

内容包含最初他如何接触这个游戏，受到家长的阻拦，最后还是毅然决然地出来打职业……最开始他并没有得到家里的同意，甚至因此长期和父母冷战，只身一人在上海为了一个旁人看来根本不切实际的梦想拼搏。

第六章

那时候中国电竞还处于启蒙的状态,《英雄王座》这款游戏也刚火,所谓职业选手的待遇与现在天差地别,他就是靠着每个月三千块钱的薪水,为了那个只有他自己才知道的所谓的梦想,咬着牙在这个大城市坚持下去。

一直到他在ZGDX这个战队拿到第一个属于自己的职业联赛冠军,一直到他看着老队友退役、转会,又迎来新的队友,一直到他的家人终于理解和支持他——现在,只要有ZGDX战队的比赛,他的父母就算不会打游戏,也会戴着眼镜凑到电脑前面观看。

余明这个人,就像是中国电竞行业从无到有的一个具体的缩影,他见证了很多很多。

"我总是梦想着有一天,我能和我的队友们拿到全球总决赛的冠军,然后站在那个最终的战场上,捧着奖杯,告诉一路支持我、关注着《英雄王座》中国赛区的所有人,我们做到了。"

对着台下一片安静地看着自己的人,余明深深地弯腰:"对不起,我没有实现我的承诺,最终也没有完成这个梦想……而现在,我意识到也许是到了放下这种大概只能感动自己的执着,给新的血液让位的时候了。"

余明直起腰,眼眶发红,嗓音低沉,他强忍住哽咽说道:"曾经我们中国赛区距离捧起那个梦想的奖杯那么近,而现在,这一步之遥,我们却始终无法跨越……我希望有一天,当HPL捧回那座奖杯的时候,我还在,你们还在……

"但是现在是时候暂时说再见了。

"我,余明,ZGDX战队中单选手,于本次春季赛总决赛之后正式登记退役。"

余明说完,握紧了话筒,再次对着鸦雀无声的台下深深鞠躬。

人的一辈子大概很少能看见这样的场景,成千上万的人聚集在一个空旷的场地上,但是没有人说话,仿佛连呼吸的声音都听不见……

台下的人们,无论是哪一队的粉丝,此时此刻似乎都像是没有反应过来似的,他们张着嘴瞪着眼,傻乎乎地看看那个站在台上的他们所熟悉的选手。他们或许不喜欢他,对他没啥特别的好感,甚至曾经披着"马甲"在网上嘲笑、谩骂过他,但是此时此刻,他们在这里,就像是一瞬间都听不懂中文了,根本不知道这个人到底在说什么天方夜谭……

余明为什么会走呢?

这个人怎么可能退役呀?

ming这个ID怎么可能有一天不再出现在比赛的舞台上呢?

直到黑压压的人群之中,前排有人突然高高地举起了用荧光灯拼起来的"余明"这个名字的应援牌——

这是一个无声的动作。

但是紧接着,一个听上去像是咬着后槽牙发出的女声响起:"明神!加油!"

这一打破了沉寂的呼喊声仿佛终于将台下呆愣的众人惊醒!

"明神!明神!明神!"

一个人。

"明神!加油!"

两个人。

"明神！我们永远支持你！"

三个人……

"我们肯定能拿下S6（第六届世界总决赛），总有一天那个奖杯属于HPL！"

"ZGDX战队加油！"

"明神加油！ZGDX战队加油！HPL加油！"

当此起彼伏的呐喊声充满整个体育场馆时，那呼声一声比一声更高，仿佛要掀翻体育馆建筑的屋顶……场馆之内，人们挥舞着应援牌、手幅，什么也没有带的人就拼命鼓掌。

这对一个职业选手来说，大约是一个最好的退役仪式了吧。

没有鲜花，没有浮夸的过程，只是一个人拿着话筒站在他曾经拥有过的比赛台上，平静地与另外一些人道别。

手机振动起来，童谣收回目光，低头看了一眼手机，是战队经理瑞哥发的短信，上面就五个字：发微博公布。

童谣收好手机抬起头，不意外地看见此时站在场馆外的一些ZGDX战队的粉丝已经红了眼，男生低着头不说话，女生倒是可以大方地哭出来。

"明神也退役了啊，"简阳挠挠头，脸上是难以掩饰的惊讶，"那老一代的选手基本就没剩下几个了……我之前听到过明神退役的消息，但是他们也没说国内哪个中单转会去ZGDX战队啊？难道是买了韩援？"

"ZGDX战队一直是全华班的。"童谣瞥了他一眼，提醒道。

"哦,也是。但是国内一线中单缺得要命,他们去哪儿找一个顶上来的……"

"我啊。"

简阳挠头的动作一顿,他将目光从余明身上收回来,微微蹙眉问童谣:"你说什么?"

"你之前不是问我为什么休学吗?"童谣微微弯下腰,双手塞进短裤口袋里,"因为要来上海打职业。"

简阳神经质地笑了一下,看上去被吓得不轻:"什么?别开玩笑了童谣,女的怎么可能……"

"可不可能,试试就知道了。"

简阳呆在原地。

他身后的那些不小心听见了什么爆炸新闻的吃瓜群众也同样一个模板地呆若木鸡。

而童谣只是自顾自地看了看手机上的时间,又抬头冲简阳道:"下局比赛准备开始了,你回去吧,调整一下心态,别再表现得像刚才那么逊了。刚才那三路送的操作真的很辣眼睛……"

她迈开步子,往场馆里走了两步,随后又像是想起来什么似的,回头冲着身后那还一脸僵硬的家伙笑了笑,挥挥手淡淡道:"哦,对了,夏季赛赛场上见。"

第七章

明神宣布退役的消息只是一个小小的插曲,春季赛总决赛还没有结束,现在他必须收拾好自己的情绪打完他职业生涯中的最后一仗。

第二局比赛开始之前,观众们陆续回到自己的座位上。黑暗之中,谁也没注意到那个低头一边用手机打字一边匆匆走路的短发姑娘究竟在忙些什么,哪怕是有人注意到了她的微博界面,也是将她当作此时此刻在微博哭诉明神退役的万千粉丝之一。

直到她走回自己位置的前一秒,长出一口气将编辑好的微博发出去,然后将手机塞回口袋里。

几秒后,当她压低声音跟坐在前面的人说"借过"时,正低头刷微博分享"明神退役,我在现场"这一巨大八卦的人们不约而同地发现ZGDX战队官方微博转发了这么一条消息——

咸鱼少女smiling大大:"ZGDX smiling。"

当即,知道"smiling"这个ID的吃瓜群众立刻炸了。

十分钟后，不知道"smiling"这个ID而强行去各种媒体平台搜了一波了解真相后的迟钝吃瓜群众也跟着爆炸了。

人们炸成了一锅粥！

扔了猪跑的猪女："女的打职业？真的假的？"

阿憨："我就说了，这个smiling要么是代打，要么就是个男的，果然。"

骑着单车上王者："ZGDX战队是不是疯了？找不到人了吗？随便找了个名不见经传的小主播来接明神的位置！还是个女的！鬼信她是女的！"

萌萌的诚哥："ZGDX战队，真的你们开心就好。"

陆思诚的媳妇："什么？你是说有一个女的要和我男神同吃同住同打游戏同打比赛？Excuse me？"

ZGDX队是唯一："不知道说啥好了，你们这些人，总想搞个大新闻，这么连番轰炸，今晚也是不想让你们的粉丝好好睡觉的节奏。"

辅助之神阿胖胖："早说女的也能打职业，我一定好好玩这破游戏！"

AKB49："楼上那些咋回事？女的打职业很惊讶？去年北美赛区不是出现过一个女辅助了吗？"

微博发出去十分钟，评论瞬间破五千，转发三千。

而此时，刚发出这条爆炸性微博的正主正忙着从包里掏纸巾默默递给身边那个抱着余明的应援牌、哭得眼睛都肿了的妹子，安慰她："别哭了，别哭了，这不是还在打比赛吗？快看！比赛要开始了!"

那妹子嘟囔了一声"谢谢",抽泣着接过纸巾,抬起头看了眼比赛台上的大屏幕。果不其然,第二局游戏已经开始了,眼下又一次进入BAN&PICK英雄环节。

此时台上的队员已经戴上了隔音耳机,外界发生了什么他们是一概不知的。而明神也已经稍微平复了情绪,虽然眼睛还是有些微微发红,但这个时候他正侧着脑袋和身边的辅助小胖说话,小胖不知道说了什么,两个人都在笑。

童谣见状,这才稍稍放心了一些。其实她不太认同主办方把明神宣布退役这个环节放在打比赛的中途,总觉得这样做会很影响队员的比赛状态,但是考虑到主办方也是要炒热度要盈利的,倒是也可以理解。比如现在,今天关于春季赛总决赛的话题热度真的是达到了巅峰——"明神HPL春季赛现场宣布退役"的词条上了微博热搜。

首页所有人都在"咆哮",后悔没有买票来现场看比赛。

童谣看了一会儿微博,这时候,坐在童谣前面的一个妹子回过头来,对着她旁边那个抱着应援牌的妹子举着手机晃了晃:"哎哟阿露,你快看看ZGDX战队官方微博,新中单是个妹子啊!就是之前解说提到的那个国服第一妖姬!"

"谁?"

"那个smiling。"

那妹子明显愣了下,放下应援牌,从口袋里拿出手机登录微博开始刷。

而此时，在她们的身后，两个解说也在就"明神退役""ZGDX战队新中单是个妹子"这件事讨论个没完。那个一个小时前还在感慨"说不定有一天我们能在赛场上看见女职业选手"的解说都快疯了，一直在碎碎念他怎么就没一个冲动说一下下期福利彩票的号码，在场连个安心分析一下现在在打比赛的双方阵容拿得怎么样的人都没有了。

童谣抬起头看了看，这才发现其实第二局ZGDX战队拿的阵容并不是很好，版本强势的英雄没拿到几个，所以非常讲究前期各条路上能不能打出优势，如果不是比赛前期拿到大优势，只要拖到中后期，就很有可能面临团战打不过、野区资源被入侵拿光的窘境。

"这局阵容拿得不好，是不是？"

旁边小小的声音响起，童谣愣了愣回过头去，这才发现是那个叫阿露的妹子。此时她已经放下了手机，盯着比赛屏幕，感觉到童谣投来的目光，她转过头笑了笑，道："先好好看明神最后的比赛，剩下的事等看完再说。"

童谣点点头，将手中剩下的那一包纸巾都塞给了她。

与此同时，第二局比赛开始了。

"没拿到能主动开团战的英雄，这局就看打野发挥，"童谣跟阿露说，"打野节奏不好，建立不起线上优势，整局比赛ZGDX战队都会非常被动……"

"你懂什么？ZGDX战队拿到的阵容要控有控，要输出有输出，拿头输吗？不懂别乱说，不要比赛还没开始就唱衰好吧？"

第七章

身后传来一声男生的反驳，童谣回头看了眼，发现不知道什么时候那两个在场馆外和她争论过的大学生坐到了她身后，此时正抱着臂，一脸不爽地看着自己。

真是阴魂不散。

她耸耸肩，转回身选择不跟他争论，却听见那人特别轻蔑地跟身边的同伴小声说道："还韩服王者？就这样的，照她这样说，每次禁选环节之后就可以直接结束比赛了。"

"就是就是。"他的同伴附和道。

童谣坐在前面翻了个大白眼。

比赛开始十分钟的时候，两边的优劣势基本持平，ZGDX战队的经济稍微领先，这是因为下路这边陆思诚击杀的敌方小兵数比对面的AD高了有二十多个，而双方的经济差距基本都在陆思诚的身上。

比赛进行到十五分钟，ZGDX战队打野老K用的狂猎女猎绕到了下路，在所有人都以为他只是来抓一波下路、巩固陆思诚的优势时，却发现他在经过距离下路很近的野怪小龙时拐了个弯，一个技能隔墙跳下了小龙坑，开始打那条小龙。

此时，CK战队在小龙坑附近是没有视野，一片漆黑的。

偷龙！

现场的观众都有些激动——小龙是《英雄王座》里的一个前期小Boss，分为水、火、土、风以及远古龙五种，除去远古龙，前面四种属性的小龙随机出现，每次击杀都会为击杀队伍带来不同的永久性增益Buff。而在当前版本，一条水属性的小龙会增加队伍英雄的血量、蓝量自然恢复速度，拿到这条水龙对于ZGDX战队这样很讲究前期线上优势的阵容可以说是非常重要的！

如果能在不发生任何正面冲突的情况下顺利拿下这条水龙，那就占了大便宜了啊！

童谣周围的ZGDX战队的粉丝们沸腾了起来！

CK战队的粉丝们则是满脸紧绷。

然而就在这个时候，CK战队的辅助就像是有灵性般，突然离开了己方ADC，往小龙坑这边挪动。在小龙打到还有一半血的时候，从小龙坑的另外一边放了个视野道具照亮了小龙坑的情况，于是ZGDX战队打野的偷龙举动暴露在CK战队的视野之下！

"被发现了啊！"

"怎么办怎么办？CK战队上单还有传送呢，我们上单传送刚才已经用过了，他们人数有优势啊，不会现在就开团了吧？"

"但是他们打野不在啊！"

身后的那两个大学生激动地讨论了起来。

童谣微微蹙眉，突然开口道："这水龙对CK战队这种后期阵容没什么大用，一条水龙的增益也没想象中那么好，他们不一定主动开团的。"

"什么？怎么可能？现在开团的话明显CK战队是有优势的！"那人叫喊起来。

然而此时，屏幕上非常打脸的一幕出现了！在众人的注视中，只见CK战队的辅助还真的是看了一眼就转身走了，连上来骚扰一下的意思都没有，而CK战队的上单也是毫无动静地在上路做一个安静补兵的美男子,完全没有要传送下路的意思。

决策错误?

沟通不到位?

现场众人一脸问号,解说也在疯狂嚷嚷:"这不开团没道理!"

ZGDX战队的粉丝却纷纷松了一口气。

"太好了。"那个男生长吁一口气,"不管怎么样,这波团没开起来就是白赚一条龙。"

"不是,老K这会儿被看见偷龙,那ZGDX战队的上路一塔,先驱开拓者,各种Buff都要全部掉光。"童谣皱起眉,"你看,现在CK战队的打野看见他在下半区,已经开始往ZGDX战队的上半区靠近了……"

"喂,我说你到底是哪队粉丝?从刚开始就一直在唱衰。"

"要是老K现在能反应过来,打完龙立刻回上半野区还好,如果不能……"

童谣话还没说完,便看见ZGDX战队的打野打完小龙就继续跑到下路草丛里蹲着了——估计是琢磨着对方觉得他已经被视野看见,打完肯定就直接回城更新装备,不会来下路再抓人,想要反套路他们一波。

而此时游戏进行到第十七分钟,CK战队打野简阳已经来到上路,配合自家上单击杀了ZGDX战队的上单,拿到一血!

陆思诚下路那点微弱的经济优势瞬间被扳平!

两人协力推倒了ZGDX战队上路的一塔!

CK战队的粉丝们兴奋得上蹿下跳。

童谣长叹一口气："这局完了。"

后面的两个人鸦雀无声，看上去特别想跳起来把她揍一顿。

但是他们最终都没能找到机会，因为接下来比赛的走向就跟童谣说得一模一样——在拿下第一条水龙看似赚到的情况下，ZGDX战队打野接下来的一举一动仿佛全部被敌人摸清，不仅几乎在线上抓不到人，还被人反套路，声东击西各种包夹围攻，连掉上路和中路两座外防御塔！

而伴随着中路第一座防御塔倒塌，ZGDX战队下半区野区瞬间被CK战队的辅助疯狂视野入侵，自家下半区野区资源也很快沦陷为敌人的囊中之物！

啥也拿不到的ZGDX战队打得非常憋屈，经济发展不起来，全员穷得叫人心酸。

比赛第二十五分钟，ZGDX战队已经掉了三条路一共四座外塔，仅剩下路二塔和上路二塔，他们不得不向后压战线！

比赛第二十七分钟，一个与上一局谜之重叠的时间点，在下路二塔的地方，CK战队由状态回归的简阳强行开启团战。因为所有该拿的增益Buff以及资源都没拿到，身上的装备比对方差了一大截，哪怕是陆思诚借着犀利走位强行放倒对面两人，ZGDX战队还是被CK战队全部击杀，被打出一波团灭。

比赛第三十二分钟，一样的惨剧在基地门牙塔处再次发生，而这次，CK战队没有再给ZGDX战队喘息的机会，大举进攻，拆掉了他们的门牙塔，并打爆了ZGDX战队的基地水晶，以1:1的小分扳平比赛！

第七章

比赛结束的音乐声响起时,现场沸腾,CK战队的粉丝跳了起来,个个像是放出笼回归大自然的小鸟!CK战队的队员脸上也出现了笑容,纷纷走过去拍简阳的肩膀,似乎在夸奖他干得好。

而ZGDX战队这边,意识到了这局输就大概输在自己决策出了错的打野老K的脸色不那么好看,明神伸手拍拍他的肩膀说了些什么,大概是安慰他的话。队员们纷纷摘下耳机准备回休息室休息。陆思诚这一次没有再去看数据,毕竟野区资源都叫人怼烂了,还看什么输出情况!

队员们刚三三两两离开比赛台,底下的观众开始就方才那局比赛"嗡嗡"地讨论起来。众人似乎都有些没整明白,整场比赛都没怎么打架,好像拖着拖着ZGDX战队就输了。

童谣听他们讨论了一会儿,其间打开手机看了眼微博,发现她加入ZGDX战队的那条微博已经转发两万,评论一万,说啥的都有,连带着她的微博粉丝都暴涨了三四万……

吓人啊!

童谣撇撇嘴,正要收起手机,这个时候,她的肩突然被人从后面拍了拍。她回过头去,对视上方才比赛前半段分分钟恨不得拿刀砍她、比赛后半段全程一声不吭的那两个男生。

她挑起眉:"干吗?"

先前还拿鼻孔冲着她的男生也是能屈能伸,现在他低眉顺眼地赔笑:"小姐姐,你咋说啥是啥,这么牛啊?都比后面坐着的两个解说还专业了,你到底啥段位啊?"

"……"

"啊？'大手子'说说看嘛！给你跪下磕头了还不行吗？哐哐哐哐！"

"都说了，"童谣道，"韩服王者啊。"

"……"

"优越感不要那么强，当心被人骂。"

"受教，受教。"

童谣冲两个男生抱拳摇了摇，满意地笑了。

第八章

第二局比赛扳回一分,CK战队队员的脸上重见阳光,大家在比赛前就听说有新的八卦产生,于是比赛结束就一窝蜂地跑到后台去,迫不及待地拿出了自己的手机。

简阳一脚刚踏入休息室,就听见自家上单好运来同志瞪着手机咆哮:"ZGDX smiling是什么意思!他们真的找了一个妹子来打职业?!"

简阳脚下一顿,然后飞快地走过去,一把将手机从好运来手里拿走,看了眼好运来正在刷的微博首页消息推送,面色瞬间变得非常难看。

简阳:"就是她。"

好运来:"啊?"

简阳:"讨债的祖宗。"

好运来:"你前女友smiling?那个国服第一妖姬?前方泰拳警告!再给你一次机会,你再说一遍?"

这时候,整个休息室里包括CK战队的其他队员还有工作人员全部都扭过头齐刷刷地看向简阳。简阳将手机扔回给好运来,嗓音低沉道:"她的《英雄王座》还是我教的,在我打职业之前的那个暑假,她进游戏开始就是打中单位置的……"

好运来:"你让的?"

简阳应了声:"她打中,我打野,好抓。"

好运来:"中野联动?"

简阳:"嗯……后来我打职业,她上学,我忙,因为鸡毛蒜皮的事我们吵了一架,分手了。她后来就出国了。"

CK战队经理:"乐观点。"

"可以。"CK战队ADC选手蝴蝶对着简阳竖起大拇指,佩服道,"从小培养敌人,将她培养成国服第一妖姬之后跟她分手,强行提高一波仇恨值,然后让她加入劲敌队伍。"

辅助选手老王跷着二郎腿,咧开嘴跟着蝴蝶幸灾乐祸地笑道:"阳神啊,啧啧,厉害了。"

好运来开始拍大腿:"阳神啊,我们队伍到底跟你什么仇什么怨啊……"

"这样官宣肯定是签好合同了,估计没办法挽回了。"CK战队经理走过来拍了拍简阳的肩膀,"你先别想这事,打好剩下的几局比赛……真的,要乐观。"

然而事实证明,战队经理的劝告是没用的。

简阳完全乐观不起来。

童谣加入ZGDX战队这件事对于他的影响简直比ZGDX战队本

身的队员影响更大——那种好不容易养好的白菜自己没的拱就算了，还被别家猪拱了的糟心感徘徊于胸口，久久难忘——后果就是第三局比赛开始之后，CK战队的粉丝发现他们伟大的阳神又格式化般回到第一局那个状态——

也就是不是在死，就是在去送死的路上。

这导致CK战队第三局比赛又被ZGDX战队摁在地板上摩擦，表现烂得像是在打假赛。

而这一次打完比赛，谁也没敢再问简阳他咋回事，因为第三局下来之后，他第一句话就是跟队友道歉，然后就向好运来借手机用。

好运来："你干啥？"

简阳："给她打电话。"

好运来顺口就问："你自己手机呢？没电啦？"

简阳抿了抿嘴唇："被拉黑了。"

话音刚落，简阳立刻感觉到来自四面八方同情的目光。好运来乖乖递出自己的手机给简阳，同时叮嘱道："好好解决，稳住心态，下局再输就回家了。今年MSI在上海举行，宝宝不想错过的。"

MSI，即季中邀请赛，是每个赛区的春季赛冠军队伍代表赛区参与的重要国际大型赛事。

简阳接过手机，嘟囔了一声"知道了"就往外走。

他并不准备在休息室里打电话被人当猴子围观，所以干脆躲进了选手专用的洗手间。洗手间除了最后一间关着门，其余地方空无一人，简阳以为那间厕所在维修也没放在心上，进去之后关上门，就拨通了某个他烂熟于心的号码。

电话响了两声被人接起。

简阳喂了两声，对面听见是他的声音也没挂，只是一下子没说话了，于是简阳能清楚地听见从对方话筒里传来周围嘈杂的声音，两个解说似乎还在讨论刚才那一局比赛，简阳瞬间变得更加糟心了。

"喂，童谣？我看见ZGDX战队的官宣微博了，你怎么真的跑来打职业了？还是去ZGDX战队，你当初不是很反对打职业的吗？结果自己又跑来……"

简阳等了片刻之后，嘈杂声消失了，大概是童谣暂时离开了比赛内场去了外面，然后她似乎终于停下来找到了个好说话的角落，简单地说了些什么。简阳听后停顿了一下，有些烦躁地在原地转了一圈。

"我不是管你，我哪敢管你？我就是奇怪你要是想打职业为什么不告诉我——告诉我干吗？你来我战队不比你去运营商队好？是是是，我们现在确实有首发中单，你不想来看饮水机，蹲冷板凳，但是这里有我——什么鬼！童谣你再说一遍！什么叫我哪位？！"

简阳的声音提高了些，被气得恨不得吐血："你的游戏都是我教的！你电脑里的游戏客户端都是我下的！你来打职业我还要通过微博才知道！你好好说话，什么叫你明明告诉我之后才发的微博，那前后差了有没有十秒？童谣，你是生怕气不死我？！"

简阳吼完之后，对方沉默了一下，紧接着他清清楚楚地听见童谣淡定地说:"你就为这事激动得全场狂送人头?"

"不好吗?"

为了克制自己想摔电话的冲动,简阳将手机开了免提,扔在洗手台上,双手撑在洗手台上,他看着镜子里的自己,嘲讽地勾起嘴角——

"送你未来东家一个春季赛冠军。"

对方又沉默了。

"这是明神的退役战,你可别在这儿用你那菜得抠脚的操作埋汰人了,人家好歹是你的老前辈,尊重一下人吧。"

有些冷漠的女声清清楚楚地在安静的洗手间里响起:"冠军什么的,谁要你友情送啊?我们自己有实力可以拿。"

我们?我们?!

瞪着放在洗手台上的手机,简阳眼珠子都快掉下来了,满脑子都是"我们""我们""我们"……

"我们"个屁!你跟他们很熟吗?很熟吗?!

他张了张嘴却没说话,生怕自己一开口不该说的全从他嘴里蹦跶出来了,骂都骂不完的脏话在脑子里弹幕似的疯狂飘过,一片沉默之中,他听见对方淡定地说道:"没别的事挂了,我打个职业跟你有什么关系啊?上蹿下跳的,这不是莫名其妙吗?好好打你的比赛吧。"

简阳没说话,然后对方就毫不犹豫地挂了电话。

除了"嘟嘟"的忙音,只有个气得发疯、偶像包袱全无、现在只想满地打滚的简阳。他抬起脚疯狂地踢了一顿洗手间墙壁泄愤,整个人像是抓狂的兔斯基。

就在这个时候,他听见从最里面那间隔间传来"咔嚓"一声门锁被拉开的声音!

简阳的动作定格了,他僵硬地转过头,紧接着,他便看见一个高大的身影从隔间里不急不慢地走了出来。

年轻的男人垂着眼,神色慵懒,身上穿着红黑搭配、有"ZGDX"标志和运营商小标志的战队队服,走出来的时候他手指间夹着一根已经快燃烧殆尽的烟,经过某个敞开的隔间门时,他顺手将那烟屁股摁熄,扔进隔间的垃圾桶里,来到洗手池边。

淡淡的烟草气息瞬间钻入简阳鼻中。

男人摁了摁消毒液,认真将那修长的手搓洗了一遍,将手放在感应水龙头下,立刻响起哗哗的水声。

简阳:"诚哥?"

陆思诚眼皮抬了抬,像是这才注意到洗手间里还有别人,他稍稍转过头来:"嗯?"

"你在啊。"

"嗯,"陆思诚应了声,"偷跑出来,抽烟。不然小瑞又要念。"

ZGDX战队是明令禁烟的,抓到一次罚一千,像陆思诚这种惯犯老油条还被"特别照顾",抓到一次罚三千。

"哦。"

现在不是简阳想不想"灭口"的问题了,他觉得应该把自己的脑袋摁在马桶里可能比较好。

而陆思诚洗完手,抽出纸擦了擦手,然后在简阳认真的注视中,他抬起手闻了闻,确定没有烟味了这才满意地放下来,之后才像是想起来什么似的随意道:"你跟我们新中单认识啊?"

该来的还是来了。

简阳浑身僵硬,看着镜中站在他身前的男人,缓缓地点点头:"你都听见了?"

"免提开着那么大声,想听不见都难吧?"陆思诚勾起嘴角,半戏谑地道。

简阳艰难地抽抽嘴角:"见笑,都听见什么了?"

陆思诚沉默了,像是认真地想了想后才慢吞吞道:"说你操作菜得埋汰明神之类的……有点意思。"

"啊?"

"她。"

男人说完,转身离开了,留下简阳呆立在原地。

看着陆思诚那高大挺拔的背影,他突然感觉到了一种来得莫名其妙,但前所未有的危机感。

第九章

场馆外。

童谣挂了电话后转身往场馆里走,正好听见坐在上方高处的两个解说在讨论今天的比赛情况。

解说A:"现在场上的比分是2:1,ZGDX战队暂时领先一分——如果接下来的比赛CK战队再不找回状态,他们很有可能会失去夺得春季赛冠军、出征今年MSI季中赛的机会!"

解说B:"而这一次的比赛对ZGDX战队来说同样十分重要,这不仅关乎季中赛名额,这也是明神职业生涯的谢幕战,我相信无论如何,他也会希望自己能够交出一份满意的答卷……"

童谣低下头看了看时间,发现从第一局比赛到现在已经过去三个小时了,且不说其他队员的精神状态怎么样,至少这样拖下去,对ZGDX战队中单明神的情况是非常不利的。

童谣从俱乐部经理瑞哥那里得知,明神这么匆忙地退役,也是因为春季赛进行过半的时候,他手腕处的伤突然恶化——几乎算是没有任何征兆的突发事件，某天早上醒来，明神就再也不能接受高强度训练了，只要频繁高强度集中地进行游戏，结束后很有可能连水杯都拿不稳……

好在常规赛都是三局两胜的赛制，所以影响还不算明显，ZGDX战队顺利以小组第一的积分直升四分之一决赛，季后赛虽然是五局三胜制度，然而他们却因为实力过强，在四分之一决赛里也是飞快以3:0战胜对手，整个比赛打完只用了不到两个小时。

但是CK战队是块硬骨头。

现在三个小时过去了，也不知道明神的手伤还撑不撑得下去。

童谣有些焦心地坐回位置上，这时候第四局比赛就要开始了，所有的队员已经从休息室里走出来坐回了各自的位置上——童谣最先关心的是明神，随即发现他此时看上去果然显得有些疲惫，而且戴上了护腕，他拿水杯的时候也是用左手拿的。

童谣心里咯噔一下，顿时有了不好的预感……

转头去看CK战队那边，简阳坐在自己的位置上，低着头一言不发，只是双眼发直地盯着自己面前的电脑屏幕——他这个样子童谣在两年前是见过的，那时候简阳刚打职业，虽然坐稳了首发位置，但是发挥还是不稳定，有一次输了比赛，网上的质疑声铺天盖地，他回到基地跟童谣开视频的时候就是这个模样……

当时童谣跟他说着说着就去睡了，第二天醒来的时候发现他还是保持着她睡前的那个样子，只是在打游戏，童谣查了一下他的战绩，一晚上一局没输不说，而且局局都是他Carry队友，直接把韩服号从钻石一段、胜点十几点打上了大师，还多了一百多分。

第九章

所以眼下这人是要状态爆发的意思？

童谣想了想，随即露出崩溃的表情，一口咬住了自己的拳头——难不成是因为她刚才在电话里多嘴说他打得丑，简直侮辱明神，于是激活了他内心的战斗模式？

不好吧……

我刚才为啥要多嘴！老老实实说一句"谢谢你送的春季赛冠军哦，那么就拜托你了"，多好！

在童谣的注视下，第四局比赛开始了。

就如同她所预料的那样，第四局比赛因为简阳找回了状态，所以CK战队和ZGDX战队打得非常胶着，前面二十五分钟你追我赶，根本拉不开经济差距。

直到第三十八分钟，靠着上单好运来和ADC蝴蝶的中路牵制，简阳带着自家辅助和中单迅速推掉了远古巨龙，拿到Buff后疯狂推进，ZGDX战队这才稍微陷入劣势。

而这个时候，ZGDX战队的中单明神脸上已经露出了吃力的模样，连带着游戏里的操作也变得不那么灵敏了。

童谣坐得近，所以可以很清楚地看见有几次明神都在一波操作之后低头去看自己的手腕，那是一种下意识的动作，但是足以说明他可能真的不太能撑得下去了……

童谣在下面看得揪心，坐在她旁边的阿露干脆抱着应援牌泪流满面，她也不说话，就是在偷偷哭。

童谣只好把包包里的第二包纸巾掏出来给她，然后拿出手机给战队经理发短信："明神手撑不住了，你们带替补来了吗？"

过了一会儿，手机响起——

"带了，早就料到会这样，下局换人。冠军不要也不能让明神的手出大事。"

童谣松了口气——因为国内联赛有赛季前就要递交首发成员和替补成员名单的规矩，在有正式中单替补队员的情况下，现在哪怕是童谣已经和ZGDX战队签了合同，她也不能突然跳到比赛台上代表ZGDX战队出战，所以暂时还是要ZGDX战队的现任正式替补来，虽然她现在恨不得直接跳上去用屁股挤开明神，替他打完剩下的比赛。

第四局比赛最终在第五十分钟的时候被CK战队拿下。

这一场比赛不论对队员还是观众来说，无疑都是一种折磨。童谣清楚地看见在摘下耳机的那一刻明神头发都湿透了，战队的队服也被汗湿得贴在背脊上——他站起来的时候用左手握着右手手腕，后面的随队医生直接一步跨上比赛台来到他身边。

这时候下面的观众再傻也知道发生了什么，在明神转身要离开时，观众席的千万人自发站起来，大声而整齐地呐喊着明神的名字，在这样热烈的气氛之中告别这位选手。

童谣看见明神走了几步，在快要走下台的时候突然转身，用左手跟台下的观众们挥了挥手，之后深深鞠躬，道别。

第五局比赛ZGDX战队上的替补，这个替补本来就是从青训队拉上来的，平常根本没怎么打过比赛，一上来就是春季赛总决赛的决胜局，有些反应不过来。

这就给了对方打野的机会。

第五局比赛开始十分钟时,简阳这王八蛋就像是住在中路似的,十分钟抓了中路四次,其中三次成功,很快ZGDX战队替补中单的数据就变成了0击杀3死亡0助攻。

在ZGDX战队上下两路还是小优势的情况下,中路那叫个一泻千里,直接被人通关。

比赛进行到第十三分钟,第一条小龙坑处,看着对面发育良好的中单和打野,这个时候打团战对ZGDX战队来说并不是个好选择,奈何替补中单凌波开团,队友只能无奈跟上。

最后虽然凭借着陆思诚操作的大嘴一秒五喷疯狂输出,强行摁死对面三人,但是ZGDX战队最终还是迎来了一波被团灭。

CK战队成功拿下第一条火龙,这个属性的龙是增加队伍攻击力增益Buff,对于优势方有如神助,于是这时候别说是陆思诚,哪怕是神仙都救不了ZGDX战队了。

最终,ZGDX战队在缺少一名固定主力的情况下,最后一局兵败如山倒,在第三十三分钟便输掉了比赛,就这样失去了2016年春季赛总决赛冠军奖杯!

比赛结束的音乐声响起时,童谣向后倒去,瘫软在座位上,只觉得看比赛比让她自己上去打还累……看着CK战队的队员跳起来欢呼拥抱,她揉了揉眼睛,看向ZGDX战队这边,目光不自觉地落在了坐在最边上的男人身上——

陆思诚表现得非常平静。

他看上去完全不像是输掉了一局重要的比赛,只是坐在位置上点了点鼠标,看了眼最后那一局的数据分布情况,然后站起来与过来的CK战队队员一一握手,点头致意。

接下来,败者收拾鼠标键盘离开,胜者来到比赛台中间向观众鞠躬并捧起奖杯。

简阳靠着自己的抓人和节奏带动能力,拿下了第四局和第五局的MVP,当队友们拥上来揉他的脑袋,和他拥抱,并夸奖他打得不错的时候,他笑嘻嘻地接受夸奖,然后像是突然想起来什么似的望向台下的观众席——

可惜,此时在ZGDX战队粉丝座席区的前排,早已找不到那个他想要找的熟悉的身影……

童谣在离开体育馆回酒店的路上还处于深深的愧疚中——对于自己莫名其妙激励敌方打野开启杀戮模式的行为,她觉得自己根本无颜面对江东父老,活生生像个小叛徒。

走到酒店楼下的时候,她收到战队经理瑞哥的短信。瑞哥说让她先在酒店住两天,下周一再去基地报到,因为现在刚打完春季赛,队伍也是刚闲下来,这才有时间替她收拾一间有独立卫浴的单人间出来。

童谣对此完全没有异议,顺手回复了个"OK"以后,转身就进了超市,去买这两天住酒店时需要用到的生活用品。

买完东西,她拎着购物袋摇摇晃晃地回酒店时已经是一个小时以后。

童谣抱着一大堆几乎要将她埋起来的东西走进电梯,拼命伸出一根手指想去摁关门键,这时,从电梯外匆匆走进来一个修长的身影,来人穿着黑色的外套,拉链半敞着,里面的T袖是红黑相间的,童谣从超市购物袋的缝隙处看见了ZGDX战队的运营商标志……

嗯?谁?

童谣抱着购物袋艰难地稍稍侧身,一抬头便看见对方弧线完美的下巴,还有从她这个角度来看简直浓密得惊人仿佛成精一般的睫毛……来人鼻梁高挺,单眼皮,戴着耳机,十分英俊,但因为唇薄,所以看上去面相有些刻薄。

是陆思诚。

陆思诚?!

童谣抱着购物袋的手一紧,脑海里顿时炸裂万条五颜六色的弹幕飞过:陆思诚!陆思诚啊!陆思诚啊啊啊!活着的陆思诚啊!陆思诚跟我一个电梯!和我呼吸同一个电梯里的空气!

而此时此刻,安静的电梯内,陆思诚完全没注意到那张藏在购物袋后面的脸上的表情是如此丰富,他冷着脸站在童谣身后,伸手摁下了她方才没能摁下的关闭键,电梯门缓缓关上,他再顺便摁下"21"的楼层数。

这个按键就在童谣脖子的位置。

他摁完之后便后退,靠在电梯壁上低头看手机。

童谣住在46层。

在身后的人摁了他的楼层后,她意识到现在好像不是发疯的时候,她也该去摁自己的楼层。但是当她正想这么做的时候,真正的问题来了——"46"这个数字在她眉毛的高度，当她努力伸出食指想要去摁楼层键时，怀中抱着的购物袋给她造成了巨大的阻碍。

童谣换了几个姿势，最后尽管食指绷得指尖泛白，她的手指也始终在"36"这个数字附近来回打转。

看着孤零零亮起的数字"21"，童谣只能感觉到电梯里一阵尴尬。

身后的人还在低头玩手机，就在童谣想要妥协，先放下购物袋再去摁楼层键时，站在她身后的男人突然头也不抬地问道："住几层？"

这声音比高中军训时的教官还有威严，于是童谣条件反射地立正稍息，伸长脖子回答："46。"

男人闻言放下手机直起身，伸出长臂，修长的手指轻松摁下了"46"的按键。

当他的手从童谣眼前挪开时，她嗅到了淡淡的洗手液和烟草混合的味道。

童谣："谢谢。"

她身后的人没有回答。

电梯里又是一阵尴尬。

电梯缓缓往上升。

与此同时，童谣总觉得站在她身后的人似乎是误会了什么，越想越不对劲，最后在电梯上升到19层时，她突然从嘴巴里蹦跶出一句："我够得着。"

陆思诚摁手机的手忽然一顿。

童谣:"这个按键只到我眉毛,你看,我真的够得着。"

她努力伸长只能在"36"附近打转的食指——

陆思诚"哦"了一声。

电梯"叮"的一声,停了。门打开,站在童谣身后的男人走了出去。

电梯门合上,留下了还倔强地翘着食指、独自凌乱的童谣。

第十章

童谣拎着购物袋摇摇晃晃地回到房间门前,正想开门,手机响了。她把手里的东西放在脚边,接起电话。原来是好友今阳的电话。对方张口就是一句:"你未来东家输总决赛了啊。"

"嗯。"童谣心不在焉地应了一声,满脑子还是刚才那个年轻男人走出电梯时的背影。不知道为什么,她总觉得那个背影充满了一种沉默的嘲讽。

"听说是第四局打完明神状态不好,愣是被换下去了,新换上来的中单见都没见过,大局观也不行。"

"你一个白银选手说什么大局观。"

"原本我下一句要说的是'完全不如你',现在我决定收回这句话。白银怎么啦?至少我天天洗头!"

童谣扯了扯嘴角,掏出房卡——一阵"嘀嘀"声音过后,门打开了。童谣把脚边的东西连踢带拿地弄进门,再用脚踢上门。这时候听见她的好友在对面问:"什么声音?你回酒店了?自己一个人?他们不是打完今天的比赛就直接退房回基地了吗?你没跟着回去?"

"前段时间都忙着准备比赛,没有人给我收拾房间,所以我还得在酒店住两天,而且现在休赛期了,着什么急?你到底想说什么?"

电话那头顿了顿,然后像是终于忍不住了似的,问:"见着诚哥没有?"

一不小心就被戳到了心中的痛点,童谣扯了扯嘴角,不情愿地道:"你说你一个有主的闺女惦记什么陆思诚?见到了,刚才他和我一个电梯回酒店,他住我楼下,我手里拎了东西,他问我住在几楼,然后帮我摁了电梯。"

电话那头兴奋地叫了一声:"他知道你是谁不?"

童谣:"不知道。"

今阳听后直接跳起来了:"我的天啊!太浪漫啦,完完全全就是少女漫画男女主角相遇的一幕!谣谣啊,你跟简阳分手为的就是今天,你知道吗?!"

童谣:"我就喜欢你想象力这么丰富的样子。"

你家少女漫画男女主角是这么相遇的?用脚指头都能猜到刚才陆思诚分明是动用了"关爱残疾人"的伟大爱心才替她摁了下电梯按键……想到这儿,童谣挠了挠头,看了眼脚下的购物袋,心想还好刚才陆思诚没看见她的脸,否则下次见面的时候得有多尴尬,她想都不敢想……

这时候,童谣听见今阳那边传来机场广播的声音,她愣了愣,问:"你在机场啊?"

"对,阿毛爸爸妈妈离婚了,现在妈妈要把儿子阿毛给它爸爸也就是我前夫送过去。"今阳说。

阿毛是今阳和艾佳一起养的布偶猫。

"你俩没和好?基地还让养猫啊?"

"基地没人对猫过敏的话应该可以吧,艾佳他们那儿就让,你要是想带着大饼去基地,可以先问问你们经理啊。"今阳说着,她那边的广播又响了一次,她大概是从座位上站了起来,"登机了,不跟你说了,打电话就是通知你一声,上海见。"

童谣"哦"了一声,乖乖挂了电话。她独自坐在床头发了一会儿呆,最后似乎终于抵挡不住想要把她的猫接来上海的冲动,她打开微信,犹犹豫豫地点开了一个微信群——这大概是一个小时之前,战队经理瑞哥将她拉进去的群,童谣当时看了眼成员,大概就是ZGDX战队的首发阵容五人,还有教练组、数据分析师什么的……

当时陆思诚他们还在台上打比赛,所以群里一个说话的人也没有。

而此时,群里依然安静至极。

童谣咬了咬下唇,然后打字:"Hi。"

没一会儿,群里就有人理她了——

马猴烧酒猫猫:"新中单小姐姐,你好你好!"

ZGDX 小瑞:"哈喽!"

ZGDX K:"欢迎加入战队!"

圆滚滚的胖:"哎呀快看看这是谁!新中单!smiling,我们准备回基地,你啥时候过来啊?跟咱们一起走不?还没见过你呢!"

ZGDX 明:"我前脚刚退役,'尸骨未寒',你们这些狗腿子就在这儿欢天喜地迎新……好气啊!"

ZGDX 小瑞:"明神不要叫,你明明只是转数据分析师,并没有真的要走去哪儿……还有小胖,基地属于少女的房间还没收拾好,现在让人家跟咱们走,是准备让她睡浴缸里吗?"

smiling:"嘿嘿嘿,那什么,大家好啊!其实我就是想问问,听说别的战队基地如果没有对猫过敏的人就可以养猫来着,咱们基地行不行啊?"

童谣发完这段话,又捧着手机看了半天,越看越后悔,总觉得自己问得特别突兀,抓心挠肺地正想要撤回,这个时候,便看见一堆回应跳了出来:"没问题。""什么品种的猫啊?多大了?公的母的?""我最喜欢猫了!"

童谣心中一喜,正准备打字感谢队友们的友爱,这时候眼皮一跳,看见屏幕最下方突然蹦出一句——

fhdjwhdb2333:"不行。"

这位乱码兄,哪位?

fhdjwhdb2333:"基地里有东西对猫过敏。"

啊……童谣有些失望地垂下眼。

smiling:"这样啊,那算了……"

圆滚滚的胖:"不是,等下!诚哥你这没道理啊,我怎么不知道咱们基地有什么东西对猫过敏?"

第十章

诚哥？陆思诚？

这乱码是陆思诚啊。

童谣眨了下眼,想了下那张刻薄脸就瞬间失去了反抗的意志,手放在手机键盘上,飞快地输入:"那算了,既然诚哥对猫过敏的话,我还是算了。"然而还没等她把一段话打完,新的聊天记录跳了出来——

fhdjwhdb2333:"有。"

fhdjwhdb2333:"我养的金鱼。"

啥玩意儿？金鱼？

童谣一脸茫然。

ZGDX小瑞:"诚哥你不要搞事。"

fhdjwhdb2333:"那些金鱼和我感情很深,像儿子一样。"

这男人……行行行,我服。

童谣抹了把脸,仿佛听见自己内心有座叫"陆思诚"的高大雕像正在轰轰烈烈地崩塌……她满脸黑线地看着手机,恨不得截图然后把聊天记录发到微博去,再昭告全天下:你们快来看看你们爱的诚哥,把记忆只有七秒的生物当儿子。

ZGDX小瑞:"可以带猫,你别理他。"

fhdjwhdb2333:"嗯？"

ZGDX小瑞:"有意见？"

fhdjwhdb2333:"那猫吃了我儿子怎么办？"

ZGDX小瑞:"再买啊,买不起吗？少抽几根烟,省下的罚款够你子孙满堂了。话说回来,你刚才是不是又偷跑去抽烟了？别人都回房间了，就你一个人拖拖拉拉在后面，回来的时候手上一股洗手液欲盖弥彰的味道……"

fhdjwhdb2333："我讨厌猫。"

ZGDX小瑞："然后呢？"

fhdjwhdb2333："也讨厌你。"

ZGDX小瑞："我喜欢你，谢谢你又给俱乐部省三千块，一会儿我会记得通知会计部的。"

接下来就是无限的"歪楼"，具体内容是以"陆思诚刚才到底抽烟了没有"为论点，只不过讨论水平大概维持在小学三年级左右……童谣一脸看不下去地退出了微信，开了包薯片"嘎吱嘎吱"吃了两口压压惊，然后打电话让家里准备一下，把她的猫送来上海和她相依为命。

三天后，童谣一手拖着行李箱，一手拎着装着她家大饼的航空箱，轰轰烈烈地踏上了前往ZGDX战队基地的旅程。

坐上出租车，她发现自己整个兴奋得不行，前些天好不容易冷静下来的心又怦怦乱跳了起来。我要打职业啦，我居然要打职业啦！哎哟我怎么这么厉害？我要打职业啦！童谣兴奋得完全控制不住自己的手，发了条微博——

咸鱼少女smiling大大："准备前往ZGDX战队基地报到！ZGDX smiling正在连接中……请稍后。"

第十一章

这一天,天朗气清。

上海某高级别墅小区内,ZGDX电子竞技俱乐部那独特鲜明的标志让这栋别墅成了整个小区中最惹眼的建筑。

别墅里也和其他普通住宅截然不同,一楼宽敞的客厅内摆放着的七台电脑中有六台前坐着年纪各不相同的年轻男生,其中最小的看上去只有高中生的模样,最大的那个也不超过二十二三岁的样子。而此时,这些年纪各不相同的男生却在做着同样的事——

手中的鼠标发出"咔嚓咔嚓"的清脆响声。

键盘上,修长的手指飞舞,机械键帽落下又弹起的声音也充满了魔性。

电脑的荧光照在他们年轻的脸上,然而与这一张张面无表情的脸截然不同的是,电脑屏幕里,被这些年轻人所操作的游戏人物在游戏中所向披靡。

过了一会儿,角落里的一台电脑音响里传来游戏大水晶爆裂的声音，其中一人的游戏结束了。这个染着一头嚣张红头发，看上去十七八岁的年轻人长吁一口气，回头看了眼自己亲爱的队友们——大家都在认真地进行自己的游戏，似乎没有人要理他。

红毛叹了口气，无奈地点开《英雄王座》新闻首页，目光立刻被首页那加黑加粗的自家战队的队名吸引了——

"打破传统格局的开始，继北美赛区第一次接纳女职业选手进入联赛后，中国赛区ZGDX战队紧随其后！"

红毛大声地念了第一条新闻。

没人理他。

"十七岁登顶国服第一，十八岁单排上韩服王者，站在99%的男生肩膀上的天才中单少女！"

红毛大声地念了第二条新闻。

还是没人理他。

"ZGDX战队花费大量时间、精力联系到smiling，并说服她以《英雄王座》职业联赛开赛以来中国赛区第一位女职业选手的身份加入ZDGX战队，并许诺她首发位置。"

红毛大声地念了第三条新闻。

依旧没人理他。

"smiling表示，打职业其实和性别没关系，她也不太懂为什么以前一直是男生站在这个游戏的巅峰，并直言如果真的想要去做，女生也不会做得很差。"

红毛大声地念了第四条新闻。

这一次，有人理他了——

第十一章

坐在他身边的相貌英俊的年轻男人动了动，掀起眼皮扫了红毛一眼，只见此时此刻男人面色阴沉、眼圈深重、胡子拉碴的模样实在非常颠覆他在战队宣传照里那迷倒万千少男少女的形象，他对身边的红毛用稍显冷淡的语气道："老猫，你嚷嚷得我头疼。"

"队长啊，我的诚哥啊，我的C老大啊，这姑娘是咱家的新中单。"叫老猫的红毛指着自己的电脑屏幕说，"关心一下，说不定人家明天就来报到了。"

陆思诚显得热情不高地"嗯"了一声："带着她的小东西。"

"什么？"

"猫。"

陆思诚电脑旁边的小鱼缸里，三条金鱼游来游去。

老猫盯着身边这位仿佛身体被掏空的大神看了一会儿，然后像是猜到了什么似的，伸脑袋去看这人的电脑屏幕——

果不其然，电脑屏幕里，一局游戏明明还没结束，但是本应该被操作着在游戏中厮杀的英雄角色此时此刻正站在老家的泉水里，默默挂机。

老猫："诚哥，你再挂机就要掉段了。"

"还能打回来，"男人露出慵懒的表情，双手潇洒地离开键盘，同时用略带磁性且低沉的嗓音说道，"但是我不能让傻子抱着我的大腿白上分。"

说着，他切出数据列表给老猫看——

作为ADC，他的数据是11击杀3死亡5助攻，而他的中单队友的数据是0击杀11死亡3助攻。

"这人中路送完，跑来我下路送，我杀的速度赶不上他送的速度。"陆思诚淡淡道，"出去举报他，理由是太傻。"

陆思诚："钻一是地狱。"

老猫："我告诉你一件更加地狱的事，后天就是数据审核日了，你距离不扣工资的要求还差一百个胜点外加三局晋级赛。"

ZGDX战队每个月都会进行数据审核，要求队员在《英雄王座》韩国服务器中排名最低达到"大师"水准，否则掉一个段，扣20%的月薪。

老猫一脸同情："自打这个新规矩出来之后，诚哥你就从来没有拿过完整的工资。别挂机了，挂一局一千块钱，想想你就不想挂了。"

陆思诚沉默了一下，然后他指了指老猫的屏幕，只听见"噔"的一声闷响，电脑屏幕上显示进入游戏的确认键，老猫新的一局游戏即将开始，他手忙脚乱地点了确定键，进入新的排位赛选人模式——

与此同时，基地大门被人敲响。

正琢磨这局玩什么英雄的老猫头也不抬地说："可能是送外卖的或者送快递的，劳烦队长大大您移驾去开下门。"

"忙着。"

"别骗我，你明明在忙着替老板省钱少发工资。"

陆思诚看了眼自己的屏幕，己方基地大水晶已经被推掉，他微微蹙眉后伸手推开了键盘站起来，迈着懒散的步伐走向门前。

他打开了门。

第十一章

门外,一个只到他胸口那么高,看上去十八九岁的短发少女站在门口。看见门打开,她敲门的动作一顿,然后她抬起头,与站在门后的男人对视。

五秒沉默。

少女那双黑色的瞳眸猛地一亮,她立正站好,抬起手以让人看不清手指的速度拼命挥手:"是诚哥吗?是诚哥吧!没想到来开门的是你啊!你怎么会来开门?你好你好,我是——"

"砰"的一声巨响,门被狠狠关上的声音打断了她还没来得及说完的话。

别墅内,老猫伸长了脖子:"怎么又把门关上了,谁啊?"

"无知粉丝来GANK基地。"

站在门后,男人面无表情地说着。他停顿了一下,似乎是在仔细回想,而后缓缓蹙眉补充道:"而且还不化妆。"

第十二章

十分钟后。

"微博删了。"

"不。"

"微博删了。"

"我不。"

"最后说一次,微博删了。"

"我就不。"

陆思诚坐在沙发上,看了眼坐在他正对面的短发少女——后者身穿T袖、外套、人字拖和大裤衩,怀里抱着一只脸像被人画过三八线一样的猫,身边放着刚刚拖进来的行李箱。此时此刻,她笑得一脸灿烂,看得陆思诚眼睛发胀。

他皱皱眉,索性收回目光,重新抓起刚才被他扔到一旁的手机打开微博——在十几天都没发什么新微博的情况下,从十分钟前,他的"@"提示就在一直不停地刷新,点开来,全部都是吃瓜群众在某条微博下疯狂@他,原微博长这样——

咸鱼少女smiling大大:"我到基地大门前并敲响了门,来开门的是诚哥,然后他看了我一眼,又把门关上了——于是现在我还站在大门前,还有我家大饼。"

配图是那只脸像被人画过三八线一样的丑猫瘫软在一盆盆栽下,背景是ZGDX战队基地大门口,盆栽是小瑞种的绿色植物。

评论七百。

下面是一堆人回复的"心疼大大!""哈哈哈哈!为啥啊?""你是不是长得太像卖保险的了?""大饼真萌"……

要么就是——

洁了个癖:"诚哥怎么能这么对大大!太过分了!大大,我们一起报复诚哥!比如偷偷拍他的不雅照卖给我们吧!"

睨睨:"大饼快上,@ZGDX陆思诚 把他的鱼吃光光!"

梦想与咸鱼和你:"我快笑死了,@ZGDX陆思诚 诚哥,你给我家smiling开开门吧,她有梦想,她要打职业!"

阿毛猫:"@ZGDX陆思诚 没错,虽然长得不好看,但是关上门再打开也并不能像是仙女魔法一样给你家新中单换张脸。"

我是你的脑残粉呀:"你把她关在外面没关系,@ZGDX陆思诚 先让我们大饼进屋吧?"

我怀疑你不是咸鱼:"把他的鱼吃掉!"

鸡肉Mua:"吃金鱼!吃掉他的金鱼!"

"无聊。"

陆思诚扔开手机,站起来走到电脑前,弯腰点开了一局新的排位，其他人也在打过招呼后就三三两两地散了，回到各自的电脑跟前。

这个时候，经理小瑞从楼上走下来，坐在沙发上的童谣站了起来，显得有些紧张道："瑞哥，我来报到。"

"来了啊。"小瑞三两步来到童谣身边，双眼放光伸手将挂在她胳膊上的大猫接过去，"来来来大饼，哥哥抱抱——哎哟，这猫真沉……话说童谣我刚看见你微博了，陆思诚把你关门外了？"

童谣动了动嘴角。

陆思诚："我以为是粉丝GANK基地。"

小瑞伸手摸了摸大饼的脑袋，那猫垂下耳朵发出"呼噜呼噜"的声音，似乎很满意的样子。他低头看了童谣的人字拖一眼："你见过穿成这样GANK基地的粉丝？"

陆思诚盯着电脑屏幕，头也不回地理直气壮道："没有，所以我关门了。"

小瑞："童谣，你房间准备好了，上楼看看？顺便把行李放一下，那些牙膏、牙刷、浴巾之类的东西还没买，一会儿你放好行李，我让人开车带你去附近的商场一次性买好。"

童谣点点头，看大饼赖在新奴才的怀里十分满意的样子，索性便将它交给小瑞玩，自己拖着行李箱要往楼上房间走——这时候，上单老猫踢了一下辅助小胖："去帮忙。"

小胖看了眼老猫已经开打的游戏，又看看自己刚才打完一局还没开始排队的界面，只好无奈地站起来走去接过童谣的箱子，后者连忙道谢，小胖倒是耿直地笑了笑："以后就是队友了，要互相帮助的,你别看诚哥好像很不友好的样子……"

小胖:"其实他是真的不怎么友好。"

小胖:"但是没关系,毕竟基地除了他,大家都很好说话——所以等你安顿好了来带我上分吧。过两天就月底考核了,再不上大师我就要被扣工资了。"

童谣一脸茫然地看着话题转变很快的小胖,后者笑嘻嘻地说道:"辅助自己打排位上分好难哦。"

"好好好,"童谣点点头,"排排排。"

小胖露出心满意足的表情。

这时候老猫就像是长了顺风耳似的在下面说:"童谣你别听他忽悠你,这人上分天天搞事,带他上分就是嫌自己分多不够扣的,根本就是个人面兽心的畜生!"

而这时候小胖已经将童谣和她的行李送到了房间门口。童谣回头看了一眼,房间对面的一小片开阔区域还摆着几台电脑,每台电脑后面都坐着人。

童谣一脸疑惑地看向小胖。

小胖说:"二队的小孩。"

童谣"哦"了一声,点点头。小胖又扔下一句"晚上来双排"就抖着肚子飞快闪人了,并没有给童谣一个后悔的机会。童谣只好转身走进房间,这才发现基地大概是真的很用心在给她准备房间,房间很干净,床铺、被子什么的都是全新的,有白色的衣柜和梳妆台,床下还铺着毛茸茸的地毯,整个看着就少女得不行!

童谣十分感动地将自己那些根本配不上这个房间的少女心的

衣服拿出来挂进衣柜里，护肤品之类的也掏出来扔到化妆台上，剩下的小箱子里全是大饼的罐头和零食。房间里有小冰箱，她将零食塞进冰箱，罐头找个地方放好，带来的小箱子就都掏空了。

童谣倒在柔软的床上翻滚休息了一下，又看了一会儿手机，这才站起来，准备下楼找瑞哥带她去买生活用品。

只是当她走下楼，这才发现她在房间大约只待了不到一个小时，楼下却已经变成了另外一个世界——此时，基地一层倒是挺安静的，除了老猫和小胖偶尔讨论一下英雄天赋和出装，剩下所有的人都坐在电脑前面认真打游戏。

瑞哥不知所踪。

她家大饼……正团成一团，毛茸茸，像条海参似的躺在陆思诚的脚下，四只小短腿抱着陆思诚的脚，睡得无比香甜。

陆思诚正全神贯注地打游戏，像是浑然不觉脚边有一圈十分保暖的东西在抱着他。

"大饼啊……"

大饼啊，你个狗腿子成精了啊？基地那么多人，你也知道哪个是你需要抱大腿以求生存的！

然而没有用啊！你在人家眼中只是个会吃了他儿子的毛茸茸小东西！

童谣一脸凌乱地走到陆思诚身边弯下腰要将那个狗腿的猫抱起来，那猫还"喵喵"挣扎着不让她抱。

童谣强行将它一把捞起来，一边叫它的名字安抚着，一边无比自然地低头在那毛茸茸的猫脑袋上"吧唧"亲了一口。结果刚亲完，便看见身边原本正打游戏的男人突然停下动作转过头看了她一眼。

童谣被他看得发毛："怎么了？"

陆思诚："这猫刚用脑袋蹭过我的脚。"

陆思诚："如果能让你好过一点，我早上起来洗过澡。"

童谣想了想，然后毫不犹豫地扔掉了怀里的猫，抬手拼命用袖子擦嘴，大饼显然不知道自己为什么突然就遭到了嫌弃，四爪落地，翘着尾巴往外跑了几步，又转过脑袋冲着童谣不满地"喵喵"叫着。

陆思诚："好过一点没有？"

童谣："并没有。"

陆思诚满意地露出一个短暂的笑容。

此时童谣终于反应过来了："那条微博永远不会删了。"

陆思诚头也不抬："随便你。"

"我要给它置顶。"

"是吗？好害怕。"

两人沉默对峙之间，小瑞开门从门外走进来，看了眼童谣和陆思诚问："童谣你东西放好了？"

童谣点点头，小瑞"哦"了一声，然后无比自然地说道："我车刚才正好借给摄影出外勤去了。诚哥，要不你带她去买生活用品吧？"

陆思诚一愣，转过头看着战队经理，蹙起眉："我在忙。"

小瑞凑过来看了一眼陆思诚的电脑屏幕："忙着挂机？你要掉

钻二了,朋友。"

陆思诚:"所以我正忙着,过两天月底考核。"

小瑞:"两天想从钻二到大师,你以为自己是神仙吗?"

陆思诚想了想,大概也觉得好像确实不太可能,露出一个无奈的表情后,他慢吞吞地从位置上站了起来,垂下眼看了一下这会儿正仰着下巴、眼巴巴瞅着自己的少女。他停顿了片刻,淡淡扔下一句"走",抓过电脑旁边随便扔着的车钥匙就自顾自地往门外走去。

童谣站在原地愣了一会儿,半晌才反应过来,连忙迈开腿,紧紧跟上那个迈开腿走一步够她小跑两步的高大背影。

"等等,诚哥……哎,我能叫你诚哥吗?"

陆思诚低下头,看着面前弯着腰穿鞋时只到自己腰的小姑娘,后者穿好人字拖,没听到回应又抬起头好奇地看向男人。

陆思诚嘴角轻勾成略微刻薄的弧度:"叫爸爸都合适,矮子。"

"什么矮子?你好好说话,大家萍水相逢便是缘,你做什么敌意那么大?"

"微博删了。"

"我不,谁叫你先关门的!"

"因为没想到未来的队友是个未成年。"

"我十九了!"

"你的身高告诉我你在撒谎。"

"微博置顶了。"

"呵。"

童谣昂首挺胸地走在前面,于是基地大门被走在后面的男人"哐"的一声关上了,两人既无营养也无结果的争吵声被关在了门外,往车库方向渐渐远去。

第十三章

进了停车场,童谣跟在陆思诚后面一路小跑,眼睁睁看着他往角落里那辆宝蓝色的玛莎拉蒂走去,然后拉开了驾驶座的门。

她只是去买双拖鞋、几条内裤外加一条浴巾而已。

车子从停车位开出来,在童谣面前停下。童谣下意识地伸手去拉车后座的门,此时驾驶座的窗户降了下来,陆思诚那张面无表情的刻薄脸出现在车窗后:"坐前面,坐后座是怎么回事?当我是司机?"

"诚哥我错了。"

积极认错的童谣条件反射般放开门把手,一溜烟地绕到前面,打开副驾的门爬进去,老老实实端坐在座位上,目视前方。

陆思诚瞥了她一眼。

"安全带。"

童谣"哦哦"两声,又赶紧低头去找安全带,系好了安全带又摆回了原本端坐着的姿势,双手放在膝盖上就像是等着幼儿园老师发小红花的小屁孩——陆思诚看上去倒是挺满意她这样安静的模样,踩下油门,车子缓缓从停车场开出别墅小区。

"诚哥,我就买点拖鞋和洗漱用品之类的,去附近的随便哪个商场就可以。"

"不然呢?带你去家具城?"

"要去吗?"童谣一脸惊讶。

"等我换个卡车载你去?"

下次说刻薄话之前麻烦举个"我在讽刺"的牌子好吧?毕竟您那张脸看上去说什么都像是真的……童谣鼓了鼓腮帮子,手握在安全带上滑来滑去,看看窗外又转过头偷偷看身边开车的男人,只见后者倒是一脸放松,丝毫没有感觉到尴尬的模样。

"看什么?"

陆思诚生怕不能让她更尴尬似的问了一句。

童谣连忙收回目光,扭头看着车窗外——好在她来的时候就注意到,ZGDX俱乐部因为赞助商太有钱,所以DOTA分部和HOL分部都在上海市中心的别墅小区里,周围很繁华,开车到最近的商场只要十分钟,所以她只需要忍耐十分钟。哪怕是这样,再给她一次机会,她可能会坚持选择用两条腿走过来。

到了地方下了车,童谣有些口渴,就在商场外的一家奶茶店买喝的,趴在吧台上看了半天,最后点了一杯果汁,她又回头去问站在她身后不远处的男人:"诚哥,你要喝东西吗?"

"不用。"

言简意赅的回答,附赠一个"你给我快点"的表情。

第十三章

童谣做了个鬼脸拧回头,吧台后面卖奶茶的服务生笑着羡慕道:"小姐,你男朋友很酷哦。"

"那个不是我男朋友,是同事。"童谣被这服务生的误会吓得连忙摆手,"那麻烦再给我一杯拿铁好了。"

最后童谣还是给陆思诚要了杯咖啡,陆思诚也没说什么,道了声谢就接了过去。买完喝的两人肩并肩往商场里走,依然还是陆思诚走一步童谣要迈两步才追得上的节奏。这一路童谣小跑加蹦跶到了电梯跟前,两人前后脚进了电梯。

陆思诚一路在玩微信,不知道在和谁说话,说的还是韩语,童谣也听不懂。进了电梯他就退到稍里面的位置去了,童谣凑近电梯按键,开始认真地阅读按键旁边的楼层简介,找超市和生活用品在哪一层……当陆思诚发完一条信息抬起头,"喂"了一声正想说什么时,突然发现那个缩在角落里半仰着下巴研究电梯按键的背影有种难以言喻的眼熟。

三秒后,在男人沉默的注视中,童谣成功地找到了自己要去的地方,满意地摁下第三层的按键,转过头:"嗯?诚哥你叫我?"

"你知不知道YQCB战队他们AD准备宣布退役的事?"

"不知道,他们战队的AD是谁来着?我想想,啊!是小暖吗?他要退役了?"

"我在韩国那边打职业的朋友告诉我,YQCB战队他们新加入的AD可能是——"

"嗯?谁?"

童谣咬着吸管,YQCB战队就是今阳男友艾佳所在的战队,只是这次春季赛成绩不好，差点掉级到次级联赛，前几天刚打完保级赛。

陆思诚这样的一线顶级战队队员还关心保级队吗？

陆思诚话说一半又沉默下来盯着站在电梯按键旁的少女，良久，在后者瞪着眼莫名地看着他时，他突然换了个话题："算了，没什么。我听小瑞说，前两天春季赛总决赛的时候你也来看了。"

"是啊。"

"和我们住一个酒店？"

"是啊。"

"46层吗？"

"是……"

童谣顺口答了一半突然停了下来，然后咬着的吸管往杯子里"咕噜"吹了个大泡泡……她捏着饮料杯子的手稍稍收紧，没来得及说话，就看见陆思诚淡定地点点头，得出了一个她最不想听见的结论："那天那个倔强的矮子果然是你。"

"倔强？"

"倔强地不承认自己矮。"

此时电梯门打开，陆思诚先一步走了出去。童谣在原地愣了愣，连忙跟上，上蹿下跳地解释："不是啊，我跟你说，那天我真的够得着的！那天拿了太多的东西，手抬不起来，所以才……"

"倔强。"

童谣快疯了。

她只是比起陆思诚有点矮而已！走在大街上一点也不显矮！

第十三章

只见走在前面的男人自顾自地得到了"果然很倔强"这个结论后,一脸"这个话题结束了",满意地走在前面。童谣心一急就想去拽住他,然而就在她伸出手的一瞬间,她突然听见从商场的另外一边传来一阵妹子的惊喜呼声!

童谣微微一愣,抬起头,随即一眼就看到在他们不远处一群年轻的男男女女正满脸兴奋加欢喜地看着他们这边,正兴奋讨论着"Chessman""我诚哥""他怎么在这里"之类的话题,其中两个妹子还举起手中的手机对准了陆思诚的方向。

在这种地方也能遇见陆思诚的粉丝啊!

童谣见那手机对准这边,倒吸一口凉气,缩着脖子就往陆思诚身后躲,后者挑挑眉转过头,伸出大手一把扣住那个惊慌失措的脑袋,强行将几乎想蹦起来贴天花板上的少女摁住,问:"你躲什么?"

"你的粉丝在拍照!"

童谣满脸惊恐,完全没有了在总决赛现场被摄像机照到的奔放——开什么玩笑?当时现场那么暗能看得清楚个屁,现在这商场灯光那叫一个猛烈,万物显形……

陆思诚被她紧绷的声音弄得有些莫名:"拍照怎么了……"

"你今天没刮胡子!我今天没化妆!怎么见人!我还没在网上发过照片呢!你以为你的女粉会那么好心给我开美颜相机吗?!"童谣拍开陆思诚扣在她脑袋上的大手,"他们过来了,估计是找你要签名!"

陆思诚被她嚷嚷得脑仁疼,心想,有本事你一辈子都别见人。

然而，眼下见这上不得台面的新人一副快要眩晕的模样，他也不好勉强她，露出无奈的表情便转过身，同时顺手将她往自己身后一塞——

"那你躲好点。"

"躲你身后能挡得住吗？"童谣紧张之下也是问了句废话。

"竖着的可以，横着的不确定。"

童谣用了五秒钟反应过来陆思诚这是在变相嘲笑自己横截面积宽广，然而此时他那些手里拿着笔和本子的粉丝已经一拥而上，童谣也不敢再说话，连连后退，躲在了陆思诚身后。

这伙人有七八个，动静挺大的，商场的吃瓜群众听了动静也转过头，看着被围在中间的高大年轻男人，还以为是遇见了什么明星。只是这明星虽然够英俊，但是那副不修边幅的模样，像是拿起钥匙就跑出来逛商场的，是不是也太没偶像包袱了一点？

"诚哥，我好喜欢你！"

"天啊！诚哥你好帅！"

"好希望今年去季中赛的是ZGDX战队！"

"诚哥诚哥，给我签个名吧？太高兴了居然在这儿遇见你！明神还好吗？昨天看官方微博说他转数据分析师了，不是完全离开啦？真是太好啦！"

"诚哥，你真人好高啊，比在赛场上看见你时更加高！"

"咦？"兴奋的人群中突然响起一个女声，"诚哥，这个是你女朋友吗？"

周围一下子安静下来。

第十三章

一个大眼睛、娃娃脸的妹子稍稍倾斜身子,看向男人身后挡着的人——而此时,站在陆思诚后面,童谣用手指疯狂地戳他的腰,在几乎要将他的腰戳出几个窟窿的情况下,难为陆思诚用四平八稳的声音解释道:"不是,我上哪儿找个跟女儿似的女朋友……是战队工作人员,陪我出来买东西。"

"哦,"娃娃脸妹子的面部表情明显放松了,随即笑了起来,"工作人员姐姐长得很可爱的。"

"是幼稚。"陆思诚飞快地将那签名本签好还给她。

她稍稍后退一些,其他的粉丝又拥了上来,将陆思诚包围起来——被鉴定为工作人员的童谣很快失去了人家的关注,也跟着被挤出了八百里开外……

看着不远处被少男少女围在中间用崇拜的眼光看着的男人,童谣在理解好友今阳之前为男朋友艾佳穿粉丝送的衣服这事发狂的难处之后,更加坚定了自己当初的想法——

果然死也不能和职业选手谈恋爱,否则,一缸子醋怕都不够她一天喝的。

第十四章

送走那些粉丝，童谣有一种劫后余生的感觉，看着那些彼此兴奋交谈走远的粉丝背影，她伸长脖子，不安之中微微有些羡慕似的叹息道："以后我也会有这么多粉丝吗？喜欢我，夸奖我，争先恐后地想要来和我合照……"

陆思诚看了她一眼，淡淡道："认真打比赛的话，会有的。"

童谣："啊，是这样的吗？"

什么嘛，其实诚哥人还是很好的嘛，至少现在知道说些温馨激励的话来鼓励新……

"打不好比赛的话，会有比这多成百上千倍的人来怼你，谩骂你，问候你今天喝水有没有被呛死，争先恐后地带你的节奏，想要将你挂上墙头。好自为之。"

"可是就从来没人骂过你。"

陆思诚扯了扯嘴角，仿佛童谣说了句废话："因为我强，电子竞技，菜是原罪。"

童谣:"真是一番深刻的教育,谢谢诚哥的教诲。"

陆思诚:"不客气。"

两人说话之间终于步入卖生活用品的商品区。童谣挎着篮子走在前面,看见想要的就往篮子里塞,陆思诚跟在她后面,看上去对一切都意兴阑珊的模样,偶尔拿起来一件东西看一看,不一会儿就又放回去。

这时候走在前面的童谣突然停下来,站在一堆家居鞋前走不动路了——她双眼盯着一双毛茸茸的羊羔绒鞋子看了很久,鞋子是软底的,靴筒上面有两个球。童谣拿了双样品下来摸了摸,觉得很暖和,想想ZGDX战队基地正好又是瓷砖地板,买来秋冬穿应该很合适……

童谣将样品放回去,开始认真挑选颜色——

蓝色还是粉色?其实白色也很可爱,但是白色不耐脏。

童谣皱着眉选了半天,最后还是拎起粉色的样品和蓝色的样品转身给陆思诚看:"诚哥,哪个好看?"

陆思诚将一顶毛绒帽子扔回货架上,转过来看了眼,随口道:"蓝色。"

童谣点点头,一边嘟囔着"直男眼光不可信",一边将那双蓝色的放了回去,拎着粉色的家居鞋样品开始满货架找没开封的售卖商品……站在货架前找了半天,最后她眼睛一亮,在货架的最上方稍微里面一些的角落里找到了一双被压在白色和蓝色鞋子之下的粉色鞋,于是她想也不想便踮起脚,试图伸手去够她想要的东西——

第十四章

当她绷直了指尖,用两根手指艰难地拖着那好不容易碰到的包装袋一角,慢吞吞地将那双粉色鞋子一点点往外拖时……

"啧。"

这时,从童谣身后伸出一只大手,轻而易举地便将那双鞋子拿了下来。

童谣愣了愣,回过身微微仰起头,此时站在她身后的男人背着光,看不清楚脸上的表情,只是将手中的鞋子往她篮子里一塞,同时沉声道:"还要什么?一次性说完,别在这儿耍杂技,人都快挂到货架上去了。"

"不怪我啊,这最后一双粉色,肯定是被什么人藏到最高的货架里面不想被人发现!"

"嘿嘿嘿,结果被我发现了,她肯定很气。"

陆思诚看着那张自以为很聪明的笑脸,突然又想起了什么,他停顿了一下,这一次终于用上了有些惊讶的声音道:"在春季赛总决赛住的酒店旁边的超市里,你是不是也干过一样的事?嗯?把一桶水打横藏在最高的货架后面……"

看着童谣那张笑容瞬间凝固的脸,陆思诚感情复杂地叹了口气:"居然又是你。"

"你这是什么意思?你怎么知道?啊!你是那个偷水贼!"

"什么偷水贼,"陆思诚接过童谣手里的购物篮,自顾自走向收银台,途中随手抓了一包薯片放进篮子里,同时头也不回地道,"东西放那儿写你名字了吗?"

"我先藏好的!我先看上的!"童谣快步跟上。

走在前面的男人短暂地冷笑了声:"那也叫藏?"

"怎么不叫藏!"

"在超市藏东西,你是小孩吗?"

"我只是害怕被别人先买走!"

"那两天我还以为自己被一群矮子丧尸围城,没想到原来都是一个人。"

"什么矮子丧尸围城?你好好说话!"

童谣盯着收银员将她买的东西一样样过读码机器,再用甜美的声音告诉她"您好,一共三百七十四元",她转身想要从包包里掏自己的钱包,然而在她把钱包掏出来之前,陆思诚已经从口袋里掏出一张卡递给了那个收银员。

童谣微微瞪大眼,连忙道:"咦?等下,我可以自己……"

"里面也有我的东西。"陆思诚将那包薯片拿走,剩下的也顺手拎在手中。两人走出购物区,童谣跟在他后面还想说什么,最后也只挤出一句:"谢谢。"

陆思诚扭过头看了身后满脸不好意思的少女一眼,心想盼了多少年,基地里到底是来了个不会臭不要脸嚷嚷着"诚哥有钱诚哥给"的正常人。他眼珠微动,淡淡地说道:"那晚上你请大家吃夜宵吧。"

童谣点头如小鸡啄米。

"私房火锅吧,人均一千那家。"

童谣点头的动作一顿,脸色微变。

"骗你的。"陆思诚将手中没动过一口但是已经拆开的薯片往身后的矮子手里一塞,"麻辣香锅就可以,多加莴笋和土豆片。"

最后那包薯片伴随着"弄一点渣在我车上就拉你去填海"的威胁,被童谣"呱滋呱滋"地吃了个一干二净。

两人回到基地,打开门便看见经理小瑞盘腿瘫软在沙发上,大饼趴在他怀里,前者正一脸心满意足地撸猫。听见门开的声音,小瑞伸长了脖子,而后便看见童谣和陆思诚一前一后地走进来。

"购物愉快不?"小瑞问,"新队友之间相处得也很愉快吧?"

不远处,辅助小胖发出一声清晰的嘲笑声以示自己对小瑞猜测的质疑。

"愉快。"陆思诚面无表情,"像带着明天要去春游的幼儿园女儿去超市买零食装满她的小书包。"

正脱了鞋蹲在一旁从购物袋里翻找新买的拖鞋的童谣闻言转过头瞪了他一眼。

小瑞看着陆思诚顺手将车钥匙往桌上一扔,来到电脑前还来不及坐下便点开一局新游戏的排位排队,俨然一个合格的职业电竞选手……他微微眯起眼,抱着猫凑到陆思诚身边:"没抽烟吧?"

"听不懂你在说什么,我不抽烟。"陆思诚懒洋洋地眯着眼说瞎话。

这时候,童谣踩着拖鞋踢踢踏踏地走进来。小瑞伸手招呼她,然后指了指陆思诚旁边的空位置:"来,童谣,你们出去的时候我让人把你的电脑装好了,以后你就坐在这儿。"

童谣看了一眼,发现小瑞指的位置在陆思诚和战队打野老K

的中间，电脑从显示器到鼠标都是全新的，键盘也是她最喜欢的红轴机械键盘，只是——

"这是什么东西？"

旁边的陆思诚一脸疑惑地用两根手指捏起电脑屏幕上粉色的蕾丝边框罩一角。

小瑞："属于少女的粉色装扮，猪爪子拿开。"

陆思诚："这玩意儿在旁边辣眼睛，我要掉黄金段位。"

小瑞："好啊，你掉个试试，看看你当月还有没有工资发，到时你工资卡上能多一毛钱，我管你叫爷爷。"

陆思诚："把它拿走。"

小瑞："不拿。"

童谣伸手拨弄了下电脑右下角的蕾丝，也是一脸迟疑："瑞哥，这个东西真的是有点挡住游戏小地图了啊……"

最后还是因为童谣的这句话，电脑上那个可怕的玩意儿才被顺利拿下。童谣在电脑跟前坐下时，陆思诚已经排进一局游戏里了。她转过头看了一会儿后，自己也有些按捺不住地打开电脑，这才发现电脑里《英雄王座》的游戏客户端还有电竞俱乐部专用VPN都已经下载好了。这种VPN她早有耳闻，因为职业选手大多数在韩服进行排位训练，所以俱乐部都会给他们买这种专业软件，速度比一般人用的那种快得多，还相对稳定。

常年被垃圾VPN支配网速的童谣终于有些兴奋起来，再加上耳边陆思诚点击鼠标和敲击键盘的声音不时响起，已经有三四天

第十四章

没碰电脑的少女终于控制不住自己的手,点开了游戏客户端。

当熟悉的登录界面声响起时,她心满意足地叹了口气。

熟练地在登录界面输入账号、密码,这时候她感觉到身后有一束目光深深地凝视着她,仿佛要将她的背烧出两个小洞。童谣回过头去,一眼便看见辅助小胖正眼巴巴地看着自己……童谣笑了笑:"小胖,来双排啊。"

盼天盼地盼到这句话的小胖兴高采烈地应了一声。

这时候,目不转睛地盯着自己电脑屏幕的陆思诚突然说道:"矮子,你知道为什么除了训练赛时间,ZGDX战队下路组合从不双排吗?"

"矮子叫谁……不知道,"童谣一脸茫然,"为什么?"

"你马上就可以知道了。"陆思诚淡淡道。

童谣盯着他看了一会儿,不明所以地耸耸肩,然后点击接受了小胖发来的游戏邀请,上了他的车……

准确地说,是上了他的"灵车"。

几个小时之后,童谣终于知道陆思诚那番意味不明的话到底是什么意思——这个小胖真的是来搞事的,和他双排的整个过程中,童谣见识到了他的花式英雄池(选手个人擅长的英雄种类),这个王者操作青铜心的选手,在他眼中并没有什么英雄是他不能拿来打辅助的。

后果就是,从下午买完东西回来就开始废寝忘食地打游戏排位的童谣,到晚上十点时,成功完成一波反向上分,把自己从"最强王者"段位俯冲回"大师"段位。

打完最后一局游戏，在身后小胖"我要掉段钻二了"的哭号声中，童谣看着自己从六百点掉到四百多点的胜点也是哭笑不得，摸摸肚子说："饿了，叫东西吃吧？"

她这样一说，立刻获得基地众队友的同意。

大家扔了电脑，其乐融融地围到桌子旁边。童谣请客，点了陆思诚指明要的麻辣香锅，多加莴笋和土豆片——等了一会儿，外卖送来，大家便一边扒饭，一边闲聊。

童谣是新来的，好在这会儿关在一个屋子里打了一下午游戏，大家也算熟悉了，所以和其他队友聊起天来也不算拘束，聊着聊着，一不小心就聊到了童谣的ID由来。

"为什么叫smiling？"打野老K问道，"因为够乐观吗？看你被小胖拉着掉了两百多分还没揍得他生活不能自理，真的是非常乐观啊。"

"你再说？！"小胖含着一口饭瞪老K。

"因为刚打游戏的时候就特别喜欢前职业战队ADC选手微笑啊。"说到这个，童谣有些兴奋地放下筷子，一脸向往道，"当年他带着遗憾退役，我伤心了好久，发誓一定要让'微笑'这个ID能够重返世界舞台，为世人所知，所以取了这个ID！"

"标准粉丝行为，"陆思诚评价道，"一个比较高级的脑残粉。"

"你才脑残粉。"

"微笑是ADC选手，你一个中单选手凑什么热闹当他的小粉丝呢？"

"中单就不允许喜欢ADC选手了吗？我也很喜欢你啊，只要是厉害的，职业态度端正的，我都喜欢。"童谣顺口答道。

陆思诚微微一愣，抬起头看了童谣一眼，不说话了。

桌边陷入片刻沉默，随后男人放下筷子，扔下一句"吃饱了"就站起来，回到电脑前坐下，剩下餐桌边的四个人大眼瞪小眼，童谣压低声音问："我说错什么啦？"

老猫摇摇头，表示不知道。

小胖摇摇头，表示也不知道。

老K叹了口气，正想说什么，这时候从不远处飘来陆思诚略显淡漠的声音——

"矮子，吃够了来双排。"

童谣一愣，没反应过来这是啥情况，一脸茫然地瞪大了眼。

只见老K终于有了发言机会，对着她竖起大拇指，啧啧叹息："我刚才只是想说，小姐姐一手马屁拍得极好，在下佩服。"

第十五章

童谣站起来,一脸戚戚艾艾,抬起手将头发别到耳朵后面,显得有些紧张道:"可是我想睡觉了。"

话音刚落,身后立刻响起一阵骚动——

小胖:"她拒绝了诚哥,她拒绝了诚哥啊!"

老猫:"她不和诚哥开车,她不想赢。"

老K:"她拒绝抱大腿,也拒绝了重返王者的机会。"

陆思诚沉默了下:"吃饱就睡,你是猪吗?"

"女孩子不能熬夜的,你不懂。"童谣认真道。

"没有哪个女孩子会吃饱就睡。"

"你懂什么女孩子?"

"哦。"

陆思诚转过头看了一眼童谣,操作鼠标点击进入单排的界面,开始排队等待游戏开始——在2016年年初《英雄王座》开启了预选位模式系统,也就是在进游戏开始排位赛排队的时候,玩家可以选择自己第一擅长的位置以及第二擅长的位置,以便玩家在系统对选择不同位置的玩家进行合理匹配组成一个队伍时,可以选到自己想要的位置。

陆思诚的首选位置当然是ADC,次选位置选的打野。

童谣站在陆思诚旁边看了一会儿,说:"你次选位是打野吗?那明天一起吧,你要是排到打野位置,我们可以来一波中野联动。"

此时,ZGDX战队前任中单明神叼着块饼,双手塞在口袋里晃晃悠悠地走进大厅,正好听见她说的话,于是明神笑了:"你要和我们诚哥中野联动?"

"怎么?"被小胖坑怕了的童谣立刻扭头,"又是和'ZGDX战队下路组合从不双排'一样有故事?"

"明天试一试就知道了。"明神一脸感慨地拍了拍童谣的肩,"晚安。"

怀着惴惴不安的心,童谣抱起她家大饼回房间睡觉去了。

晚上做了个噩梦,梦见她和陆思诚双排一天就从"大师"掉到了"钻石一段",而陆思诚因为N连跪,愤怒地抓起枕头捂在她的脸上,还用手掐住她的脖子。

"呜呜呜呜呜……"

童谣挣扎着醒过来,吐出嘴里的猫毛,这才发现是睡相不好的大饼不知道什么时候从她的脚底一路翻山越岭滚了上来,此时八九斤的肥猫打横压在她的脖子上,大爪子踩着她的嘴,睡得非常开心。

童谣满脸黑线地将猫推开,看看窗外已经天亮了,而她被充满了陆思诚的噩梦支配了整整一夜,瑟瑟发抖……

她爬起来洗了个澡,换好干净衣服下楼,这个时候是早上九点,战队基地一楼空无一人。童谣打开电脑查看了陆思诚的排位战绩,发现他昨晚自己单排打到今天早上六点半才没有再继续,其中又挂机几局,胜点增增减减,停留在钻一二十点原地踏步……

童谣抬头看了看楼上队友们的房间,此时个个房间大门紧紧关闭,显然这些通宵打完排位的人刚刚进入梦乡不久。

电竞选手们的日常。

童谣打了个哈欠,给紧紧跟在自己脚边的大饼开了个罐头,倒了点干粮,在猫埋头"吧唧吧唧"吃起来的声音中,她转身进厨房打开冰箱,试图看看里面有什么能喂自己的。这时基地雇用的生活阿姨从外面开门进来,与蹲在冰箱前对着空空如也的冰箱发蒙的童谣四目相对,然后一阵尴尬。

"你好哦,以前没见过你,是哪个队员的女朋友吗?"

"不是,我是昨天新来的队员。"

"哦哟,小姑娘也能打游戏的啦?"

那个阿姨一脸好奇地走进来,放下手里刚买好的菜,然后用电饭锅里剩下的饭给童谣炒了个蛋炒饭。此时是早上十点半,童谣看了看手表:"阿姨准备做午饭吗?"

阿姨:"做什么午饭?这是午饭的材料,那些小鬼刚刚睡下去,哪有力气爬起来吃午饭……电子竞技,没有白天。一会儿你吃完饭也去休息吧,他们要下午才会醒,才能跟你一起打游戏的。"

童谣低下头默默扒饭,吃完饭窝在沙发上给家里报了平安,又用手机看了一会儿美剧。

终于到了中午十二点半,童谣抬起头瞪着天花板说道:"好无聊啊。"

挂在沙发上,抱着猫独自一人面对空空如也的训练室,童谣深深地感觉到了休赛时,职业战队队员们的生活作息是多么放飞自我……

下午两点的时候,第一位睡美男醒了。

小胖身穿一条内裤迷迷糊糊地走出房间,趴在栏杆上往下一看,猝不及防地对视上一人一猫两双直勾勾的眼。小胖愣了一下,然后尖叫一声,连滚带爬地冲回房间甩上门。

二十分钟后,穿着整齐的小胖下楼了:"童谣!你怎么起那么早啊!"

童谣看了看基地墙壁上即将指向三点的挂钟,默默地撸了下猫,幽幽道:"我已经起来快六个小时了。"

蹲在冰箱前找食物的小胖转过头来,用看外星人的目光看着童谣。

童谣:"奥特曼内裤不错。"

小胖:"你调戏我,我要和瑞哥告状!扣你工资!"

三点半起床的是老猫。

三点四十五分起床的是和老猫一个房间的老K。

四点半,陆思诚神清气爽地出现在基地一层,湿漉漉的头发还在滴水,他一只脚踩在沙发扶手上,对蜷缩在沙发上看美剧撸猫的少女说:"喂。"

第十五章

童谣放下手机站起来，扔了大饼，拍了拍身上的猫毛。肥猫蹿到小胖的大腿上转了一圈，似乎很满意柔软程度，舒服地趴了下来。

童谣开始跟陆思诚双排。

第一局。

陆思诚排到打野位置，两人进了游戏，刚开始各自干自己的事还算和谐，直到第七分钟，正当童谣和对面的中单纠缠得难舍难分时，突然听见耳边响起男人低沉磁性的声音："蓝要不要？"

所谓蓝，就是"蓝Buff"，地图中野怪的一种。击杀后会为击杀者提供一个增加回蓝速度、减少技能冷却时间的增益Buff。通常来说，蓝Buff虽然是野怪的一种，但是地图上的第一个蓝Buff打野会让给中单，让中单拿到后增强自己在线上的对线优势。

地图上还有一种"红Buff"，与蓝Buff定位相同，只是击杀红Buff野怪后会为玩家提供额外伤害。蓝Buff一般属于中单，红Buff则一般属于ADC。

两种Buff除了击杀对应野怪获得，都可以通过击杀敌方携带此类Buff的玩家的方式抢夺到自己身上。

童谣："要。"

童谣一边说着，一边操控着自己的人物往蓝Buff野怪那边移动，然而就在这时，她听见陆思诚说："别要了。"

童谣："什么'别要了'？蓝是作为一名中单的尊严底线——"

话音未落，只见蓝Buff野怪身上一阵光亮起，在童谣走到蓝

Buff跟前之前,陆思诚交出惩戒,击杀了蓝Buff。

陆思诚:"对面中单有。"

陆思诚:"自己去拿。"

最后,此局游戏以童谣带着对己方打野的愤怒单杀对方中单,抢夺蓝Buff作为开局,队友一鼓作气疯狂滚雪球拿下本局比赛。推掉基地的那一刻,己方打野还要说风凉话:"不逼你,你还在那儿慢悠悠地补兵发育,明明可以单杀,是不是不想赢?"

童谣:"住口。"

第二局。

陆思诚排到了ADC位置。

第七分钟,一个和上局一模一样的时间,童谣操控着自己的角色慢悠悠地离开中路跑到下路去,与陆思诚还有己方辅助形成三打二的优势,干掉对方下路二人组。小规模团战之后,收割两个人头、肥得流油的陆思诚美滋滋地回城。

在角色回到基地泉水的一瞬间,他看见己方中单一扭身子,蹭到了红Buff旁边。

"ZGDX Chessman提示您往后撤!"

"ZGDX Chessman提示您往后撤!"

"ZGDX Chessman提示您往后撤!"

一连串的明黄色感叹号在红Buff野怪旁边亮起,但是这并不妨碍童谣像是眼瞎一样飞快地交技能拿掉这个红Buff。

陆思诚:"你想死?"

童谣:"对面ADC有。"

童谣:"自己去拿。"

最后在老猫"诚哥这还不挂机啊"的感慨中,本局游戏在第二十三分钟时结束,理由是因为对方下路被己方直接通关——游戏结束时,己方ADC的数据是22击杀0死亡3助攻,其中超神数次,拿到五杀一次——

这一次是他带着对己方中单的愤怒完成以上操作的。

与此同时,在某著名电竞贴吧冒出一个帖子,标题是"刚才在OB里看见诚哥和ZGDX战队新中单妹子开始双排啦"。

帖子瞬间被置顶,有了几百条回复,里面充满了各种上蹿下跳等着看热闹的吃瓜群众。

此时,童谣和陆思诚开始第三局游戏。

这一次,童谣掏出了她珍藏多年的压箱底英雄风男,这是个统治游戏低分菜鸟局、被众多玩家称作"队友掏出来就想退游戏"的五大不配拥有妈妈的英雄之一,在童谣的手上不负众望地打出了0击杀5死亡0助攻的辉煌战绩。

陆思诚:"我想拔你网线。"

童谣:"别啊,等我猥琐发育一波,后期接管比赛。"

说着屏幕一黑,又死一次。

游戏中如果某玩家连续死亡没有贡献击杀,被击杀的赏金便会随着被击杀次数叠加从三百金逐渐递减,死到最后也就是一个不值钱的提款机。嗯,也就是现在的童谣。

陆思诚:"别送了。"

游戏第十五分钟,童谣再次黑屏后,终于再也看不下去自家中单死去活来的陆思诚放弃防守自己的下路第一座防御塔来到中路,一阵混乱的团战后,"0/7/0"的中单同志终于变成了"1/7/0"。

童谣:"好好好,我拿到人头了!我要起飞了!"

陆思诚:"你不是要起飞了,你只是又值钱了。"

三局游戏结束。

陆思诚:"滚下车。"

童谣:"正有此意。"

两人立刻分道扬镳,双双各自单排。

童谣抓过手机,默默打字。

一分钟后,微博首页跳出一条来自"咸鱼少女smiling大大"的微博——

咸鱼少女smiling大大:"已与ZGDX Chessman恩断义绝。"

第十六章

主题:"刚才在OB里看见诚哥和ZGDX战队新中单妹子开始双排啦!"

1楼——

楼主:

"昨天偷看我们ZGDX战队小胖排位战绩,发现我们小胖果然一如既往地连跪,好奇心之下翻了翻可怜的队友都有谁,发现小胖和一个ID叫smiling的人双排了很多局,哈哈哈哈哈!不用我说你们也知道这个人是谁啦!然后我们小胖还是那个熟悉的画风,掏出了自己震惊韩服的上条人偶辅助、黎明女神辅助、扎克辅助以及风男辅助等,实力带领新人反向上分,俯冲钻二!"

"话说,你们觉得这算校园欺凌吗?倚老卖老、欺负新同学什么的……"

"于是今天,大概是为了弥补自家辅助的可怕行为,我们诚哥站了起来!"

"ZGDX战队中路下路双排啦！哈哈哈哈哈！就现在！"

发表时间：2016-5-2，17：30。

略过中间各种吃瓜群众踊跃讨论……

503楼——

楼主：

"楼主回来了，下面我来给大家复盘一下我们ZGDX战队中下首次双排精彩内容提要——

第一局，诚哥的打野抢了smiling的蓝。

第二局，smiling抢了诚哥的红。

第三局，smiling掏出了1/7/0的风男。

没有第四局。

因为车队解散了。

我几乎可以想象车队散的那一刻的画面，希望他们两个没有打起来。

PS：粉这支队伍真的好难，除了老猫和老K会相亲相爱双排开车，永远不要想看见其他队员和谐双排……所以老猫和老K，你们俩一定要好好相爱啊！"

发表时间：2016-5-2，20：12。

童谣眯着眼，手指快速滑动鼠标，津津有味地看着下面一系列的跟帖，"心疼新人妹子""心疼诚哥，明天审核排位情况工资不保""心疼被嫌弃的小胖"及"心疼我自己为什么粉这支战队"——看到最后，她几乎快要不认识"心疼"这两个字了。

"诚哥，你粉丝的室友临死前想看见ZGDX战队下路双排。"

她一边滑动鼠标一边念贴吧帖子某层的回复。

小胖："我的工资临死前也想看见这一幕。"

坐在童谣身边的男人闻言，直接无视自家辅助的哀怨，掀了掀眼皮瞥了童谣一眼："我还要对粉丝的室友负责？"

"优质偶像都是心怀天下苍生的。"

"我是电竞老男人。"

"……"

"矮子。"

"干吗？"

"你又发微博。"

"你打着游戏还管我发不发微博？"

"你叫你那些粉丝别@我，我就不管了。"

"那我可管不着。"

童谣关掉网页，站起来伸伸懒腰，饿了。

正准备打电话叫外卖，这时候战队经理小瑞从上面踩着拖鞋慢吞吞地走下来，走到小胖跟前，抬脚踹了他一脚，说话却是看着陆思诚："宝宝们，你们看看是不是该去约约训练赛了啊？"

训练赛，是指两个战队之间约定好打一局模拟比赛，所有的一切按照常规比赛方式来。训练赛在职业选手的职业生涯中占据很重要的一个组成部分，大家会在训练赛中测试新练好的英雄、新想到的战术，或者是与新队友磨合之类的……

童谣听见"训练赛"三个字，条件反射似的坐直起来看向小瑞，陆思诚却只是"哦"了一声又继续自己的游戏，连正眼都没有看小瑞一眼。

小胖将小瑞的脚丫子从自己的身上拍下去:"瑞哥,春季赛刚结束,现在休赛期啊,打啥训练赛?我们这边前两天打总决赛才拖拖拉拉到现在还在基地,其他战队季后赛打完都快大半个月了,人家还不回家?"

"大多数战队季后赛成绩不满意啊,所以就没假期喽。"小瑞耸耸肩,"看看人家多上进,再看看你们,输了春季赛总决赛还个个一脸乐观,成天看着比赢了冠军的CK战队还高兴……"

小胖:"别吧,我看阳神他们嘴都乐歪了。"

小瑞:"人家能去MSI季中赛了,当然高兴,今年MSI可是在上海举行,家门口呢。"

MSI季中赛是各赛区春季赛之后的一个年中大型国际赛事,由韩国(HCK)、中国大陆(HPL)、中国台湾(HMS)、欧洲(HCS、EU)、北美(HCS、NA)以及外卡(除以上五大赛区的其他综合地区队伍)六大赛区春季赛总决赛冠军出席。

今年是MSI季中赛举办的第二届,举办地点就在上海。

去年MSI季中赛冠军是HPL的战队,MSI夺冠后,当时国内的气氛是一片乐观的,人们纷纷觉得"我们HPL真的好强""几个月后的全球总决赛冠军奖杯也稳了"……然而,几个月后,代表HPL出征S系全球总决赛的三支队伍有两支直接在S系小组赛中折戟沉沙,另外一支止步八强,创下了HPL外战历史上最糟糕的纪录。

惨遭打脸之后,国内舆论风向顿时改变,人们对于MSI季中赛的看法也变得褒贬不一。有人觉得它是含金量仅次于S系全球总

第十六章

决赛的大型赛事,而有的人坚持认为——

这就是个娱乐至上的水友赛啊!

别人赛区都是打着玩的,不然哪里轮得到咱们这个菜鸡互啄的赛区拿冠军?

垃圾HPL!垃圾MSI!

由于去年全球总决赛糟糕成绩的打击,直到今年,大家对于本赛区的水平一直都不太看好,对今年这一届的MSI季中赛的结果也是乐观不起来。

比如此时此刻的小胖。

小胖:"不是,被人家在家门口捶进土里有啥值得高兴的?"

小瑞指着小胖的鼻子:"你别说话。"

小瑞说着又转向陆思诚问:"诚哥,训练赛啊,你没问题吧?"

陆思诚此时操作的英雄灵魂射手卡莉正蹦跶着拆掉对面的大水晶基地,红色的光倒映在他的眼中,男人脸上却一片沉静,他只是淡淡地"嗯"了一声,在赢得本局比赛的确认键跳出来时,"咔嚓"点了下鼠标,然后开始查看本局比赛的数据,全程连头都没抬一下。

童谣觉得有点奇怪,哪怕是不爽放假的时候被抓着打训练赛,也不该是这种反应啊?

她摸摸鼻尖,好奇地看着周围那些也不敢多说话、只是偷偷看陆思诚脸色的队友——这时候,从头到尾都没讲过话的老猫把椅子转了过来:"怎么突然想到要打训练赛?夏季赛还早呢,往常都是要过了季中赛才开始安排恢复训练的。"

"我花八十万买了个新玩具，"小瑞拍了拍童谣的肩膀，"还不允许我兴奋地找机会摆弄一下？"

小瑞："是骡子是马，拉出来遛遛嘛！"

话音刚落，陆思诚突然从位置上站了起来。

众人被他这动作吓了一跳，就连小瑞也顺势闭上了嘴——

陆思诚脸上却一派自然，摸了摸裤口袋，然后变魔术似的从桌子上摆着的存硬币的招财猫屁股底下掏出一支烟，他看了小瑞一眼："我去抽烟。"

小瑞的面部以肉眼可见的方式猛地抽搐了一下。

"五天后约了和YQCB战队的训练赛。"陆思诚摆摆手，"我约的，忘记和你说了。"

"哦，这不挺积极的吗？哎不对，"小瑞愣了下，"约那个保级队干啥？"

"教皇去了他们队，"陆思诚将没点燃的烟咬在唇边，微微眯起眼，"会会他。"

"啥？"

"不重复。"

"你说啥？"小瑞脸上的表情像是被大象踩了一脚，"教皇？哪个教皇？去年S系总决赛冠军队伍、年度MVP教皇？"

陆思诚"嗯"了一声："明天YQCB战队应该官宣了。"

说完，他懒洋洋地跟小瑞抬抬下巴，转身走出去抽烟了。

童谣抬起头，看看满脸惊愕甚至忘记了扣工资这码事的小瑞，这才突然想起之前买拖鞋的时候，陆思诚跟她提起过关于YQCB

第十六章

战队现任AD小暖要退役的事,只是后来被电梯事件打岔了。

看来当时他想跟她说的就是这件事啊,小暖的位置由教皇顶替什么的……而关于"教皇"李君赫来中国打职业的事情,看来陆思诚早就知道了。

问题是教皇的事为啥陆思诚这么清楚?

"诚哥和那个教皇,"童谣犹豫了下,"有故事?"

老猫一脸微妙:"你居然不知道吗?"

老K:"你居然不知道?"

小瑞捂住胸口:"我就喜欢你这不知道的事不瞎问的自觉,刚才被诚哥看了那么一眼,差点以为心脏要停跳了。"

这群人夸张的反应让童谣觉得更加莫名其妙:"咋了?到底咋了嘛?"

这时小胖叹了口气,解释道:"我们诚哥刚打职业的时候在韩国一线战队做替补,当时做的就是教皇的替补,两个人不论是打法、风格还是英雄池,都像是一个模子里刻出来的……当时国内外都说他是教皇的影子,还有人说他模仿教皇……呃,诚哥那样的人你也懂啦,心比天高,估计不爽这种说法很久了。"

童谣"哦"了一声,并点点头,看了看门外陆思诚离开的方向,终于明白这家伙哪里不正常了——

原来这是一个努力想要怼翻首发,证明自己存在价值的替补君的心酸故事啊!啧啧。

"好好好,"童谣站起来,高举双手,"为了我们诚哥的自尊心,大大大后天的训练赛加油!"

老猫一脸惶恐地看看门外,像是下一秒就会有老虎扑进来吃他:"你小声点。"

老K摆摆手:"初生牛犊不怕虎,上一个敢在基地提起教皇还试图鼓励诚哥的人已经去打城市联盟(比次级联赛更下一级的职业联赛)了。"

小胖打了个寒战,露出恶寒的表情。

小瑞:"你以为你拍励志日剧呢?坐下坐下!我去问问YQCB的战队经理怎么个情况。哎哟,居然签下李君赫,这群人看来夏季赛是不想当一群安静的菜鸟了!哎哟,哎哟,头疼。"

众人一番感慨后散开,各自去做自己的事了。

童谣没有开一局新的游戏,而是弯下腰从小胖怀中抱过大饼,抱着猫慢吞吞地来到基地大厅的沙发这边,跪在沙发上,脸贴在窗户玻璃上往外看,从一个艰难的角度看着站在门外的男人。此时,他微微蹙眉,斜靠在门边叼着烟,单手拿着手机在打字。

童谣推开窗。

"喂。"

男人抬起头。

"大大大后天的训练赛会赢的。"童谣举起大饼的爪子,冲着男人的方向挥了挥,"看我Carry你,你下路只管躺赢。"

陆思诚愣了一下,盯着抱着猫撅着屁股趴在窗子上的矮子,良久,他勾起唇,低低哼笑了声,道:"傻吧你?"

"嘻嘻嘻。"

趴在窗子上的人抱着猫,笑成了一朵太阳花。

第十七章

第二天，童谣睁开眼抓过手机，打开微博、微信、贴吧，发现自己被"Hierophant（教皇）来中国打职业，加入保级队YQCB"的信息刷了屏。作为去年官方公认的世界第一ADC、世界总决赛冠军获得者、粉丝千千万的活广告招牌，韩国那边应该也是给了不少钱想要留住他的，不知道他为什么就跑来现在情况普遍低迷的HPL了。

"要说为什么，大概是因为去年就算HPL两个队伍小组赛淘汰，一个队伍八强淘汰，结果官方年度排行榜上'Chessman'这个ID还是排在'Hierophant'这个ID的下面吧。"

战队经理小瑞喝了一口粥，有了结论："嗯，他为诚哥而来。"

童谣往喝着的豆浆杯里吹了个大泡泡。

此时是早上九点半，基地一楼静悄悄，只有ZGDX战队的中单选手以及战队经理面对面寂寞地吃早餐。聊起八卦被搞得虎躯一震的童谣抽了张纸巾擦擦嘴："我不懂。"

"嗯,'Chessman'和'Hierophant','棋子'和'教皇',就像是'影'和'光'一样……"小瑞抬起手摸了摸下巴,"你大概不知道吧?当年其实诚哥在韩国打职业联赛的时候,说是教皇的替补,但也曾经有过一段锋芒过盛的时间,将教皇死死摁在替补席整整两个赛季呢!"

"咦?"童谣抱着豆浆杯子很配合地微微睁大眼。

"是啊是啊,厉害吧?你没看他韩语那么好?当时他在那边也是指挥啊……后来诚哥离开,只是因为他想回国打职业联赛。"

"为什么想回国打职业联赛?"

"爱国啊,不开玩笑,那时候,中国的《英雄王座》职业竞赛有点走下坡路,他就回来了。"

天啊,这人还有没有缺点了!如果面瘫和不喜欢小动物不算的话。

"所以诚哥不是因为教皇又崛起了,他被换下,不得不坐在冷板凳上郁郁寡欢之类的原因才回国——换句话说,他不是被赶回来的,是自己要回来的。"

"然后呢?然后呢?"

"然后教皇当然就不爽了啊,'影'的锋芒怎么能盖过'光'呢?"小瑞翻了个白眼,"'我还没正面打败过你,你咋就走了呢?难道我现在拥有的一切都是你不要,施舍给我的吗?'——大概就是这样的想法……然后去年,我们战队因为这样那样的原因没去成世界总决赛嘛,两人也没有机会正面交锋,这个赛季教皇就干脆过来了。"

第十七章

"你这猜测得绘声绘色且有理有据啊,瑞哥。"

"是啊,其实这两个人私底下关系挺好的——你以为陆思诚从哪儿提前知道李君赫要来中国的事?喊,还不是李君赫自己说的!我昨天去隔壁战队问他们闷声不吭签下教皇,是不是想和我们抢着搞大新闻,结果隔壁战队的队长还一脸茫然地说他也是昨天才知道的。"

"我还在网上看过这两个人的同人本呢。"小瑞"咯咯"笑,"还想打印下来给诚哥看,也不知道那张死人脸看见那种东西会是什么反应?大概会发狂吧?哈哈哈哈!"

"你也是嫌自己命长了啊……"童谣说着,一边默默抓过手机在网上搜索,一边随口问,"那你觉得诚哥和教皇,谁比较强?"

"家花当然要比野花香。"小瑞又端起粥矜持地喝了一口,而后慢悠悠道,"在我看来,诚哥是比李君赫要强的,他心态好,大局观强,而且遇见什么事都四平八稳,也难怪李君赫要坐不住了。如果再这样下去,世界第一ADC的宝座大概早晚要易主。"

"哦!"

童谣放下早餐,满脸感慨地抬起头,看了看二楼某间紧闭的房门。

于是,因为小瑞的一系列胡吹海吹加某人的自行脑补,下午,陆思诚睡醒下楼的时候,莫名其妙地受到了来自本队新中单的注目礼——闪闪发亮,看得人背脊发凉。在这样的目光注视中走下楼梯,陆思诚终于忍无可忍,抬手去盖住那双瞪着自己的眼,冷漠道:"看什么看?"

此时童谣正双手抱着膝盖蹲在椅子上,她缩着脖子往后躲,笑嘻嘻地指了指电脑屏幕:"YQCB战队官宣了,教皇果然来中国打职业联赛了啊。"

"哦。"男人显得不怎么热情地哼了声,转身弯腰打开自己的电脑,直起腰后,转过头冷漠地问,"看够了没?"

童谣的笑容丝毫没有收敛,单手支着下巴,笑得眼都眯成了一条缝:"诚哥,听人说你曾经把教皇活生生摁在替补席上整整两个赛季。"

陆思诚掀起眼皮扫了眼不远处的小瑞,后者吹着口哨扭开脑袋,陆思诚收回目光,道:"那又怎么样?"

"什么叫那又怎么样?教皇啊!"童谣高举双臂挥舞着,"那是教皇啊!诚哥,你是曾经打败过教皇的男人啊!"

"你是不是该吃药了?"

"我们诚哥!"

"吵死了你。"

陆思诚一脸嫌弃地点开游戏,准备开始日常排位冲分,英俊的脸上是大写的"冷漠"及"你闭嘴"。童谣见他不理自己,将高举的双臂放下来,看了眼自己的游戏也还在排队,索性点开了某电竞贴吧开始刷,刷完了又点开网页搜索,输入了一堆关键字继续刷。

半天没声音,陆思诚觉得哪里不太对,于是拧过头问身边突然安静下来的人:"你又在干什么?"

"搜教皇的照片。"

"作孽了,你们俩发型都有点像。"童谣看看电脑屏幕,又转过头仔细看了看陆思诚,"但是还是诚哥比较帅一点。"

陆思诚站了起来。

童谣一脸警惕:"干吗?"

陆思诚瞥了她一眼:"饿了。"

说着他走到冰箱那边,弯腰拿了一瓶酸奶插上吸管,走回来的时候发现蹲在椅子上的那个人还在碎碎念:"他们说教皇的灵魂射手卡莉用得超好,啧啧,我们诚哥的灵魂射手卡莉也用得很好啊,愚蠢的人类……还有人说教皇长得很高,你那是没见过我们诚哥真人啊,电线杆似的一柱擎天……咦?这里还有人说教皇长得也很帅。大哥,你有没有看过陆思诚的脸啊?一个大写的帅字贯穿一生好吗?我有家属的闺密都惦记,谁不惦记谁不是人……这儿还有个人说教皇有钱。兄弟,你应该来我们ZGDX战队基地的停车场看看……"

在旁边小胖他们笑得几乎瘫痪的笑声中,陆思诚走到童谣旁边,一把捏住她的下巴将她的脸强行转过来,顺手将插好吸管的酸奶往她嘴里一塞——

"闭嘴。"

正碎碎念的人一下没了声音。此时吃的到了嘴边,不吃也没道理,于是童谣就着陆思诚的手顺便吸了吸酸奶,后者松开手时她伸手接住,"嗞嗞"吸了两口,看了一眼旁边弯腰正要抱起不知道什么时候霸占了自己位置的大猫的男人,幽幽道:"我下午还看了你和教皇的同人本，略辣眼睛。"

陆思诚一只手拎着猫，另一只伸手将童谣叼在嘴里的酸奶抢了过来。

他将猫往地上一放，抽出酸奶杯上的吸管，撕开盖往地上一放，对刚失去了座位的大饼说："大脸猫，来吃。"

在童谣一脸茫然的瞪视中，大饼"喵"了一声，欢快地跳了过去，对着还有大半瓶的酸奶欢快地舔舐起来。

陆思诚："话多的人不配喝酸奶。"

陆思诚在自己的座位上坐下，满脸写着"闲人勿扰"并戴上外置耳机。童谣看着他用鼠标点开了一个什么软件，还顺手摆弄了下桌面音响旁边的摄像头，顿时屏幕上有一大堆弹幕一样的东西飘过……还以为陆思诚是在排队的时候看弹幕视频，她也没放在心上，正好自己的游戏开了，她就老老实实地扭回脑袋，开始认真做新一局游戏的禁选英雄环节。

这一局，童谣被分到了她的次选位置ADC。

大概是刚才看贴吧时被"教皇会灵魂射手卡莉，诚哥也会灵魂射手卡莉"的"灵魂射手卡莉"洗脑，这一次她想也不想就锁定了灵魂射手卡莉，锁完之后，她一边研究符文天赋一边伸出手，勾起陆思诚戴着的耳机，对着耳机脱离他耳朵的一点缝隙问道："诚哥，这个版本的灵魂射手卡莉符文天赋怎么点来着？"

良久没有回应。

她莫名地转过头去看着陆思诚。后者摘下耳机，面无表情地将自己的电脑屏幕旋转了过来。

于是,童谣终于看见之前陆思诚电脑屏幕上飘过的那些玩意儿是什么了——

"谁在问灵魂射手卡莉的符文天赋?"

"是妹子的声音!是不是smiling?天啊!她声音好好听!"

"那只手是谁的!掀起你耳机的手是谁的!"

"手好看!"

"诚哥叫smiling来直播,开摄像头的那种,早晚要看见的,捂什么捂?"

"smiling坐你旁边!我好嫉妒!"

"你快告诉人家符文天赋啊!"

"哈哈哈哈!灵魂射手卡莉的符文天赋!"

是洪水般涌来的弹幕。

童谣眨眨眼。

陆思诚:"我在开直播。"

陆思诚:"摄像头开了的那种。"

于是在那之后,陆思诚旁边的某人真的做到了安静到极致,连爬起来上厕所都轻手轻脚。

这让陆思诚第一次感觉到直播是件不错的事,他决定以后要多多直播。

第十八章

"'诚哥叫smiling来直播,开摄像头的那种,早晚要看见的,捂什么捂'——唔,smiling同志,你过来看看,你有没有觉得这个弹幕的大兄弟好像说得有道理啊?"

小瑞一只手撑着桌子,看着陆思诚旁边那台暂时没人用、挂着陆思诚直播间首页的电脑屏幕。

"夏季赛开始你要上台比赛的,早晚要被人家看见你的脸啊,你躲什么躲!"

"我戴口罩!"

"哦,你戴口罩,行。那夏季赛定妆照呢?今年夏季赛换新队服了,要重新拍定妆照的——你以为俱乐部会允许你戴着口罩拍定妆照吗?是要去打职业还是要去演都市灵异传说?"

童谣抽了抽嘴角,正想说话,就听见陆思诚幽幽道:"比起去演灵异传说,更像是女变态吧?"

"哦,"瑞哥眯起眼凑近电脑屏幕,又开始念弹幕,"'女变态,哈哈哈哈！''诚哥你好坏！''诚哥，为什么欺负我女神'——咦？这个新鲜了，你还有男粉丝啊，smiling同志？"

陆思诚："看见脸以后就没有了。"

小瑞指着陆思诚的后脑勺问童谣："这你能忍？"

童谣："不然怎么办？拔他网线？"

小瑞："还不快开直播洗白一波，证明自己的魅力，你之前是在黄鱼直播平台吧？签了直播合同了吗？"

童谣："没有。"

小瑞："我们战队的人都在熊喵直播平台，你也过来算了，反正战队正式成员肯定都要直播的，明天我去给你拿份合同……"

童谣："等下，这事什么时候就说好了？"

小瑞："刚刚。"

小瑞认真道："这是工作啊。"

"哦，"敬业乐业的童谣一听这话，立刻轻易屈服了，收起一脸的抗拒，乖乖点头道，"好吧。"

小瑞露出了满意的表情，弯腰抱起喝完酸奶在地上舔爪子，舔完爪子又抱住陆思诚的脚踝打滚的大饼，转身飘走了。陆思诚手上的鼠标发出"咔嗒咔嗒"的声音，在他旁边近在咫尺的是盘腿坐在椅子上一脸茫然，还没反应过来自己怎么就上套了的童谣。

男人稍稍侧过头瞥了她一眼："刚才那么好的机会不讨价还价？说不定可以用你那套'女孩子要早起早睡'的谬论说服小瑞让你每个月少播10个小时。"

根据《英雄王座》这款游戏的总公司"蓝脑"规定，一般现役职业电竞选手每个月规定的直播时间不得超过四十五个小时，合同都是俱乐部和直播平台直接签好统一管理，选手们每个月只需要在任意时间完成合同上规定的时间就可以。

童谣掰手指算了算："四十五个小时和三十五个小时能有什么区别啊？"

"没区别？等你以后月末补直播时间时就知道了。"

"就像你总把幼儿园暑假作业留在最后，等还有一天开学又疯狂赶作业时差不多的体验。"

"什么幼儿园？你好好说话。"

"这是来自前辈的警告，这种善事我这辈子就做一次。"

一辈子只做一次善事？

这话至少由陆思诚来说真是太有说服力了。

于是童谣又被说服了。

她当机立断"吭哧吭哧"从椅子上爬了起来。陆思诚听见动静，拧过头淡淡地瞥了他身边这火烧屁股似的人一眼："怎么？"

"去找瑞哥，"童谣一脸"谢谢前辈，你说得对"的表情，穿上拖鞋道，"去讨价还价。"

扔下这句话，童谣踩着拖鞋踢踢踏踏地跑走了。陆思诚冷笑着哼了一声，将脑袋扭回来继续打自己的游戏。打了一会儿似乎想起来什么似的，他突然切出游戏看了一眼外面直播间的弹幕，不出意料，全部都是——

"我们诚哥为啥这么贴心啊？吃耗子药了！"

"刚才那是谁啊？哪只善良鬼上了我们诚哥的身！"

"居然指导新人欺负小瑞？这个天恐怕是要变了！"

"问：黄浦江的水为什么变绿了？答：因为李君赫在上游洗头，哈哈！"

"男神，你为什么对别的妹子那么温柔？我不高兴了，我要取消订阅，我要粉转路人！"

"心疼小胖跟着诚哥两年没得一个好脸色，诚哥把所有的温柔都留给了那个小姐姐！"

"心疼小胖+1！"

"心疼小胖+2！"

"心疼小胖+10086！"

"就没人来心疼下李君赫？"

"小姐姐，我心疼自己都来不及！"

陆思诚："再废话关直播了。"

话音一落，直播间内正疯狂刷屏的弹幕顿时像是被摁下暂停键一样一下子停了下来。

男人看了眼瞬间安静得如同从来没有观众存在过的直播间，垂下眼又将屏幕切回游戏里，继续认真打他的游戏，面色平静得像是什么都没有发生过一样。

第二天。

陆思诚睡醒下楼时，一眼就看见某人盘腿坐在沙发上，那紧紧皱着的眉心能夹死苍蝇，她嘴里叼着支笔，笔的一端一翘一翘的，正满脸深仇大恨地看着面前茶几上摆着的一叠纸——

一看就知道是小瑞白天拿过来的直播平台合同。

第十八章

陆思诚径直从茶几旁边走过,从冰箱里拿了盒酸奶撕开,两口喝光,把空酸奶盒扔进垃圾桶里,说道:"签吧,还看什么看?"

坐在沙发上的人像是才发现有人从楼上下来了,抬起头满脸怨念地看了他一眼:"讨价还价失败了。"

陆思诚:"哦。"

童谣:"女孩子要早睡那套不好用。"

陆思诚抬起头扫了她一眼,问:"小瑞怎么说?"

童谣:"瑞哥说,每一天距离晚上十点之前都还有二十二个小时,直播时间平均下来每天一个半小时,这点时间少放个屁就挤出来了。"

"这比喻真是粗俗。"陆思诚评价完,停顿了一下又问道,"所以呢?"

"我居然觉得他说得有道理。"童谣一脸绝望,"诚哥,我是不是太容易动摇了?"

陆思诚慢吞吞地走到童谣身边,而后出其不意地伸出刚摸过冰酸奶此时还微微冰凉的手,捏了捏她的耳垂——童谣"嘶"的一声下意识往后躲,同时陆思诚已经缩回了手,得到了结论似的淡淡道:"是耳根子软。"

童谣满脸通红,伸出手揉揉自己那还有对方手指间微凉触感的耳垂,用另外一只手飞快地将桌面上摆着的文件签掉,然后她扔了笔,靠回沙发上一本正经地说:"诚哥,虽然我很崇拜你,也觉得你是一个很好的人,但是你要晓得男女授受不亲,男人和女人之间要保持安全距离,不可以随便一言不合就动手动脚的……"

男人将又霸占了自己的座位正睡得呼呼的猫拎起来,往旁边正牌铲屎官的椅子上一扔,掀起眼皮扫了一眼那个不远处的铲屎官,后者挺直腰杆,微微抬起下巴。

陆思诚短暂地笑了一下:"哦。"

童谣觉得有什么要糟——

果不其然,下一秒便听见他不急不缓道:"你算什么女人?幼儿园大班生。"

"什么幼儿园大班生!"

童谣"噌"地从沙发上站了起来,赤着脚站在沙发上,这样她的身高就能跟陆思诚身高一致了,此时她觉得自己特别有气势,脸上满是准备冲过去打一架的表情。

"我开直播了。"陆思诚指指摄像头淡淡道,一边说着一边作势要将摄像头转过来。

站在沙发上的人又"啪"地坐了回去,然后整个人卧倒在沙发上,整个动作一气呵成,迅速得仿佛是刚从军队里训练出来的一样。

良久,从沙发扶手后面冒出一双幽怨的眼睛,沙发后的人压低了声音,小声道:"算你狠。"

陆思诚短暂地笑了笑,懒洋洋地挪动鼠标点开游戏客户端,准备开始一天的排位游戏训练。而此时此刻,还躲在沙发后面瑟瑟发抖、生怕他把摄像头转过来的童谣并不知道的是,男人是真的开直播了,只不过今天直播间弹幕的内容全部都是——

"开直播了啊!然而没有摄像头!"

第十八章

"今天是没有摄像头的诚哥……"

"摄像头开一开,摄像头!"

"为什么不开摄像头?赖地打滚!"

"没有摄像头,我就什么都没有了……"

"摄像头不开就算了,声音也不开,我舍友临死前想看着诚哥的脸听他说说话!"

他没有开摄像头,连麦都没有开。

而对此毫不知情的童谣做一个安静的哑巴美少女长达一个小时之久,直到小胖跑来问她中单某个英雄的符文,她闭着嘴打开游戏界面比画给他看。于是小胖一脸茫然:"你直接说得了,我听得懂啊。"

童谣看了看陆思诚认真打游戏的侧脸,压低声音道:"他开直播呢。"

小胖:"没开摄像头啊,耳麦好像也没开。"

童谣:"啥?"

童谣:"陆思诚!"

第十九章

"陆思诚和说好的不一样,你这辈子都不可能参加我和他的婚礼了。"

"一个直男得不可思议的男人。"

"他嘲笑我把水藏在超市最高的货架上。讲不讲道理?是个人都干过这种事吧?嗯?"

"他还嘲笑我摁不到酒店的电梯按键。我当时只是手上东西太多,一下子又忘记把东西放下去而已!我跟他解释他就冲我冷笑!笑个毛!"

"嘴贱毒舌爱糊弄人——昨天他假装开了直播,虽然是真的开了,但是没开麦!害得我装聋作哑一个小时,最气的是他自己也压低声音跟我说话,搞得很神秘,生怕人听见一样!听见个毛啊!麦克风都没开!"

"小胖、老猫、老K他们倒是人很好。"

"战队经理对大饼比对我好,网上买了根遛猫绳说要带大饼去小区找别的猫打架。"

"陆思诚捏我耳朵说我耳根软,啧。"

"我每天生活在水深火热中。俱乐部还让我开直播,我好紧张,开直播的话要化妆吧?要不要再买个美颜摄像头?买的话会被陆思诚嘲笑吧?搞不好他会直接在我直播的时候告诉粉丝我买了美颜摄像头。算了,还是买吧……"

"我买了。"

"咦?我突然不安了,'向全天下宣布我用美颜摄像头'听上去像是陆思诚会干的事。"

坐在床铺上,身穿睡裙的童谣正在跟闺密进行卧谈会——手速很快地一条条发出去,她并没有发现屏幕一片绿油油,自己已经霸屏。发完最后一条控诉陆思诚的罪行的信息,她稍稍皱起眉,望着天花板,开始冥想自己是不是忘记了一些别的重要槽点,她觉得应该不止这么一点才对。

等了很久,直到手机振动,今阳那边终于有了反应,童谣连忙低头去看,只见她长长的吐槽之后,今阳的回复相当言简意赅,只有四个字加一个标点符号——

"你恋爱了。"

童谣惊得手一抖,直接将手机扔了出去——

手机砸到地上发出"哐"的一声,原本趴在床上昏昏欲睡的大饼"喵嗷"一声跳了起来,半掩着的房间门被人从外面一把推开,刚才还在聊天记录中被提到的男人一把推开门,语气冷漠:"怎么回事?"

第十九章

童谣一把抱起大饼,满脸惊恐:"你怎么不敲门!"

陆思诚:"你怎么不关门?"

童谣:"我忘记了!"

陆思诚:"我懒得敲。"

男人伸脑袋看了看,看到地上的手机,似乎猜到了刚才那声巨响是怎么回事,他嘟囔着:"还以为你从床上滚下来了。"他开门走进来,弯下腰替童谣将扔在地上的手机捡起来,其间童谣锁着的屏幕亮了起来,荧光映照在男人那张面无表情、有些慵懒的脸上。他的余光不小心瞥见手机屏幕,稍稍一顿:"'你在意他啊傻孩了',傻孩子我同意,你在意谁?"

童谣把怀中的猫一扔,几乎是从床上弹起来跳到地上,一个箭步向前将手机从男人手中夺回来,又迅速跳回床上掀开被子钻进去恢复原本的坐姿顺便一脸警惕——

整个动作大概只用了三秒。

陆思诚还固定在三秒前拿着手机的样子,他愣了愣,低头看看空空如也的手,那张面瘫脸上终于露出了一丝丝无奈:"发什么疯啊你?"

"做什么偷看我微信!"

"它自己跳出来的啊。"

"你下巴长了眼睛吗?不低头怎么看得到!"

看着缩在被窝后面,一双眼珠子滴溜溜转的童谣,不知道怎么联想到了松鼠这种生物,陆思诚嘲讽地勾了勾嘴角:"不用谢。"

说完转身要走。

童谣盯着他的背影，愣怔了半天这才反应过来人家在帮她捡手机呢，从牙缝里挤出一句姗姗来迟的"谢谢"。陆思诚好像并不怎么买账似的背对着她挥挥手。

这时候从楼梯那边传来小胖和老猫说话的声音和脚步声，童谣愣了愣："今天大家怎么都睡那么早啊？"

刚走到门口的男人停顿了一下："明天和YQCB战队的训练赛约在中午，所以我让他们都早点睡。"

童谣愣了下，你让他们早点睡他们就早点睡？他们还真是听你的话啊队霸。

当小胖他们的脚步声越来越近时，陆思诚伸出手，动作自然地替童谣将门关上。"咔嚓"一声轻响，门外传来人们走动、交谈的声音。好像是小胖问陆思诚怎么从童谣的房间里出来了，而陆思诚则回答："哦，她从床上滚下来，脑袋撞到床头柜，好响，吓我一跳。"

童谣抓着手机从微信群里找到"fhdjwhdb2333"，打开他的私聊小窗飞快打字——"又黑我，我听见了，明天不带你赢"——点击发送。

大约十秒后，对面回复信息："睡前记得吃药，疯病早治。"

就是有人可以把颜文字的"微笑"也当"呵呵"完美使用。

童谣顺手将陆思诚发给自己的这段话复制、粘贴给今阳，那个真正是胡言乱语、真正亟须吃药的人，再附赠一个"呕吐"的小黄豆表情。童谣关上手机，钻进被窝里，心满意足地打了个哈欠准备睡觉。

第十九章

明天就是训练赛了。

童谣瞪着天花板瞪了一会儿,然后翻了个身,想着想着突然开始蹬腿并掀起被子捂住自己的嘴嘻嘻笑——

天啊,我真的是一个职业电竞选手了!

太兴奋的后果就是一个晚上没怎么睡好,第二天早上爬起来的时候,童谣看见镜子里的黑眼圈,不忍直视地移开了视线……洗了个澡清醒了一下,下楼时发现陆思诚居然已经醒了,他坐在楼下的沙发上看书,手边是一杯还冒着热气的咖啡。

那一瞬间童谣还以为自己穿越到了平行空间。

哟,电竞老男人居然还会看书。

童谣绕到陆思诚对面坐下来,看了眼他手里的书,名字叫《梦中的欢快葬礼和十二个异乡故事》,高深到书名都让人觉得看不懂,她把视线挪开,假装不经意地搭话:"起那么早?"

"你恋爱了。"

那人掀起眼皮,从书上方扫了一眼坐在对面的人:"今天季中赛有CK战队的比赛,所以起来看看。"

童谣想了想,"哦"了一声:"赢了吗?"

"暴打北美队。"陆思诚淡淡道,"一如既往被韩国队暴打。"

"哦。"

"你在意他。"

童谣:"闭嘴!"

陆思诚:"嗯?"

童谣:"没事。"

童谣抬起手揉了揉自己的脸,眼珠子滴溜溜地转了几圈,最后她终于受不了脑内今阳的魔音回放,站起来,转身去厨房给自己倒了杯冰牛奶,又绕回来的时候发现其他队友也都醒来纷纷下楼了。

陆思诚回到自己的电脑旁边,他放下的书就展开倒扣在茶几上。大饼站在书旁边正用爪子去踩书,童谣走过去抱起大饼,看了一眼那本书,强忍住了将它拿起来看一眼的冲动。

尽管她知道自己对这本书一点兴趣都没有,想要拿起来的原因只是……

童谣觉得自己魔怔了。

明明昨天还好好的,被今阳调侃了两句之后人都不好了,已经升级到某个人碰过的东西她都想去碰一下的程度……

这是绝症。

童谣抱着猫摇晃着回到电脑旁边,陆思诚头也不抬地说了声:"准备训练赛,猫扔了。"

童谣遵照指令将怀中的猫扔了,自己坐到座位上。这时候小胖他们也各就各位了,小胖还在吧唧吧唧地啃面包,双手却在键盘上敲着准备登录游戏服务器。

过了没多久,转职当数据分析师的明神也下来了,还有战队教练阿猴。

陆思诚一声令下,每个人看上去都很忙碌的样子——这让童谣第一次意识到原来他们这个战队还真的有"队长"存在。

第十九章

跟YQCB战队的人联系好后,小瑞告诉了他们自定义训练赛模式的游戏房间和密码,众人娴熟地找到房间,发现YQCB战队的五个人都已经在房间里等着了,对面房间五个位置按照比赛位置,一楼上单,二楼打野,三楼中单,四楼ADC,五楼辅助。

四楼的ID是:YQCB Hierophant。

教皇啊……那个教皇。

童谣心中感慨了一下,随即定了定神,将自己的注意力放在一会儿将要直接面对的对手身上——对面三楼ID,YQCB AICA,也就是YQCB战队的中单艾佳——她好友陈今阳的男友,大饼的好喵友阿毛的老爸,那个嚷嚷着让想念自己的女朋友来直播平台看自己的傻孩子。

不过艾佳在游戏里一点也不傻,童谣被今阳拉着看过他打比赛,艾佳打游戏风格稳如泰山,在YQCB战队还没有沦落到打保级赛时,他也曾像是某个厉害的韩国选手一样获得过"中路第三座防御塔2.0版"的美名,这人就是擅长防守反击,基本可以说他算是能克制童谣这种打法比较容易激动的选手。

童谣打游戏时喜欢一言不合就是干。

此时游戏进入最初的禁选英雄模式,对面上来就直接BAN掉了童谣引以为傲的妖姬,这也算是对她的一种致敬,陆思诚转过头来看了童谣一眼,幽幽道:"不错,好歹值一个BAN位。"

童谣抽了抽嘴角,但是因为有点紧张也没有回嘴,安静地看着双方继续禁用掉剩下的五个英雄,然后开始选择英雄。选着选着就到了她,看着对面中单拿的深渊卡萨,她咬咬下唇,犹豫了下不知道自己应该拿什么。教练在后面也没说话，似乎是第一次训练赛不想对童谣指手画脚太多。

"选人，除了妖姬别的英雄不会吗？"陆思诚低沉的叹息声响起，半真半假地说道，"完了，对面一个BAN位就把我们中单BAN掉了。"

童谣伸手拍了陆思诚一下，然后顺手锁定了英雄魔术大师。

"咦？你还会玩魔术大师！"

"可以啊，童谣。"

"厉害了我的小姐姐。"

童谣的这一手选择获得队友一众称赞。

魔术大师这个英雄机制比较特殊，从手中飞出去的牌根据颜色不同功能也不一样——蓝牌伤害最高还能回复魔法值；红牌是范围爆炸还能减速；黄牌则算是控制技能，可以对敌人造成晕眩……通常来说，魔术大师手上的第一张牌颜色是随机生成的，接下来的牌按照"红、黄、蓝"的顺序出现，玩家可以自行切换颜色再发动进攻，所以如何迅速切到自己想要的颜色的牌，配合自己的进攻有效击杀敌人是这个英雄的关键。

还有，这个英雄升至六级时的超远距离移动大招也常常可以有效支援其他线上队友。

魔术大师曾经是中国赛区引以为傲的代表英雄，直到近些年，会用这个英雄的国产中单选手越来越少，这个英雄正逐渐消失在赛场上，所以今天童谣将它掏出来，立刻引发了众人的称赞。

"会不会玩？别不会强行拿。"

第十九章

"不然呢?掏出我珍藏已久的风男带你赢?"

童谣的反问成功让陆思诚闭上了嘴,这个时候伴随着对面教皇锁定灵魂射手卡莉,陆思诚锁定伊泽,选人模式结束,游戏开始了!

对面选择的深渊卡萨前期并不算灵活,主要是猥琐打发育为主,相比之下童谣的魔术大师进攻性就更强一些。于是,游戏一开始,对方就被她压着打,日子过得苦不堪言。

而本队下路的情况正好相反,对方下路拿到了灵魂射手卡莉加亡灵之灯辅助的组合,在版本里算强势组合,所以陆思诚这边也是被压制得比较难受。刚开始在对线期,大家都不怎么说话,就是安静地揍对方的小兵,同时专心地对付自己面前的敌人,偶尔陆思诚会提醒童谣:"别压得那么深,一会儿他们来打野你会被抓爆。"

这个时候童谣已经杀到对方防御塔下了。

童谣"哦"了一声,听话地往回撤了些,看见对方似乎是松一口气从自家防御塔下走出来,果断秒切黄牌,定住,然后冲上去对着他的脸一阵乱揍,五颜六色的牌甩在脸上之后又是一张黄牌,再定,再贴脸狂揍——

系统响起提示音:FRIST BLOOD。

第一滴血,由童谣收入囊中!

"Nice!"

"单杀!"

"单身二十年手速!"

"小姐姐厉害啊,这切牌速度简直了!"

在队友们的赞叹中,童谣的中路优势确立。

这个时候双方来到了四级。陆思诚停顿了一下,让打野老K来下路草丛里蹲着等等。童谣看了他一眼,后者像是有所感觉似的淡淡地说道:"四级之前要越塔强杀一次,这是李君赫的奇怪兴趣爱好。"

所谓越塔,就是进入敌方防御塔攻击范围,一边承受着防御塔的进攻,一边强行击杀敌人。

"这臭毛病被我治了一年,但是我知道他不会改的。"陆思诚懒洋洋地说着。

果不其然,他话音刚落,就看见对方的辅助student开始有意识地在草丛里做起了视野,照亮草丛防止老K来蹲——但是小胖并没有给他太多做保护视野的机会,在student刚放下视野时,他就跑过去用扫描道具把那视野拔掉了。

但是这阻止不了教皇下一秒就带着自家辅助跳进防御塔!

第一下,防御塔打在辅助身上,辅助扔了个灯笼(友军点击此灯笼,可以迅速位移到亡灵之灯当前所在位置)并开始后撤。而就在教皇跳进防御塔的一瞬间,陆思诚操控的英雄的各种技能已经噼里啪啦一串甩在他的脸上,同时打野老K从被小胖拔掉对方视野的草丛里跳出来!

教皇见状不妙,想点灯笼撤退,陆思诚和小胖立刻在灯笼附近丢了一堆视野道具挡住了那个灯笼。

教皇不能第一时间点到灯笼,防御塔一下下无情地打在他的

第十九章

身上,眼瞧着他只剩下一丝丝血皮,陆思诚冷笑一声正要收下他的人头——

就在这个时候,所有人的电脑上突然出现"服务器连接中"的字样!

掉线了!

陆思诚先是愣了下,然后狠狠拍了下键盘,站起来显得有些暴躁地走去给自己倒了杯咖啡。男人靠在桌子边蹙着眉不说话,小瑞屁颠颠地跑到窗户边,打开窗,趴在窗户上扯开嗓子嚷嚷:"喂,隔壁的大兄弟,我们掉线了!"

不过一会儿,隔壁一栋相连的别墅传来回应:"隔壁的大兄弟,我们也掉线了!VPN炸了估计是!"

童谣站了起来,看向陆思诚:"很气哦?"

"嗯。"男人垂下眼,显得有些烦躁地蹙眉喝了口咖啡,"给李君赫来中国的开门'打脸大礼'没有了,你说呢?"

"没关系,你家中单的第一次训练赛开门'打脸大礼'到手了。"童谣举起手做大力水手状,"很开心,现在我觉得我能暴打一切。"

"前期欺负个深渊卡萨看把你嘚瑟的,"咖啡杯后的男人翻了个白眼,"清醒点好不好?"

"小胖他们都说我是中国最后一张牌了。"

"骗你的。单身二十年,好不容易抓到个能对妹子花言巧语的机会,于是哪怕对象是幼儿园大班生也不管了。"

这是一个自己不开心别人也休想开心的人。

童谣翻了个白眼转身走开了，虽然第一次训练赛以这种奇葩的方式结束，但是这并不妨碍她发短信给今阳嘚瑟："朋友，你前夫今天训练赛被我摁在地板上摩擦。"

对方很快给予了她肯定："朋友，我知，这货正在跟我哭诉……我觉得我们的友谊更加坚固了一些！加油，电竞花木兰！"

童谣抱着手机傻笑，一脸傻白甜，和她身后黑脸的陆思诚形成鲜明对比。

晚上。

童谣的傻白甜并没有能持续太久。

因为她很快发现，白天那一波VPN掉线让陆思诚给李君赫的"打脸大礼"没能送出去，这导致男人一整天心情不佳，基地里持续低气压模式，大家都不敢大声喘气。

平日里还算热闹的基地今天特别安静，就连话很多的小胖也是缩在椅子上戴着耳机瑟瑟发抖地看自己的动画。童谣看了眼抱着腿坐在自己位置上看新闻的陆思诚，后者看上去好像没了打游戏的兴趣，满脸无精打采的童谣抱着大饼坐过去："队长大人，有什么办法能取悦下您吗？"

猫跳溜一下从她的怀里蹿出来，像条泥鳅似的拼命往陆思诚怀里挤，而陆思诚居然没有拒绝大饼，反而破天荒地摸了摸它毛茸茸的脑袋——旁边的童谣看得下巴都快掉下来了。完了，这是真的抑郁了啊，居然连猫都肯摸了！

目瞪口呆之间，经理小瑞飘了过来："童谣，你今晚……哎哟，诚哥你干吗呢？"

又一个被吓到的可怜人。

"撸猫，"陆思诚面无表情地说，"你要撸吗？"

小瑞："要。"

陆思诚："不给。"

小瑞："童谣，你今晚开直播吧，有摄像头的那种。"

躺着中枪的童谣愣了下："他折磨你，你为啥来折磨我？"

小瑞："这是食物链啊，大自然就是这么残酷。"

经理的命令就是老板的命令，拿人工资的童谣也不好再纠结于自己的偶像包袱，于是借口上楼洗脸梳头，迅速化了个淡妆，把之前买好下午送到的美颜摄像头拿了下来，童谣开始捣鼓直播的事。

等她安装并调试好美颜摄像头，官方微博已经将她要直播的事宣传出去了。童谣登录自己在熊喵直播新建立的直播间，发现里面已经蹲了有两三万人，而因为直播平台人数一般会虚高，所以系统显示的是三十多万在线观众，一下子把她顶到了首页！

"坐等直播！"

"三带二，要不起。"

"北风！胡了！大四喜！"

"是时候看看小姐姐了！"

"HPL历史上最神秘的人要露面了，我该怎么假装不嫌弃她长得丑的模样？急，在线等！"

"直播呢？直播呢？说好的直播呢？"

"四个二,王炸!"

弹幕哗哗的。

"这么多人……"

童谣一边点开游戏和直播控制软件,一边内心开始不安。这时候好友今阳发了个信息说自己也正蹲在她的直播间,让她发个房管,一会儿谁说她丑就封谁。

"就是怕一会儿封不过来你别怪我。"

顺手回了个"滚友尽",童谣屏住呼吸点开了摄像头软件,小小的摄像头出现在屏幕右下角。于是,万人期待之下,一个短发、脸上有一点点婴儿肥、眼睛圆溜溜的妹子出现在众人的视线里。她的背景是ZGDX电子竞技俱乐部《英雄王座》分部的基地,叼着根冰棒的ZGDX战队辅助小胖作为背景淡定飘过。

童谣紧张得快要死亡了,扯了扯麦:"嗨,大家晚上好。"

弹幕稍稍安静了一下,然后彻底爆炸!

"我女神!"

"声音好听。"

"小姐姐和我想象中的一样好看!"

"那天看手就知道是个小丫头,我说了你们还不信!"

"丑。"

"你居然真是个女人,三观碎了。"

童谣匆匆看了眼弹幕,夸奖的、骂的、发广告的,什么类型的弹幕都有,看了一会儿她就像鸵鸟似的不敢看了,无视那些拼命逗她说话的弹幕。她赶紧打开游戏:"打游戏,打游戏,这个月开始每个月都会直播的,大家支持我的话可以点一下订阅……"

话音刚落就看见订阅噌噌往上涨,童谣的心都快跳出来了。她的脸微微泛红,掌心微微出汗,对着摄像头笑了笑,挥挥手说:"谢谢。"然后登录游戏,看着游戏熟悉的界面弹跳出来,她终于冷静下来,娴熟地进入游戏,开了一局排位赛。

打游戏时,心思就不会只放在弹幕上了。

反正没有弹幕助手的话游戏里也看不见,看不见即不存在!

童谣这么想着,正感慨自己无比机智,突然看见身边原本抱着腿一脸生无可恋的男人动了动,点击鼠标进了个什么网页,莹白的光映照在那张英俊的脸上,男人突然懒洋洋地开口道:"'哇哦,他们居然找了个小学生来打比赛!'"

童谣以要把自己脖子拧断的方式狠狠地将脑袋扭向自己的右手边。然而,坐在她右手边的人仿佛完全不受她如狼似虎的瞪视的影响。

"'拿个妖姬啊,想看你的妖姬……'"

"'ZGDX战队这算雇用童工吧?我要去举报。'"

"'smiling,你的手真好看!'"

"'童谣,你看上去最高不超过一米五。'"

"'天啊,我爱上你了!看着小学生打职业怎么感觉这么萌?哈哈哈哈。'"

"这个人说他的女神不是新垣结衣了,是smiling。"陆思诚将脑袋从膝盖上抬起来,看着童谣慢吞吞地说,"以我个人观点来看,你的这位粉丝大概亟须去挂一下眼科……如果脑科不那么拥挤,也可以一起去。"

童谣:"你干啥呢?!"

"你不是要找办法取悦我吗?"

陆思诚指了指电脑屏幕——

"找到了。"

第二十章

陆思诚:"在直播,要注意文明,小孩子别说脏话。"

童谣:"小胖天天说。"

陆思诚:"他已经没救了。"

小胖:"喂!"

童谣:"那你别念弹幕,这样我分心。"

陆思诚:"不。"

于是,陆思诚是高兴了,可是童谣想去死。

想象一下,在你认真打游戏的时候,有个人在你旁边一直念叨,而且他不仅自己念叨,还要把其他成千上万的人都念叨啥一字不漏地告诉你,其中还要夹带着他的点评……

"'小姐姐英雄池好深,什么都会用',那是你没有见过她的凤男。"

"'smiling,你长得明明那么萌,为什么游戏打法那么凶?'心有猛虎细嗅蔷薇啊,听过没?"

"'听说你们今天和YQCB战队打训练赛了？结果怎么样啊？'VPN掉线拯救了他们差点被摁在地板上摩擦的尊严。"

"'smiling啊！你长得真好看真的好漂亮好可爱！'那么多'好'，要不要去厕所吃点什么冷静下？"

"'smiling你换个椅子吧？你这样坐着看着好矮啊'，站起来看着更矮。"

"'谁在念弹幕？'我。"

"'诚哥你那么有空念弹幕，自己来开一下直播会死吗？'忙着，弹幕那么多，看不到吗？以及连续两天开直播？会死。"

陆思诚转过来，看了眼童谣电脑的黑白屏幕，面无表情地说道："咱们战队是不是没钱给你买彩色显示器？"

童谣看着黑白屏，以及自己那凄凉躺在地板上的身姿，特别想站起来把键盘拍在旁边这张英俊的脸上。

这时候童谣已经掉到大师二百多分了，她觉得自己受到了奇怪的诅咒，自从来了ZGDX战队，她就因为这样那样的奇葩原因疯狂掉分。

"你这样和弹幕对话有意思吗？"

"有意思。"

"准备什么时候停下来？"

"我累了的时候。"

于是，两个小时后。

陆思诚没累，童谣先累了——如果心累也算的话。

抹了把脸，看了眼自家基地又被无情揍爆的大水晶以及自己

第二十章

那惨不忍睹的数据,在身边男人面无表情地、声音四平八稳地念"输了一晚上真惨哈哈哈哈"的声音中退出游戏。童谣看了看时间,此时北京时间晚上十点半,她的直播间显示在线观众已经超过一百五十万人,其中夹杂着她的粉丝、陆思诚的粉丝,还有看热闹不嫌事大的吃瓜群众……

弹幕依然很多。

除了讨论刚才她打的那局游戏的,最难以直视的就是问她和陆思诚是什么关系的,其中还有脑洞大开的,破口大骂说她是娇小姐,打个游戏还要陆思诚给她念弹幕,多大的脸?

还多大的脸呢?要不是这个多管闲事的在这儿看着不让说脏话,我还想亲切问候您脑子多大的洞呢。

"我让他给我念弹幕?谁买一包哑巴药喂给他?我先捐一块钱。看见我祖国山河一片红的战绩了吗?就是念弹幕念的……"童谣组织了一下文明语言,反驳道,同时对着摄像头挥挥手,"今天就先到这里,美少女要去睡觉了——"

陆思诚稍稍将自己的脑袋从膝盖上抬起来:"你关直播?"

童谣站起来伸了个懒腰:"嗯,十点半了啊……"

"那先别关电脑,把你买的那家美颜摄像头地址……"

陆思诚话还没说完,只见那伸懒腰伸了一半的人,一顿连滚带爬地扑回电脑前点击关闭直播软件——见她瞪着眼扭过头,他一脸莫名其妙地望着她,而后慢吞吞地把话说完:"发给小胖。"

而此时直播间已经到处都是"美颜摄像头哈哈哈哈""哈哈哈哈""我就知道她真人不可能这么好看""小姐姐偶像包袱有点

重啊"……

童谣仇恨的目光瞪向小胖。

在陆思诚身后,小胖一脸不关我的事:"粉丝说我又胖啦,我看你那个效果挺好,气色红润又自然,就让诚哥问问你,他离你近嘛……谁知道诚哥直接问啦!"

童谣又瞪回陆思诚,后者还是一脸无辜:"怎么了?"

"你自己看直播间!"童谣很气地指了指电脑屏幕,"都在质疑我的美貌!"

陆思诚拧头看了一眼,然后轻笑了一声:"你有什么美貌值得被人质疑?"

童谣摇摇头,生怕自己再多待一秒就要去厨房把菜刀掏出来插在陆思诚的脑袋上。转身正要走上楼准备洗澡睡觉,就在这时,从她身后突然伸出一只手,拽住了她的T袖——

童谣向后倒了倒。

"干吗?"

"要睡?"蹲在椅子上无所事事了一整个晚上的男人问。

"睡啊,梦中我又回到了王者六百分,岂不是美滋滋?"

"别睡了,爸爸明天带你上分,让你美梦成真。"

"别,今天念个弹幕都有人说我娇小姐,明天带我上分我怕我就成'上分小绿茶'了。"童谣表示丝毫不动心,转过身看着身后的人,问,"不睡觉干吗?你先松开我衣服。"

陆思诚松开手,从椅子上跳下来站稳,然后看了看周围其他人,宣布道:"饿了,去不去吃夜宵?火锅,我请。"

第二十章

三秒的沉默。

第四秒,基地每一个角落里的每一个人都像是听见自己中了彩票似的"嗖"的一下站了起来,身着背心的小胖一脸紧张:"我外套呢?我外套呢?你们等我三秒,我穿个外套!"

小瑞:"正好饿了,刚准备开手机点外卖。"

明神:"我要吃生鱼片!"

老猫:"海胆!"

老K:"象拔蚌!"

陆思诚:"哦。"

童谣并不是很懂大半夜地跑去吃火锅是哪门子的贵族行为。

她本来想说不去的,然而架不住小瑞说了一句"集体活动你不参加啊"——作为一个新人,最怕的就是脱离群众,而且在过去的十九年里,童谣整理出了一个混各种社交圈必须明白的道理:一群认识的同事、朋友、同学聚会,如果你选择做不合群的那个不肯出席参与,那么那一天聚会,众人口中的八卦女主角一定非你莫属。

并不想被人就"你说她为什么吃得不少就是长不高"这个话题讨论一晚上,所以童谣最终选择妥协,跟在一大群夜猫子后面打着哈欠爬上了俱乐部的保姆车。保姆车上运营商的标志特别显眼,如果不是车本身是个好车,估计路人还得一脸茫然:这大半夜的,电信工作人员一窝蜂出外勤修网啊?

童谣坐在车里,刷刷微博,跟朋友聊聊天,一路上队友讨论的话题也是三句离不开《英雄王座》——主要的话题就是最近的季中赛。大家都说某韩国运营商队太强,今天更是把CK战队摁在地板上疯狂摩擦,今年如果中国赛区想要在世界总决赛上有成绩,必须翻越过韩国赛区这座大山。

"都是运营商,你们跟他们约过训练赛没有?"童谣一边玩手机一边头也不抬地问。

刚才简阳用队友的手机发短信问她关了直播去哪儿,她回答标准的四字真言:"关你屁事。"

"约过,就春季赛总决赛前两天,那时候明神还在呢。"小胖用胖下巴点了点坐在自己旁边的数据分析师,"根本打不过!下路有诚哥在,勉强打个优势,其他路,啧,你问问明神和老猫被人打成什么德行了……"

老猫干笑了声:"找不着北啊。"

明神清了清嗓子:"那天晚上我都做噩梦了。"

ZGDX战队在中国算是绝对的一线强队了,居然被弄得找不着北?童谣愣了一下,不玩手机了,抬起头问:"那么惨啊?"

后来想了下她第一次见到陆思诚真人那天,来接她的工作人员好像确实说了什么"又输给韩国队"这样的话……

"不只这个运营商队,还有个TAT战队。"陆思诚伸长了腿,轻轻吐出一口气,"教皇走了以后,TAT战队在春季赛初期状态曾经非常低迷,但是后半段的时候又开始发力了——他们新来的那个ADC虽然是个新人,但是融入得很快。虽然这次春季赛总决赛输给了韩国运营商队,但居然也胶着地打满了五局比赛。照这样下去,恐怕到今年全球总决赛的时候,那个新人又会是个魔王级别的存在……"

TAT这个队伍就是以前陆思诚和教皇待过的队伍。

陆思诚和教皇这么强的Carry点相继离队,他们居然也没有说断条腿什么的,只用了一个赛季就迅速调整了过来。

说到这儿,车内众人都有些唏嘘。

"没办法啦,韩国那边电竞行业成熟,所以不断有新鲜血液……"小瑞苦笑道,"我们这边从去年开始就只知道签别人成熟型的选手,真正把人家核心技术学过来的又没几个……"

童谣闻言,稍微来了点兴趣,于是问小瑞:"什么时候再跟韩国人约一局训练赛?"

陆思诚看了她一眼,不带任何负面情绪地轻笑了声:"今天把艾佳吊起来打就膨胀了你。"

童谣瞪大眼:"什么膨胀?就是想试试,我知道韩国人很强,但是不试试怎么……"

话还没说完,男人的大手便落在她头上,用那种安抚躁动不安的小孩的力度揉了揉她的短发。陆思诚淡淡道:"现在不行。"

童谣拍开他的手,一脸失望:"为什么?"

小瑞也跟着点头附和:"是啊,为什么?我看既然smiling同学这么积极,TAT战队最近闲着也是闲着,不如咱们就约……"

陆思诚瞥了童谣一眼:"她需要信心,而不是打击,你知道TAT战队中单阿太是个什么样的人。"

小瑞看看陆思诚,又看看童谣,露出欲言又止的神情。

陆思诚又强调了一遍:"所以我说不行就是不行,现在还不是时候。"

陆思诚的态度非常坚决,所以接下来也就没人敢再提这茬了。说话间,车大概是到了目的地,停下了。

童谣伸脑袋出去看了看,除了一栋看着挺古老的别墅,整条街道挺空旷的,没有看见所谓的火锅店,童谣把脑袋缩了回来:"我早就跟我妈说了瑞哥是人贩子,她还不信,现在你们终于要把我拉来卖了换酒喝。"

"你这样的只能换一瓶啤酒,估计人家还要咱们补零头。"陆思诚打开车门,"下车。"

"火锅店在哪儿?"

"在这儿。"

童谣看着她的队友们敲开了面前那座别墅的大门。门打开,里面还真的是一家装修精致讲究的餐厅——大半夜还开门的火锅店已经够奇葩了,最可怕的是人家还开在这寸土寸金的城市中的一座别墅里……童谣跟在众人身后走进去,第一个想法是:这么开店,房租能不能收回来啊!

然而等到穿着打扮挺讲究的服务生将菜单递给童谣时,她随便翻开看了一眼,自己就有了答案,那就是:能。

八百八十八元一盘的牛肉你怕不怕?

五百六十八元一斤的贝壳是从星辰大海里捞出来的吗?

八十元一盘的冬瓜又是怎么回事啊!

标价单位是日元吧?

童谣"啪"的一下合起菜单,一脸"我见过世面我不害怕"

的强行淡定,轻声道:"我不饿。"

然而,此时并没有人理她。陆思诚他们仿佛已经习以为常,热热闹闹地点了一堆,有肉,有海鲜,还有各种蔬菜。童谣听他们点菜,用刚才看见的价格随便估算了下,算出了个令人心惊胆战的数字——

她年薪八十万,八十万啊!也就够吃个三四十来次,这一年大概就白干了。

菜端上来的时候她还有些"梦游",扫了一眼放在面前的菜,不论是那些肉类还是海鲜,看上去都非常新鲜,的的确确是顶级食材,但是在童谣眼里它们就是一盘盘的人民币陆续被扔进了"咕噜咕噜"的汤锅里。

小胖他们倒是吃得挺开心的,看那模样就知道绝对不是第一次来。

童谣全程静默地低头啃自己的青菜——折合人民币十块钱一棵的青菜,放在市场,这一盘青菜的价钱能把人家菜农的摊子直接买下来……童谣默默地吃青菜时,坐在她对面的男人突然站起来,将面前烫好的肉推到童谣面前:"矮子,吃肉。"

童谣叼着青菜一脸茫然地抬起头。

陆思诚这突如其来的爱心举动让原本正愉快聊天的小胖他们也不说话了,同样一脸茫然地抬头,看看童谣,又看看陆思诚——每个人都没整明白这两人天天鸡飞狗跳的,怎么一下子就培养出他给她喂肉的革命友谊……

而童谣盯着推到自己面前的价值三位数的牛肉,就好像上面撒了砒霜作调味。

空气仿佛都凝固了起来。

"咳,那什么,在车上我就想说了,"小瑞清了清嗓子,打破僵局,"诚哥,你这是真当自己养了个闺女啊?走哪儿带着护着,一下怕从床上滚下来摔了,一下怕输训练赛玻璃心碎了,一下又怕光吃菜不吃肉饿着了——"

在小瑞的碎碎念中,童谣一口将叼着的青菜吸进嘴里,感谢私房火锅的高雅环境,这会儿灯光昏暗,大家看不见她耳朵根红得像是锅里煮熟的虾……

片刻沉默之后——

"她今天取悦我一晚上,"陆思诚面无表情道,"让她多吃点压压惊,有什么不对?"

童谣茫然地看了眼陆思诚,然后觉得自己的脑内像劈进一道惊雷——

对哦!是啊!我被折磨了整整一个晚上,还不得吃点好的压压惊?!

童谣顿时放下夹青菜的筷子,直起腰看了看四周,想把刚才站在她旁边伺候的那个服务生小哥哥找回来——

她要菜单!她要龙虾!她要燕窝!贵?诚哥有钱诚哥给!

第二十一章

童谣抱着吃得圆滚滚的肚子打着嗝爬上车,刚坐稳,就看见低着头发微信的陆思诚抬起头,一脸无奈地跟众人宣布:"我周末回家一趟。"

现在本来就是休赛期,队员其实属于放假状态,来去自由,所以陆思诚的决定没有遭到反对,反而是小瑞问了句:"家里让你回去啦?"

"我爸说我妈又离家出走了,"陆思诚声音淡定得要命,"今年第三次了。"

众人似乎对陆思诚家里那些鸡飞狗跳的事早已有所了解,大家都是一脸放松该干吗干吗的样子。小瑞靠着座椅靠背说:"走之前和隔壁那群人的训练赛总得打完吧?"

"什么时候?"

"约了后天。"

"那我订大后天的机票。"

陆思诚说着，手指在手机上按了按，大概是无意中按到了语音，里面传来一个中年男人的声音："我告诉你，我这次肯定不会去哄她了，再哄她我是孙子好吧？上一次哄完她回来，隔天就去刷爆我的卡，真的是伤心又伤财……"

陆思诚摁掉了语音，车内一片寂静。

"惧内，"陆思诚面无表情道，"见笑了。"

"没有没有没有！"

"社会上流人士的惧内怎么能叫惧内？那叫疼爱妻儿！"

小瑞摆摆手起头，众人随声附和。童谣抽了抽嘴角："你们以后有了配偶，可要记得今天自己说过的话。如果不记得了，我可以帮你们提醒一波你们的配偶。"

"你就别指望你未来男人会惧内了。"陆思诚瞥了她一眼。

"凭啥？同一个世界同一个梦想！"

"耳根软。"

童谣想了想，随后老脸一红，"啪"地用双手捂住自己的耳朵，转头在黑暗之中瞪着面色自然的男人，后者却自顾自低下头，手指在手机屏幕上刷了刷，飞快地买了张机票。童谣看见飞机的目的地位于距离上海并不远的南方城市，听说在那个地方，光天上掉下来一块石头就能砸死三个亿万富翁。

过了两天，终于到了小瑞与YQCB战队约训练赛的日子。

这一次专门选在工作日VPN没那么拥挤的下午时段，大家各就各位坐好，陆续进入YQCB战队早就开好的房间里——依旧还是那几个人,依旧还是那几个ID,对方不知道有没有在讨论他们的对手,反正ZGDX战队的五个人打从在电脑前坐下,嘴巴就没停下来过——

老猫:"小胖,你说教皇为啥要去这个保级队啊?"

小胖:"别一口一个保级队地叫,人家进世界赛的时候你还不知道在哪儿喝奶呢。"

老猫:"好好好,那你说教皇为什么要去这个……没落贵族战队啊?"

小胖:"听说是为了找到最好的辅助和队友,来帮助自己一起打败诚哥。"

"那惨了。"陆思诚面无表情道,"我这边只有个英雄池深不见底的杂技辅助,还有个1/7/0的风男中单。"

童谣:"你好好说话,又关我什么事?那次风男是个意外,今天看我爆炸Carry你。"

陆思诚:"别做事做一半,只爆炸,不Carry就好。"

老K:"你们的垃圾话真多,是不是准备夏季赛的时候要天天上赛时语录?"

赛时语录,是职业联赛中必不可少的一个娱乐环节,举办职业联赛的制作组将选手们在比赛时说的话录下来,选取有意思的环节剪辑成一个小视频公布,方便让观众了解职业选手们在打比赛时究竟在说些什么,或者在交流些什么。

通常情况下,经常能听见选手打团时只会"啊啊啊"及"怼他,怼他,怼对方AD",又或者是相互嘲讽开玩笑什么的……

童谣:"我最爱看赛时语录。"

老K:"信我一次,等你成为赛时语录的主角时你就不爱看了。"

这时,明神拍拍手掌示意大家肃静:"好了好了,大家都认真点,屁话那么多,你们很膨胀啊?膨胀是没有好下场的。我听隔壁战队说,上次他们和我们打完训练赛以后发现自己暴露了很多问题,并加以改进了。"

小胖:"上次训练赛才打了十分钟而已,他们就看出问题啦?"

陆思诚:"说明他们问题多。"

明神:"诚哥你别说话,你真的很膨胀啊——怎么不能?明明十分钟已经占据绝大部分的前期各路对线期了……"

在明神的碎碎念中,训练赛开始了。首先依然是BAN&PICK环节。

令人意外的是,这次对方上来就先把童谣的魔术大师BAN掉了,在众人的唏嘘之中,童谣愉快地发现自己大概可以拿到自己想要的妖姬了。

最后她果然拿到了。

比赛开始,大家都是平稳地做安静的补兵美男子,偶尔有一次碰撞也算是有惊无险地双双重新拉开安全距离,直到大家的等级逐渐接近四级,下路的气氛开始凝重。

"李君赫要准备开始越塔送人头了。"陆思诚嗓音低沉道。

"对方中单不见了,你们下路小心。"

童谣一边说着一边点了个信号,系统提示音响起的同时,消失的敌方中单果真犹如幽灵一样出现在了陆思诚和小胖身后的草丛里，同时还有对面的打野。

"四个人抓下！student什么时候在我们后面做了个视野啊？对面中单交了传送下来的！"

在小胖的一声惨叫中，YQCB战队四人蜂拥而上，陆思诚第一时间交出跑路技能跑掉，留下小胖一人在自家防御塔底下被围殴，系统提醒"FIRST BLOOD"的声音响起，教皇拿到了第一滴血。

这宣布着下路的天平开始往YQCB战队倾斜。

童谣的召唤师技能没带传送，在机动性上比不上艾佳，知道自己哪怕是走过去支援也来不及，所以她选择留在中路，安心收完自己这一拨小兵吃够经验，然后将自家小兵带到对方塔下，让对方防御塔击杀这些小兵——这样，艾佳再回来的时候就会发现自己无小兵可吃，经验和经济都将凝固，这是中单选择游走其他路带来的必然缺陷。

然而游戏进行到第七分钟左右的时候，艾佳又去了一次下路。

这一次，YQCB战队的中单外加下路ADC和辅助三个人一起抓死了陆思诚，并顺势推掉了下路的第一座防御塔。

连续丢了两个人头、一座防御塔，此时ZGDX战队进入前期小劣势状态，最糟糕的是教皇这个主要输出点有两个人头在手，肥得流油，此时已经算是一个前期的小Boss！

明神说得没错，YQCB战队真的从上次的训练赛中记取了教训并迅速改正：教皇带着辅助两个人越塔很危险？没关系，那就带着中单和打野一起上！四个人，总不危险了吧？

"说好的YQCB战队在student的带领下是猥琐发育流战队呢？

今天打得这么激进？他们吃耗子药啦！诚哥你们下路稳住啊，"童谣嘟囔着，"等我一下，我要——咦？"

童谣话说一半，突然惊讶地发现对下路进行了一波游走的对方中单艾佳拿了个助攻以后并没有回家更新装备，而是看见中路小兵有些多，居然转过头想要回来贪这一拨兵的经验来弥补自己游走过多落下的经济和等级！

而这个时候，艾佳的大部分技能在冷却状态，而且本人的魔法值也所剩无几了！

童谣几乎没有犹豫，当场放弃自己那一堆的小兵，对着以为自己鬼鬼祟祟摸上来的艾佳就是一套技能踩上去，被妖姬技能锁链锁住的敌方根本没有逃跑的机会，被打了大半血之后，无力地回头平砍了她两下，便乖乖贡献出人头！

"Nice！"

"叫他贪！"

"smiling大大漂亮啊！"

在队友一致的叫好声中，正在等待复活时间的陆思诚看了眼右下角的小地图，提醒道："他们打野来了。"

通常情况下，拿了个人头在看见对方有人支援的情况下立刻撤退保留胜利果实绝对是最佳的选择方式，然而童谣并没有按照套路来，她一个转头，先用一个召唤师技能凌波拉开双方距离，然后回头，一边往自家防御塔方向跑，一边反手对着YQCB战队的近战打野又是"啪啪啪"几巴掌。对方眼见她杀了人，还耍帅，居然还想跑，估计也是急了，也交出个凌波追上来——

第二十一章

然而没想到的是,在这一瞬间,童谣升到了六级!

妖姬这个英雄到了六级会得到一个"故技重施"的大招,此大招能够重复上一次它曾经使用过的技能,于是在短时间内,对方的打野再次被她链住,与方才艾佳死法相同的死亡阴影笼罩住了他——

局势瞬间大变!

上一秒,ZGDX战队还在为两个人头和一座防御塔的经济差距头疼不已。下一秒,童谣在中路的先后单杀敌方中单与打野就为他们扭转了一些局势!

与此同时,因为自家打野被击杀,所以YQCB战队上半部分野区资源遭到老K的疯狂入侵,不论是蓝Buff还是其他野怪,通通被ZGDX战队收入囊中,甚至连中路第一座塔也被童谣点掉了一半的血!

这波YQCB战队从血赚到血亏!

就因为艾佳的一个错误决定,童谣一下子从默默发育的小透明变成能够与教皇相抗衡的"小爸爸"——在接下来针对小龙争夺的团战中,她稳稳链住教皇,两三巴掌就将那小脆皮摁倒,接下来只剩下那些发育不咋样的乌合之众如树倒猢狲散,跑的跑,死的死,童谣他们顺利拿下第一条元素火龙,并推掉敌方中路第一座防御塔。

ZGDX战队就此完成劣势向优势的转变!

然后就是疯狂地推塔,杀人,经济滚雪球似的与对方拉开距离,最后一鼓作气拿下训练赛!

打完这局训练赛,所有人都长吁一口气瞬间瘫软在自己的椅子上。比赛赢了是赢了,但是YQCB战队突然转变的画风还是叫他们有些胆战心惊……

这支队伍,今年夏季赛恐怕绝对不只是脱离保级战队的队伍行列那么简单了!

此时,小瑞用杂志卷成的纸筒依次在老K、小胖、老猫、陆思诚、童谣的脑袋上"咚咚咚"地敲过来:"叫你们膨胀!差点被没落贵族队踩爆!以后还敢不敢膨胀!"

"哎,"童谣抱着头,"我Carry的比赛啊,干啥打我?!"

"你再得意?"

"我错了。"

晚上。

实力Carry队伍转败为胜赢了训练赛,童谣心情美滋滋地洗了个澡,正捧着一碗泡好的泡面吸溜,从厨房走出来,发现陆思诚又抱着膝盖蹲在椅子上,不知道又在祸害谁的直播间……

当童谣走近,他就好像是后脑勺长了眼睛似的回过头来,指了指自己的电脑屏幕:"隔壁战队中单在捧杀你。"

童谣一口面吐回碗里。

陆思诚露出嫌弃的表情。

童谣连忙走过去伸头看,果不其然看见此时陆思诚开着的还真是艾佳的直播间,这会儿这家伙正一边打排位赛,一边跟观众粉丝吹牛——

第二十一章

"对对对,我们今天又和隔壁运营商打训练赛了……这次没掉线,哪可能天天掉线,你以为是五毛钱包年网费套餐吗?是输了!哎呀,但是我们前期是优势!你别不信,我们真的是优势!"

"教皇那个走位风骚得一看就是越塔专业户,奈何隔壁战队有个比教皇更风骚的人,就是那个小姐姐——是的,就是smiling啊!原本我们拿了两个人头正美滋滋,她老人家不知道从哪里冒出来就搞死我了!然后转个头谈笑风生又把我们打野搞死了!"

"我那波应该乖乖回家的,没蓝了,技能也在冷却中,被她抓了机会,这个女人真的恐怖……这是那局训练赛的转折点,我的蓝Buff没有了,XBANG的野区资源也没有了,我们队长大人差点没把我骂死。"

"不敢贪兵了,以后杀完人就回家,哪里也不去。真的,贪兵不会有好下场,这是血的教训。"

"隔壁小姐姐的操作?操作肯定好啊,把我弄死完了又弄死满血的XBANG,操作快得我们都看不见她的技能。真的是国产第一妖姬!"

"你们以后谁再告诉我妹子打不好《英雄王座》这个游戏,我就把今天训练赛的录像塞进他的鼻孔里!"

啰啰唆唆一大串,快把童谣吹得天上有地下无。

吹到后面童谣都快听不下去了,弯下腰打开自己的电脑进入艾佳的直播间,飞快敲字——

ZGDX smiling:"朋友,你说再多我也不会帮你在你媳妇跟前美言半句的。"

回车，发送。

半秒后，弹幕便被"我看见了奇怪的东西乱入""说曹操曹操到""smiling！我是你的小粉丝""小姐姐教我玩妖姬吧，么么哒"充满。

有一条弹幕特别会抓重点地问："艾佳，smiling和你媳妇啥关系啊？"

"狐朋狗友。"艾佳说，"最近我媳妇在跟我闹矛盾，我觉得就是在蓄意分手跟她搞百合去了，很气！今天打游戏还输给她，我顿时觉得我的人生都没有光了！"

童谣站在电脑前面被逗得直乐。

而艾佳这孩子还在继续孜孜不倦地吹捧她要多强有多强。

童谣正听得起劲，突然直播间被人一把关了。她愣了愣，看向陆思诚。后者不急不缓地缩回自己的手："听听热闹行了，再听真的膨胀。"

"小学毕业以后就再也没人夸过我了，"童谣说，"让我再听两句……"说着就想要扑回电脑前。

然而后颈被男人从后一把捏住，她艰难地转过头，只能看见陆思诚那弧度完美的下巴。他随口道："别听他瞎吹了，想听夸奖？我夸你。"

挣扎的童谣一下子安静下来。

"夸。"童谣眨眨眼，一副很期待的模样。

"……"

"夸呀。"童谣催促。

第二十一章

与那双闪闪发亮、充满期待的黑色瞳眸对视十五秒后,陆思诚放开了童谣,弯下腰,重新替童谣把艾佳的直播间打开——后者那聒噪的声音重新传入耳朵中,童谣愣了愣,看着坐回自己的位置上,满脸写着"刚才什么也没发生过"的男人。

"啥意思?"

童谣扯住他的袖子,摇晃了一下。

陆思诚不理她。

"我今天表现出色,队长大人,夸奖呢?"

再摇晃,陆思诚还是不理她。

"难道我从头到尾就没有一点儿优点值得让你……"

童谣话还没说完,突然看见陆思诚长手一伸,抓过桌上下午分析训练赛时用的油性记号笔,打开盖子并抓过她的手,迅速在她的手背画了一朵巨丑的花。

"来自队长大人的小红花。"陆思诚扔了童谣的手,同时扔了手中的笔,盯着电脑屏幕点开一局新的游戏,同时淡淡地说道,"下次继续努力,给你画脑门上。"

瞪着陆思诚五秒,确定他没有在开玩笑后,童谣默默转身,去洗手间洗手,然后发现来自队长大人的小红花……根本洗不掉。

洗手液、沐浴乳、卸妆油、肥皂都用上了,最后面对那依然鲜红如火的小红花,童谣举着湿淋淋的手站在洗手台前,终于崩溃到破口大骂:"陆思诚,这丑花洗不掉了!"

"嚷嚷着要,要完又要洗,你怎么那么难伺候?"沉迷游戏中的男人头也不回道。

"不要小红花,下回给你画个王八?"

"呸!"

"给你画脑门上。"

第二十二章

第二天。

"童谣,你手背上那什么玩意儿?"刚从童谣身边走过的战队经理又倒退回来,盯着少女手背上那朵丑陋的花,"你和奇怪的东西签订契约成为魔法少女了吗?"

抱着猫窝在沙发上看美剧的少女抬了抬眼睛,正想吐槽什么,这个时候,一个拖着行李箱的高大男人从两人中间穿过,轻飘飘地扔下一句:"现在才成魔法少女是不是有点老了?"

童谣从沙发上坐起来:"你好好说话,都是要走的人了,给彼此留下一个美好的记忆不好吗?"

"我下周五就回来。"

陆思诚放下箱子,开始在基地一楼晃来晃去,到处看自己有没有漏掉的东西。

童谣:"钱包钥匙手机。"

陆思诚脚下一顿,摸摸口袋:"都有。"

童谣:"去吧,悟空。"

陆思诚慢吞吞地转过头来,上下打量了下瘫软在沙发上几乎快要陷进去的童谣,目光最后定格在趴在她怀里舔爪子的猫身上,停顿了下,他嗓音低沉道:"看好你这毛茸茸的小东西,今天早上我看见它用爪子在我的鱼缸里搅来搅去。"

"怎么可能?"童谣不以为然道,"猫怕水的。"

"只怕里面没有金鱼的水,鱼缸里还有猫毛,"陆思诚将鱼缸端过来凑到童谣眼皮底下,"你看。"

大饼看着鱼缸凑近,兴奋地抬起了自己的屁股——童谣顺手将它兴奋的屁股摁回沙发上。她看了眼鱼缸,水面上还真的漂着几根猫毛。

"飞进去的。"

"我儿子是意大利和俄罗斯杂交品种,父母血统纯正,拿着赛级证书的,一条三万,三条九万,和花鸟市场街边的妖艳货不一样,你好自为之。"

一条金鱼三万,我信了你的邪……这长相是赛级血统、八国混血?和一般路边五毛一条的中华田园鱼有什么区别啊?

换了别人说这话,童谣只会让他用门夹夹脑袋冷静一下,但是换了吃个火锅能吃出五位数的陆思诚,她信了。

儿子贵还是一顿火锅贵?

当然是儿子贵。

虽然并不懂为什么要做出这种神奇的比较,童谣还是乖乖从沙发上坐起来,一把卡住大饼的腋下将它抱了起来,甩甩,叹息道:

"饼啊,听见了没?这鱼贵且脏,咱们千万不能吃。"

陆思诚:"你说谁脏?"

童谣:"对不起。"

"矮子,你教育方式有问题——不能碰的东西就乖乖说不能碰就行了。"陆思诚将鱼缸摆回它原本就在的地方,"不能碰,而不是你不屑碰。很担心以后你的小孩会被你教育成什么样。"

"你这么会,你来教育好了,"童谣扔了猫顺口道,"我只负责生,岂不是美滋滋?"

说完她还没觉得哪里不对,直到几秒后她发现包括陆思诚在内整个基地的所有人都扭过脑袋默默地看着她,她愣了一下:"怎么了?"

"你俩关系已经健步如飞到确定要生个孩子啦?"小瑞一脸八卦,"在我说恭喜之前我觉得我还是应该提醒一句,ZGDX战队队员之间一向是禁止内部消化的。"

童谣刚想顺口问你们一群大男人准备怎么个内部消化,然而话到了嘴边她就像是妖姬突然升到六级开启"故技重施"大招,方才说过的话又像幻灯片似的在她脑海里滚了一遍——

我刚才说了啥?!

童谣的脸一阵白,一阵红,梗着脖子半天屁都放不出一个。陆思诚倒是面色自然,看了看自己的腕表,表示是时候去机场了,跟队友们打了个招呼后便拖着箱子转身往门外走。

陆思诚前脚刚走,大饼就跳上了他的桌子给童谣现场表演了一波"猫爪搅大缸",实力证明男人没冤枉它——童谣一脸黑线地将它从桌子上抱下来,拍了拍它的屁股:"三万一条呢!随便弄死一条你就等着被遣返回乡吧!"

大饼伸长了小短腿,用带着鱼腥味的湿漉漉的爪踩童谣的嘴。

"你还真信啊!"小胖打着游戏,瞥了一眼抱着猫一脸紧张的少女,"这金鱼是我陪他在街边买的,两块一条,五块三条……"

童谣扔了猫发微信给那个名叫"fhdjwhdb2333"的人——

smiling:"撒谎!小胖揭穿你说那金鱼五块钱三条!"

三秒后,手机振动。

fhdjwhdb2333:"你还真信三万?"

fhdjwhdb2333:"但金鱼有价,生命无价。"

童谣朝着天花板翻了个巨大的白眼。

送走了陆思诚,基地里只剩下童谣,终于结束了两人之间鸡飞狗跳的日常。刚开始的几天,童谣和队友双排一下,看看剧,撸撸猫,做一会儿安静的哑巴美少女主播,日子过得美滋滋的。

smiling:"这才是正常的电竞职业选手的生活,没有日常被嘲笑,不用担心弹幕被人念出来,午餐是正常的二十多块的外卖盒饭,手背上鲜红的小红花也快褪掉了,不仔细看根本看不出来。"

smiling:"真是太好了。"

坐在床上,童谣左边腮帮子里的糖被"咔啦咔啦"地换到右边腮帮子,慢吞吞地将以上内容分享给好友今阳,后者的"正在输入中"显示了挺久,童谣觉得她大概在删删写写。

一分钟后,新的微信聊天记录跳了出来——

阿毛它妈:"你想他了。"

童谣手中的手机又被扔了出去,掉在床下的地板上发出"哐"的一声——这一幕似曾相识,坐在床上的人下意识地抬起头看了一眼门。可惜,门并没有被什么人从外面推开。

童谣坐在床上放空了一会儿,直到糖果融化在她的口中,右边腮帮子被裹上了一层厚厚的糖霜,她用舌尖舔舔,然后嘎吱嘎吱地将糖果咬碎,就像是在咬碎某个人的脖子。她跳下床捡起手机,飞快地回复——

smiling:"别乱说。"

smiling:"这才来几天,朕的江山还未打下,哪有空说什么儿女情长?"

阿毛它妈:"什么都别说了,期待你跟诚哥的婚礼。"

阿毛它妈:"得不到的男人如果成了闺密的男人,放在身边能天天看也是挺happy的。"

smiling:"呸。"

放下手机,童谣有些烦躁地将自己的一头短发揉乱,从床上爬起来,穿了拖鞋下楼,发现小胖他们都各自坐在电脑前面打游戏——明明是放假,基地也并不要求他们打排位,做训练,但是大家看上去似乎都没有太多别的事好做的样子……

娱乐是《英雄王座》。

上班还是《英雄王座》。

童谣弯腰打开自己的电脑,这几天念她弹幕的人不在了,她对于直播这种事也稍微习以为常了一些,再加上她不随便和队友

"开灵车"之类的原因，她的分数从之前陆思诚走时的"大师"胜点几十点快掉钻一，又逐渐地升回四百多点，今天再赢几局，她就又可以做一个王者美少女了。

"童谣，上车吗？"老K问。

童谣刚进一局新游戏："我刚进，你不早说，猫呢？"

"上野恩断义绝。"老K说，"这人搞我晋级赛，生死局给我拿了个蘑菇，我以后再也不跟他玩了。"

蘑菇是个地位和风男差不多的英雄，用得厉害的人确实很厉害，用得不好的人嘛……反正老猫肯定不属于前者。

"等我打完这局啊，哎？"

童谣说着转头发现自己排到的队友里有个人的ID叫"Sunflower"，分配到的位置是打野，并且在大概三十秒前，他在队伍公屏发了个："yao？"

冤家路窄，居然排到了简阳。

想象一下打野万年不来中路GANK的画面，童谣想了下要不要退游戏算了，结果一想不对啊，这局赢了就重回王者了，凭啥白白送分（游戏开始后，强行退游戏的玩家默认输掉本局游戏，会扣胜点，其他队友不扣）？于是童谣开始祈祷简阳识相点，自己退了得了。

结果到简阳选人的时候，他毫不犹豫锁了个扫地僧。

童谣无奈之下，只好也乖乖把自己该选的英雄选了，五人选择英雄完毕，进入游戏，一到双方对局载入画面，看见对方队伍里鲜红的"ZGDX Chessman"童谣就喷了："我排到诚哥啦，他打野，在对面……"

"那他估计要住在你中路了……不过你这边还有阳神啊,莫慌。"小胖伸脑袋看了一眼,"诚哥的打野掏出来谁都怕,阳神还是分分钟可以打爆他的,这局你们稳了。"

童谣一听陆思诚要住在中路,顿时慌得不行,至于他们这边有没有阳神根本不是重点,因为童谣觉得他根本不会来中路帮忙——毕竟"形同陌路,自求多福"是前男友和前女友在游戏里尴尬遇见时的基本生存法则。

进了游戏,五人"嘣嘣嘣嘣嘣"出现在基地泉水的同一时间,童谣就开始在公屏全频道打字——

ZGDX smiling:"cheng ge(诚哥),ying yi ju hui wang zhe a(赢一局回王者啊)!"

ZGDX smiling:"qiu qiu ni(求求你),bie gao wo(别搞我)!"

ZGDX smiling:"gei ni gui xia le(给你跪下了),kuang kuang kuang(哐哐哐)……"

然而对方根本不理她。

游戏开始之后,陆思诚三级就跑来抓了一波中路,还好童谣事先有所警惕,一直把兵线控制在自家防御塔下,陆思诚拿的小脆皮打野也不好越塔强杀,只能在中路转了一圈后往上路走。

童谣给上路的队友打了个信号,自己在防御塔下把这一波兵线补完,正想回城,这时候对方的中单一直在用长距离技能各种骚扰,打断她回城,童谣嘟囔了声:"别那么过分啊……"

话音刚落,就听见"哐"的一下,一个视野道具插在他们身后不远处，简阳的扫地僧摸眼蹦跶出来，一个回旋踢，一脚把对方的中单踹进他们的防御塔范围内。防御塔在前期对英雄造成的伤害还是很可观的，童谣赶快释放技能控制住他不让他跑，两个人一波配合摁死了对方的中单。

简阳把人头留给童谣，自己转身往下路走去。

看着那潇洒的背影和身上多出来的三百块人头赏金，童谣顿时觉得前男友今天两米一。

但是接下来，童谣的日子就不好过了。简阳的这一个动作似乎刺激了某个人不知道哪根神经，接下来陆思诚还真的就像是住在中路一样，每隔几分钟就跑来抓一波，童谣被他连续弄死三次，一个脑袋两个大，又继续公屏打字——

ZGDX smiling："bie lai le（别来了），ni shi bu shi ren a（你是不是人啊）？"

对方不理她。

童谣犹豫了一下，开始怀柔政策——

ZGDX smiling："cheng ge（诚哥），wo hao xiang ni a（我好想你啊），sha shi hou cai hui lai（啥时候才回来）？"

ZGDX smiling："mao hen guai（猫很乖），wo ye shi（我也是）。"

ZGDX smiling："kan zai wo na me xiang ni de fen shang（看在我那么想你的份上），bie lai zhong lu le（别来中路了），xia lu feng jing ye hen hao（下路风景也很好）。"

她噼里啪啦打字的时候，双方中野在中路又是一阵火并，陆思诚疯狂地帮中路，导致简阳也走不开，大家啥都不顾了，都住在中路一顿胡搞，童谣有了中路一下子成了双人路的错觉。

简阳是老打野，打野英雄也比陆思诚熟悉，然而不巧，陆思诚又是个操作顶尖的天才，这就导致双方各种火并之后，除了上下两路的队友都在拼命打信号及问号刷屏，大家基本都没占到什么便宜。

下路两个韩国人说什么童谣也看不懂，童谣队里的上单是个中国人，这时候估计也是终于受不了了，默默地在公屏敲字："搞啥呢你们？"

此时童谣还在孜孜不倦地骚扰对方打野——

ZGDX smiling："cheng ge a（诚哥啊），shang hai jin tian tian qi bu cuo（上海今天天气不错）。"

ZGDX smiling："wo zuo wan yang wang xing kong（我昨晚仰望星空），na shan shuo de xing chen hao xiang ni de yan jing（那闪烁的星辰好像你的眼睛）……"

ZGDX smiling："My cat killed your red fish（我的猫杀死了你红色的鱼）。"

ZGDX smiling："Black one will be the next（黑色的将会是下一个）。"

撒手锏都用上了，然而对面的人依旧毫无反应！

当童谣几乎要怀疑陆思诚是不是不会在公屏打字时，她突然看见简阳凉飕飕地打了一行字："ren jia dou bu li ni（人家都不理你），shuo na me duo you shen me yi si（说那么多有什么意思）？"

童谣"啪啪啪"摁键盘鼠标的手猛地停了下来……

"你想他了。"

今阳那个王八蛋的声音适时地在耳边响起,盯着简阳打的那行字,童谣沉默了一下,觉得自己好像被莫名其妙戳中了一个什么点,看了看自己几乎刷屏但得不到一个标点符号回复的各种公屏打字,她觉得自己是有点自嗨过头了。

是啊,人家都不理她。

童谣垂下眼,顿时没了继续打字的兴趣。事实上,连带着她连打完这一局游戏的兴趣都没有了——上不上王者都无所谓了,她就想快点打完这局游戏,然后滚回床上撸猫,看剧,安抚自己碎了一地的少女心。

此时,简阳那个讨厌鬼还在继续蹬鼻子上脸——

"你跟他说那么多干吗?"

"想赢,我带你赢就行了。"

"人家都不理你啊。"

"一个人自言自语有意思吗?"

游戏中,ID为"ZGDX smiling"的中单在抗压猥琐发育了三十分钟后突然暴起,丝毫不讲道理地将对面中单摁在地面一阵摩擦虐待。

游戏外,少女面无表情。

这时候,她放在桌子上的手机响了。童谣打游戏时最烦人家打电话给她。她皱皱眉,看也不看来电是谁就直接接起。她怏怏地"喂"了一声,正想说自己忙着,一会儿再打来,这时候听见对面低沉的男音响起——

"怎么不打字了？"

童谣"咔嚓咔嚓"摁鼠标的声音突然猛地停了下来。

"我事处理好了，一会儿改机票明天回来，你和你的猫都给我老实点。"

"挂了。"

直到电话那边传来忙音，童谣还保持着举着电话的姿势，脑袋放空，一脸茫然。

游戏中，那个完全不知道前一秒发生了什么的"Sunflower"还在刷屏——

"诚哥游戏里不喜欢打字，他在现实中也不喜欢说话。"

"你说再多他都不会理你。"

"何必热脸贴冷屁股？"

"喂，你人呢！掉线啦？挂机啦？"

"来啊，我带你赢，知道你要重新回王者了……"

第二十三章

"童谣,你跟谁打电话呢?一脸被雷劈过的模样。"旁边的小胖好奇地伸脑袋问。

小胖的疑问成功将童谣从呆愣中拉回现实,她放下电话,用梦游似的语气说:"是诚哥的电话,他说他事办完了,改签明天的机票马上回来……"

诚哥?打电话?小胖眨眨眼,看了下童谣明明一局游戏还没结束,他更加蒙了:"你俩不是排一起一局还没打完吗?有什么破事游戏里不能说非要打电话?一边面对面打游戏,一边打电话,你俩没毛病吧?"

"我跟他游戏里说话了,他不理我,我一个人神经病似的上蹿下跳……"童谣甩锅说,"有毛病的明明是他。"

"所以诚哥明天回来了?回来啊,回来也好——季中赛结束没多久就是夏季赛了,咱们夏季赛的定妆照还没照呢,听说夏天的新队服马上就要送过来了,然后趁着夏季赛没来,咱们还要再多打几局训练赛，你还得跟我们多磨合。"

在小胖自言自语的嘟囔中，童谣飞快点掉了对方基地的大水晶，水晶爆破的声音响起，点击退出游戏，童谣满意地看见自己吃了一局陆思诚的分，光荣回归王者段位！

正考虑还要不要开下一局，这时候屏幕右下角跳出来个小框，一串韩语中间夹了个"Sunflower"，意思就是这个人想添加你为好友，同意不同意——看在他刚才GANK中路时曾经有那么一两秒形象高大过，而且拉黑那么多年了也够本了，以后赛场上低头不见抬头见，别的不说，每次打完比赛还要礼貌性握手呢，老死不相往来那该多尴尬……

想到这儿，童谣犹豫了一下，通过了简阳的好友申请。

没想到对方上来第一句话差点没把她从椅子上吓到地上去："yao yao（谣谣），wo men he hao xing bu xing（我们和好行不行）？"

童谣毫不犹豫地回了个"bu xing（不行）"，便退出了游戏。

简阳果然锲而不舍地追到微信跟她讲道理来了——

太阳盛开的地方："童谣，你以前是因为觉得咱们异地加时间对不上，谈恋爱就是浪费时间，不如不谈，所以才找了些鸡毛蒜皮的小事跟我吵了一架分手……现在你自己都是职业选手了，也该明白职业选手的日常，我那时候真不是故意要冷落你，我也一点都不想和你分手的。"

有些人就该在黑名单里躺着，躺一万年。

是微笑不是秃子："当年我可是一点都看不见你所谓'一点都不想分手的操作'——我白天上课偷偷给你发短信不回，晚上你告诉我在打训练赛，转眼贴吧就曝光你们队一群人去唱什么鬼KTV，KTV公主的丝袜都快套你头上了，现在你来跟我说你不想分手？是指望我健忘啊还是你自己有病？"

太阳盛开的地方："那都过去了，我也跟你道过歉啊！我不该骗你。"

是微笑不是秃子："哦，然而我并不接受你的道歉。"

太阳盛开的地方："你是不是真的和陆思诚好上了？"

是微笑不是秃子："跟他有什么关系？"

太阳盛开的地方："我注意很久了，不论是他直播还是你直播，你俩都黏在一块，贴吧和各种论坛到处都说你俩好上了什么的，陆思诚那样的人还给你念弹幕……还有粉丝说撞见过你们手拉手逛街。"

太阳盛开的地方："陈今阳说你发誓不和职业选手谈恋爱的。"

太阳盛开的地方："你还记得自己说过的话不？不记得的话我再提醒你一次……如果你非要和职业选手搅和在一起，那个人只能是我。"

哟？霸道总裁爱上我。

是微笑不是秃子："朋友，你该吃药了。"

太阳盛开的地方："陆思诚不会喜欢你这种小丫头的。"

太阳盛开的地方："童谣，我想你了，真的。"

童谣思考了三十秒，打字——

是微笑不是秃子："不幸的是昨天小胖在看直播，我不小心路过时听见某个女主播娇滴滴地说'谢谢阳神的一把大宝剑（直播平台最贵的礼物)'——你拿脚想我的？"

太阳盛开的地方："什么女主播！那是我们俱乐部《英雄王座》女队的队员，战队这边让我带着她炒作一下，带带人气，你知道女队本来就不是用来打比赛的。"

是微笑不是秃子："两年前你也是这么说的，自己被逼无奈啦之类的……"

是微笑不是秃子："狗改不了吃屎。"

是微笑不是秃子："什么女队不是用来打比赛的，那么看不起妹子你也是欠教育，你不是跟YQCB战队的艾佳挺好的吗？去问问他上次训练赛被我怎么样了。"

太阳盛开的地方："你赢的只是艾佳，不说韩国赛区，光咱们中国赛区就还有十支队伍——你是厉害，但是也别太自信，ZGDX战队有个替补中单的，不是春季赛总决赛上那个，如果他要回来，你表现稍微不好肯定就会被换下去。"

童谣微微蹙眉，隐约记得去年ZGDX战队确实有一个替补中单，但是具体是谁她也记不起来了，因为当时她正忙着准备出国的资料，以及忙着消化自己的男朋友谎称有训练赛，其实是去KTV和公主小姐姐喝酒的破事……

童谣思考片刻，最后重新把简阳放回了他应该在的地方，那个地方的名字，叫黑名单。

她倒是没有因为简阳说陆思诚不会喜欢她这种事而生气，其实就连童谣自己都是这么认为的，而且她自己也……行了行了，都是今阳在瞎说，搞得她患得患失的——这才来了ZGDX战队几天，训练赛都没打几场，她是要做大事的人，谁有心思惦记着谈恋爱啊？

诚哥的事是不想了。

至于简阳提起的那个神秘替补中单……

"小胖啊。"

"干啥？"

"咱们队上个赛季还有别的替补中单吗？"

小胖摆弄鼠标的动作一顿，似乎没想到童谣会问这个，那张胖脸上破天荒地露出了不那么乐观的表情，他微微蹙眉，良久才淡淡道："是有一个，但是放心吧，他不会回来的。"

童谣一愣："为什么啊？"

小胖垂下眼："因为他是被赶走的呗……被我们所有人，没人愿意跟他当队友。"

小胖说完，露出不想再提这人的表情闭上了嘴，于是哪怕童谣满肚子好奇，也不好再问到底是怎么回事。她上网查了查，也只查到这个人的ID叫"律"，去年全球总决赛过后的转会期离开了ZGDX战队，从此在整个《英雄王座》职业圈消失得干干净净。

咦，这人看上去好像有故事啊？

童谣憋着这疑问直到第二天，原本是想找机会问问战队经理小瑞到底咋回事，结果憋着憋着就把这茬给忘记了……

因为陆思诚回来了。

童谣早上抱着大饼从房间走出来，刚关上房门，大饼就趿溜一下从她怀里跳走了,一路迈着小短腿连滚带爬奔下楼,钻进某个人的怀里——童谣站在二楼趴在栏杆上往下看,看见大饼正像一条狗似的用脑袋拱沙发上男人的手,要往他手下钻,圆溜溜的眼睛都快挤成缝眼了。

陆思诚身上是有小鱼干的味道吗,你这么稀罕得紧?

这时候坐在沙发上的人似乎也感觉到了身后的目光,回过头看了眼童谣,问:"看什么看?"

童谣已经习惯了这种对话方式,嘟囔着:"诚哥你回来了啊。"她慢吞吞走下楼,结果走到一半,突然听见陆思诚问:"矮子,你和CK战队那个阳神是怎么回事?"

童谣脚下一滑,差点没一屁股坐在楼梯上,伸出手猛地扶住栏杆,她稳了稳身形,抬起头一脸茫然:"什么怎么回事?"

"昨天我们三个打RANK遇见的事被人放到贴吧上去了,全程截图。你们那边是不是还有别的其他中国人队友?"

"上单是中国人,不是,你还看贴吧?"

"那就对了。"陆思诚不理她的问题,"你跟我说的话,阳神跟你说的话,全部一字不漏地被截图放在贴吧里了——回复都几千层了,咱们三个扑朔迷离的关系拿去够拍一部连续剧了,主要角色是女主角,苦恋追求求而不得的男二,冷酷无情的男一。"

陆思诚面无表情地说出这些话的时候有种冷幽默的感觉。

童谣走到陆思诚身后,双手摁着沙发靠背,弯下腰去看他手中的手机,发现某电竞贴吧果然有一个很火热的帖子浮在首页,帖子的标题是"ZGDX战队中下二路疑恋爱,CK战队阳神从中插足,电竞版《新白娘子传奇》。

童谣弯着腰瞪大眼,耳边的碎发垂落在陆思诚的耳旁,带来一丝丝瘙痒,男人闻到淡淡的洗发水味,他不动声色地蹙了蹙眉,往旁边挪了挪,淡淡道:"自己没有手机?"

童谣"哦"了一声,才想起来似的摸出自己的手机,进入帖子飞快地看了几眼,发现果不其然,昨天自己那些酸话全部被截图了,还有简阳说的那些,底下的评论更是五花八门——

"这标题,明天来新闻部上班。"

"总想搞个大新闻。"

"阳神是青蛇吗?哈哈哈哈哈!楼主,你见过陆思诚这样的许仙?"

"阳神好酸啊!看不出他是会说这种话的人,什么'来啊我带你赢',酥爆了好嘛!上一次对我说这话的人都从钻石掉到黄金了,唏嘘。"

"这就是为什么一般职业战队没有女队员,太容易发生办公室恋情。不是我反对,在一起的时候还好,万一吵架啊分手啊,以后怎么一起打比赛?"

"等等,剧情发展有点快,阳神又是咋回事啊?"

"春季赛总决赛那天不是有粉丝看见阳神在跟一个女的说话吗?难道就是这个smiling?他俩早就认识了?"

"这女的才来几天就跟诚哥勾搭上了?前几天有人说看见他们手拉手逛街我还不信呢!好气啊,要不要脸了?!"

"谈恋爱会不会影响选手实力啊?我诚哥今年要拿冠军的,

别被耽误了。"

童谣手指飞快往下滑了几楼,又看到这么一句——

"楼上那些瞎操心,你高中谈恋爱也没耽误你考大学,叽叽歪歪什么呢?酸得牙都掉了,我看陆思诚和童谣挺配的,不是童谣也轮不到你们。"

底下的回复全部是"+1""+2""+3"……回复了一百多个。

童谣收起手机。

"简阳是我前男友,那时候他还没打职业,我还没玩《英雄王座》——后来他打职业,我们就分手了。"停顿了一下,她又继续道,"诚哥抱歉啊,我没想到昨天的事会影响你。"

童谣在陆思诚对面坐下来,抱过男人怀中的猫,摸摸猫脑袋微微蹙眉,望着客厅的角落发起了呆——

打从她来基地,陆思诚还没见她这么安静过。

于是他跟着蹙眉,但是很快又松开,难得换上了不那么冰冷的语气:"我又没怪你,做什么摆出这种表情?"

童谣愣了愣,抱紧了怀中的猫,停顿了下,说:"我没跟你手拉手逛过街。"

声音听上去有些喑哑,饱含委屈。

"我明明连你手都没碰过。"

片刻诡异的沉默,在童谣抿着唇撇开脑袋,像是强憋着快要爆发的情绪时,坐在她对面的男人突然站了起来,然后在她完全没有反应过来的情况下,他伸出手,扣住她的手腕将她的手抓起来,在自己的掌心蹭了蹭。

第二十三章

"现在摸过了,"陆思诚面无表情地说道,"还委屈不?"

男人的手掌心干燥、温暖,还有一点常年握鼠标带出来的薄茧,掌纹清晰整齐,手指干净修长,指甲剪得整整齐齐的,还有洗手液的味道……

"你刚才又抽烟了?"童谣冒出一句。

陆思诚的脸上放空了,回头看了看,发现附近没有小瑞这种会扣他工资的人,他将自己的手抽了回去:"关你屁事。"想了想又道,"你的猫都快被你勒死了。"

童谣"哦"了一声,放开了大饼。大饼"喵"了一声用后腿狠狠蹬了脚她的肚子,从她怀中跳走了。陆思诚抬手拍拍坐在沙发上的人的脑袋:"多大点事?看你那弱不禁风的脆弱模样。"

"听说过去几年你一直零负面新闻,第一次上墙头就因为这种事,我觉得特别对不起你,"童谣郁闷地说,"真的很抱歉。"

陆思诚直起腰,居高临下地看着面前垂头丧气的人:"你一个女生跑来打职业联赛,周围全是男生,相比之下就特别让人在意这方面的事情,这很正常,我还以为你早就会猜到……"

"隐约感觉到会这样,"童谣蹙眉揉了揉头发,"但是没想到会这么严重。"

"久了之后,等他们的新鲜劲过去了,他们就只会在意你的联赛成绩和实力——到时候你是个女生的事就会逐渐被淡忘……最快大概是夏季赛。"

"哦。"

陆思诚说完,弯腰将在另外一个沙发上舔爪子的猫拎起来,塞回满脸患得患失的少女怀中:"下午约了和HW战队的训练赛,要有什么不高兴,就把怒火发泄在对方中单身上好了。"

说完,他转身去收拾自己带回来的东西——

打开电脑。

喂金鱼。

将小胖弄乱的自己的桌面重新摆放整齐。

男人来来回回在童谣跟前走了三四回,后者一直低着头看手机,不知道在忙活什么。

大概是第五回的时候,他停了下来,看着窝在沙发上抱着手机飞快打字的人,挑起眉:"你在干吗?不会披着马甲在贴吧跟人家吵架吧?"

童谣放下手机:"我有那么无聊?"

"看起来是有。"

陆思诚一边说着,一边要去拿童谣的手机,后者赶紧把手机塞到自己屁股下面,前者只好作罢,看着仰着下巴、一脸"有本事你来拿"地瞅着自己的少女:"你幼稚不幼稚?"

童谣停顿了一下,稳稳地坐着自己的手机:"我在编辑微博,想澄清下这件事。"

"澄清什么?"

"我、简阳和你,没有什么电竞白蛇传。"

"没必要。"

"有,我不能玷污你的名声。"

陆思诚沉默了一下,看着眼前仰着脸,双眼乌黑,特别耿直地看着自己说"不能玷污你名声"这样的话的少女,良久,他叹了口气,伸手弹了下她的额头:"自己去看贴吧。"

童谣愣了愣,将手机从屁股底下拿出来,重新进了贴吧,打开刚才看的帖子,发现楼层已经从三千多层变成五千多层——这才几十分钟的事。童谣往下看了看,然后发现二楼有人跟楼:"前排提示,3758楼炸出本尊。"

童谣眨眨眼,使用倒序查看,然后在3758楼看见一个ID叫"我是你爸爸"的人留言:"扯淡,没有的事,别瞎猜。"

底下跟着一大票激动得上蹿下跳的吃瓜群众,一口一个诚哥地叫,还有人道歉,说诚哥说得好诚哥说得妙,还有人开始提醒吧务要求删帖。

陆思诚:"堵枪眼的事应该由男人来做。"

童谣:"诚哥。"

陆思诚:"干什么?你这是什么眼神?好恶心。"

童谣:"虽然不知道未来谁有那个荣幸当你的陆夫人,但是我现在已经开始有点羡慕她了。"

她一定会被你保护得很好,刀枪不入,风雨不侵。

童谣话音刚落,一只大手又落在她头上,这次对方用劲有点大,揉乱了她的头发。男人带着无奈的声音在她头顶响起,他嗤之以鼻:"什么陆夫人,你是不是傻啊?"

第二十四章

下午和HW战队的训练赛，童谣果真如同陆思诚所指导的那样将怒火发泄在对方中单身上，拿了熔岩诞生者的童谣开局三分钟便硬换一波血，最后丝血单杀对方中单拿到第一滴血！

对方中单在公屏打字："小姐姐好凶，超害怕。"

己方辅助在公屏打字："别怕，现在跪下还来得及。"

明神一本子拍在小胖脑袋上："还有空打字？闲得你，要不要再切出去刷个微博啊？"

第三十八分钟,ZGDX战队在确立比较大的优势后，这群闲不住的人便开始琢磨着要搞事,AD、辅助、打野三个人想要偷大龙，结果打着打着就被对方发现了，五个人将他们一顿围殴——陆思诚第一个牺牲，临走前带走了对方的AD，小胖紧随着"殉情"，老K一边撤退，一边骂骂咧咧："都说了不要偷了，小胖非要偷，被翻盘你背大锅！"

面对黑白屏幕等复活的小胖拍拍肚子："乐观点。"

此时HW战队剩下四个没剩多少血的人在大龙坑接手还剩三分之一血的大龙，飞快收割了残血大龙，还以为迎来了翻盘的希望，结果就在这时，只见眼前突然有个红名一闪，火焰光柱从地上蹿起，火焰光芒闪烁，火球从天而降，刚拿到大龙Buff的HW战队四个人屏幕一黑！

电脑右上方显示着童谣的熔岩诞生者头像，旁边连续跳出其击杀英雄的头像，屏幕中央不断亮起新的系统标语——

Double kill（双杀）！

Triple kill（三杀）！

Quadra kill（四杀）！

伴随着HW战队五人头像全部变为黑白，他们最后一丝翻盘的机会也基本宣告破灭。

"精彩！精彩！"

"这个熔岩诞生者可以呀！"

"这都敢下龙坑啊？还真是初生牛犊不怕虎……"

基地中小胖叹息鼓掌，老K也是一脸没回过神来，明神站在童谣椅子后面，愣了一下后叹息童谣的英雄池真的还挺深的，拿啥都玩得像模像样。

这时童谣稳稳偷掉对方的蓝Buff，同时听见陆思诚在她耳边说了句："冲动。"

"我是觉得可以杀，"童谣说，"对方为了杀你们，技能都交得差不多了，拿下大龙正松懈，这时候正像案板上的肉……"

"操作太冒险。"

"因为我还年轻。"童谣瞥了陆思诚一眼。

小瑞也在后面插嘴道："诚哥不要这样啦,自信是好事,束手束脚才叫人觉得头疼,我看童谣这样挺好,一言不合就是干!"

陆思诚换了个坐姿,扔下一句"你们就惯着她",便不再搭话了。剩下几个人因为童谣的冒险犯敌被鼓舞了士气,复活之后一波推上了HW战队的高地,杀得对方丢盔弃甲,很快便输掉比赛。

又赢了!

童谣放开鼠标,活动手腕的同时,早上因为那些八卦新闻而受到影响的心情勉强由阴转晴——HW战队算是HPL中等水平队伍,这次春季赛大概是进入了第二轮季后赛的成绩,能拿下他们,并不是一件容易的事。

短期内连续拿下两场训练赛的胜利,都算是有亮眼操作,这样也可以堵住一些说她是空降来的人的嘴——童谣知道自己跑来打职业的事情传出去后,一开始就有很多人对此略有微词,甚至很多人说ZGDX战队做出这一手只是为了炒作。

尤其是今天出了她和陆思诚的绯闻,有些人更加坚定了这种看法——

"女的打什么职业?"

"乖乖去女子战队当花瓶就好了啊!"

"这是男人的游戏,女生就别来掺和了,一些太太粉搞得圈子乌烟瘴气就算了,女的跑来打职业岂不是连最基础的那些东西都要从根烂掉?"

"别影响ZGDX战队今年冲击S6。"

诸如此类，很多难听的评论。

看着很气人，而跟他们吵架的人、试图讲道理反驳他们的人也不在少数，但是童谣知道想要改变这些人的想法很难，唯一的办法就是拿真实成绩去打他们的脸。

童谣掰掰因为方才过度用力而有些发疼的手指，转过头看向自己身边，陆思诚正对照游戏后会给的数据表格，和明神一项项分析刚才他们的输出和承伤数据，此时大概是感觉到她的目光，男人不急不缓地停下与明神的对话，转过头看了她一眼，停顿了一下。

"打得不错。"

"唔，嘿嘿嘿。"

少女那张表情迟钝的脸上露出了一个笑容，双眼弯成了两道月牙。

到了晚上，果不其然，就如同童谣所猜想的那样——虽然不知道究竟是谁泄密，总之白天和HW战队的训练赛情况被人扒到了网上，情况被夸张地说成了"smiling以一人之力力挽狂澜，在队伍决策错误险些被翻盘的情况下稳定局面"……

白天一波节奏，晚上一波节奏，于是晚上童谣开直播的时候，直播间的人数又达到了新的高峰。

一半的人在问童谣和简阳还有陆思诚是怎么回事，剩下那一半的人在问白天的训练赛她是不是真的Carry队伍走向胜利。

童谣："简阳是我以前读书时候的前男友，后来分手了——为

第二十四章

什么分手?年轻人谈恋爱一言不合分手不是很正常吗?有什么好为什么的……现在简阳在哪儿?在中国,在上海,在CK战队基地,在我的黑名单里。"

已经连续直播几天的童谣如今变身老司机,可以做到开着弹幕助手,一边打游戏一边和弹幕侃侃而谈。在说到"在我的黑名单里"时,她余光看见陆思诚扭过头扫了她一眼,嘴角动了动,分明就是无声地说了句:"幼稚。"

童谣:"至于下午的训练赛,原本我们优势挺大的,我在对面中单眼皮底下回城换装备,诚哥、小胖还有老K在上路抱团推塔,推完了诚哥灵机一动说'要不我们去偷个大龙吧'。"

童谣:"然后他们就去干这种偷鸡摸狗的事了——事实证明,这种事还是少做为妙,阳光猛烈,万物显形啊,人家HW战队一个视野照到他们绝望,一秒五个人上来围殴,还有条大龙在狂喷,想不死都难吧……不是我Carry,真的不是,可能是对方想要杀他们的欲望太强烈了,交的技能太多了,所以我其实就是打了一波收割。"

这时候,所有在看童谣直播的人都看见在她的视频小窗口,有一只大手伸了过来把她的耳机拽了下去——

"谁要偷大龙?你够胆再说一遍。"

弹幕顿时飘过一堆"队霸的愤怒""霸道诚哥爱上我""你俩到底咋回事啊""为什么还不避嫌""好好直播,一言不合喂什么狗粮"……

童谣把自己的耳机抢回来,端端正正戴上,而后用轻松的语气说:"不用避嫌,避什么嫌?因为本来就没什么——你们不用想那么多,牵手逛街是没有的,我和诚哥唯一的一次同时出现在大马路上,就是刚入队那天我不认识路,他被委任带我去买拖鞋。牵什么手,逛什么街?"

陆思诚:"而且我又不是恋童癖。"

童谣:"对,再加上他又不是恋——你说什么?"

坐在她旁边的陆思诚面无表情地戴上耳机,并将电脑声音调到最大。

童谣转回头,看着弹幕,停顿了一下,又道:"所以没有在一起。我才来多久,真在一起会告诉你们的——对对对,请你们吃喜糖……什么叫臭不要脸?那个ID叫'大水晶炸裂'的朋友,你好好说话——房管呢?房管干活了,这还不禁言他,还等什么!"

陆思诚:"然而并不会有那一天。"

童谣:"你不是戴耳机了吗?"

陆思诚拽了拽耳机的线,然后面无表情地将空荡荡并没有插在电脑上的那头举起来给童谣看。

童谣:"你演戏给谁看?"

陆思诚:"我耳朵冷,焐一下。"

此时,问简阳、陆思诚八卦的弹幕终于被各种"哈哈哈哈哈""小姐姐加油""等一个夏季赛,肯定很精彩"取代……

陆思诚说得对,相比职业选手的花边新闻,人们还是对他们活跃于职业圈本身的那些事更有兴趣,一夜之间"HPL最强女中单""谁说妹子打不好游戏""我开始期待夏季赛的ZGDX战队了""一个妹子最终带领队伍拿下我们等了六年的总决赛奖杯这绝对是最厉害的"之类的新闻标题充满了各种电竞媒体首页……

至此，电竞白蛇传风波告一段落。

过了几日，季中赛接近尾声，CK战队在决赛时输给韩国版运营商队——对于这个结果，虽然遗憾，但是人们也都可以接受，毕竟在出征季中赛前，所有人都以为HPL赛区要被人在家门口捶进土里。

结果季中赛开始后，大家惊喜地发现菜的好像不止HPL一个赛区，六大赛区分明是菜鸡互啄。大家纷纷感慨，这么看来，今年全球总决赛还是有点希望的。

而伴随着季中赛闭幕式，五月悄悄过去了一半，当上海的天气逐渐变得炎热，五月底开赛的《英雄王座》中国大陆赛区夏季赛也进入了准备期。

不长不短的休赛期终于宣告结束，所有的队伍队员都陆续回到战队基地，每个战队都在短暂的转会期后开始筹备起这个赛季的首发名单以及替补名单，连带着约训练赛的动作也变得更加频繁了些。

因为ZGDX战队是传统强队，每天送上门来要约训练赛的队伍数不胜数，小瑞从中挑出一两个来，队伍有强有弱，最多的一次童谣他们一天打了三局训练赛——

全部都赢了，没输过一局。

这种事情即使是在训练赛结果通常会保密的情况下也是捂不

住的，于是到了最后，不论是职业圈内部还是整个电竞圈大环境都知道了一件事：ZGDX战队自从有了新中单，状态好得飞起来，训练赛无敌。

粉丝们兴奋而躁动不安地期待着夏季赛全新的ZGDX战队，而就在这个时候，童谣他们战队内部自己出了点小问题——

起因还是训练赛的问题。

这一天，童谣他们刚刚打完和YQCB战队的训练赛，大家围在一起正在就刚才的训练赛中的不足还有新战术开讨论会，明神手里记录数据的小本本哗啦啦翻过一页又一页，这时候，战队经理小瑞从他们身后飘过，轻飘飘地扔下一句："诚哥，你老东家来约训练赛，我答应了。"

正转头看身后画着召唤师峡谷地图的小黑板的男人闻言，微微一顿，蹙眉转过头问："你说什么？"

毫不夸张地说一句，童谣感觉到当时气氛立刻就变了。

原本正低声讨论关于刚才训练赛YQCB战队掏出来的野辅双游战术的小胖和老K一下子不说话了；正在归纳自己目前可用的拿手上单英雄的老猫抬起了头；明神翻阅自己小本本的动作也跟着停了下来。

童谣坐在他们中间负责一脸茫然。

"打了那么多天国内的训练赛，也是时候约一下韩国的强队练习一下了吧？"小瑞摸了摸鼻尖，"所以约了表情包（TAT）战队啊。"

按照惯例，战队经理约没约训练赛，约了哪些训练赛，队员是没资格有异议的，但是ZGDX战队这边不一样，他们战队的现役队员、队长，也就是陆思诚先生，同时也是持有俱乐部股份的老板之一，所以有时候他可以做出一些越过战队经理的决定，也可以跟战队管理层直接叫板——

比如现在。

只见男人一扫平日里懒散的模样，他皱起眉，看上去好像是真的有些生气："我记得我说过，现在还不是跟TAT战队约训练赛的时候。"

小瑞试图纠正他："你一个月前说的。"

陆思诚："这两天我有说这个情况可以停止了？还是每天都要强调一遍这种废话才行？"

"训练赛都打了一个月了，"小瑞皱眉，"童谣也该适应了——"

"你想约韩国那边的队伍，为什么不约他们的运营商队？非要去约什么TAT战队……"

"他们自己送上门来的啊！"

"他们为什么送上门来？还不是因为听到了风声，现在全世界都在吹我们新中单训练赛无敌之类的……脑子呢？这种事你不会跟我商量？"

"当时你们还在和YQCB战队打训练赛啊，而且约一个训练赛而已，输了就输了呗……想着新赛季开始前两个赛区的强队相互触个底也好，这有什么啊？"小瑞的语气也变得强硬了些，"早晚要跟TAT战队撞见的……"

"我说了，现在不是时候。"陆思诚换上了冷漠的语气，"听不懂人话?"

"那什么时候'是时候'?"

"不知道。"

"我说就是现在。"

"随便你,"陆思诚冷笑一声,两条长腿伸开来,"到时候出事了,你别来找我给你擦屁股。"

小瑞被狠狠噎了一下,没说什么转身就走了。气氛有点尴尬,也有点低压,周围没人敢说话,童谣更是一头雾水,不知道发生了什么,莫名其妙地就看见这两个人不欢而散。

她隐约感觉到陆思诚不肯和TAT战队约训练赛的原因还是她,觉得自己应该说些什么,但是抬起头看见队长那张冰冻三尺的脸,顿时又把要说的话全部吞回了肚子里,抱起在板凳中间窜来窜去的大饼摸了摸,压压惊,夹着尾巴怂得屁都不敢放一个。

这突如其来的插曲导致接下来直到晚上,整个基地都安静得像是一座坟墓。

七个小时内说话最大声的是来送外卖的小哥。

每个人各自坐在自己的电脑前瑟瑟发抖,打自己的排位训练。童谣泡牛奶的时候路过老猫和老K两个人身后,发现他俩还是在双排,最惊奇的是这两个人就坐在隔壁,动作大点都能碰到对方手的人也没敢说话,全程交流靠在游戏里打字。

沙发上明神在看TAT战队近期的比赛视频,手里的小本本密密麻麻地记了好多页。

童谣坐回位置上,打开QQ,看见小胖的头像闪烁起来,点开来,发现那个就跟她隔着两三个位置的辅助同志小心翼翼地问:"俺们诚哥呢?"

童谣回:"我刚才路过窗户时听见外面有动静,估计在外面抽烟……你干吗跟我打字?哑巴啦?"

小胖:"我害怕。"

小胖:"真的,好久没看见诚哥这样了,最近一年他一直都是养鱼、遛鸟、喝茶,一副退休老干部的慈祥状态。"

小胖:"完了完了,刚才小瑞也去院子里了,他俩不会打起来吧?这是严重违纪,被禁赛就惨了。"

童谣一听,还真怕战队经理就这样莫名其妙被揍,赶紧一把抱起蹲在陆思诚座位上打盹的大饼给自己壮胆,然后蹑手蹑脚地冲到客厅窗户边听墙脚去了。

大脸刚贴在窗户上,人都还没来得及站稳,她就听见小瑞有些着急的声音从院子里隐约传来:"你太护着她了,事事都出头,这就算了,现在连训练赛都不肯打了,真的莫名其妙。你明明知道赛季前跟韩国强队打一下训练赛得到的提高肯定比跟国内本来水平就在我们之下的战队要多得多——输一场能怎么样啊?不至于就信心崩溃了吧?反正我是不懂了,陆思诚,你不会真的喜欢她吧?我以前怎么不知道你还有恋童癖?"

童谣手一抖,差点把怀里的猫扔出去。

什么情况?所以陆思诚不肯跟韩国表情包队打训练赛还真是因为她?

别说小瑞了,就连童谣自己都不懂了,这是为啥啊?!

第二十五章

而此时此刻。

院子里,原本蹲在屋檐下的男人听到战队经理的质疑,停顿片刻后,露出似笑非笑的表情,他直接将手中那根点燃后碰都没碰过的烟熄灭,淡淡地说道:"我就不回答你了,你自己琢磨一下刚才你说的话可笑不可笑。"

小瑞露出尴尬的表情,似乎也觉得自己确实有点荒唐,他挠挠头,思考下来觉得陆思诚可能确实有别的顾虑,于是白天怄着的火气消退了不少,这足够让他心平气和地去询问一个真相:"所以是为什么这么护着她?因为她是个小姑娘?同情?怜悯?觉得她走到今天这步不容易?"

"小瑞,你这样说对她不公平。那个矮子要是听见了,说不定会跳起来打你的头。"

"我说什么了我?"

"我没把她当小姑娘看,所以没有同情,没有怜悯,也没有觉得她走到今天有什么好不容易的。"陆思诚站起来,将熄灭的烟扔进垃圾箱里,停顿了下,道,"我把她当作一个战队将来可以用的新人,操作不错,意识不错,和团队融入得很好——现在职业圈子里鱼龙混杂,什么人都有,这样一心就是想打比赛打出成绩的好苗子打着灯笼都难找,所以我不想在她还没被打磨成宝石前,便因为一些原本可以避免的事半路夭折……"

"我有点糊涂。"

"TAT战队的中单阿太。"

"什么?"

"我还在TAT战队的时候,他就是有名的中单魔王。你应该不知道,整个战队,我们所有人——包括教皇,都有我在做替补,但是唯独中单,是他坐稳首发位置,一个替补都没有的。"说起这个叫阿太的人,陆思诚难得露出一丝丝厌恶的情绪,"说他是魔王,不是说他有多强,或者资历多深,而是因为他就像是一个中单毒瘤……TAT战队曾经有过几个中单替补名额,但是在上来之前,都被他打得要么失去信心,直接放弃职业赛,要么就转去了别的队伍。"

小瑞露出惊讶的表情:"怎么会?"

"至今还有很多韩国的队伍拒绝和TAT战队打训练赛也是这个原因——他以看敌人的目光在看每一个队伍的中单队员,在他眼里,所谓的训练赛或者比赛并不是什么技术交流,他只是为了打败对方而参与……"

陆思诚想了想又补充道:"有时候觉得这家伙如果不打职业,

第二十五章

放在别的行业大概也是个大奸大恶之人吧——你知道S4的冠军是韩国运营商队吗？当时他们的中单真的很强，拿下冠军后，蓝脑公司为他特别定制了一款皇帝冠军皮肤，纪念他在总决赛中战无不胜的皇帝。"

"我知道，牛神嘛，不是退役了吗？"

"S5的春季赛总决赛，阿太用了皇帝，特地换上了属于牛神的冠军皮肤，并用这个英雄亲手通关中路，送韩国运营商队升天。"陆思诚说，"那之后，牛神才宣布退役的。打击太大了！阿太的做法对他来说像是一种不得不接受的侮辱……"

此时小瑞的嘴已经张得超级大了，他压根无法想象世界上还有这么可恶的人存在。

"这就是阿太会做出的事。"

"怎么会……"

"这一次对方来意很明显，童谣是个新人，刚进队训练赛成绩好，亮眼操作多，打法自信又激进，外面都快把她捧上天了。"陆思诚道，"这种新人如果受到挫折，没有抗压能力，大概很快就会崩溃吧。"

"你是说，如果他跟我们打训练赛，肯定会针对童谣做一些事情？"

"是，他很可能会拿妖姬来打败童谣。"陆思诚冷冷勾了勾嘴角，"这是他最擅长的好戏之一，用对方的拿手英雄狠狠地打败对方。"

"那如果直接BAN妖姬呢？"

"妖姬不是版本强势英雄，"陆思诚轻飘飘地瞥了小瑞一眼，"你准备怎么跟童谣说放着一堆版本强势英雄不BAN非要BAN她招牌英雄的原因？"

"那首抢妖姬呢？"

"不是版本强势英雄，还是个中单位置，首抢的理由是……"

小瑞被陆思诚怼得说不出话来，最后快要被逼疯了似的疯狂挠挠头，片刻后，他抬起如同鸡窝一般的脑袋，满脸惘然："诚哥，我错了，我不该接TAT战队的训练赛，被他们下套了……"

陆思诚盯着战队经理看了一会儿后，轻笑了声："我就说了你会道歉。"

"现在不是说这个的时候吧？"小瑞抓狂道，"那现在怎么办？我去拒绝训练赛？去给童谣打个预防针？"

陆思诚耸耸肩，表示爱莫能助——我知道怎么办的话早上就不阻止你了。

小瑞露出濒临崩溃的表情！

小瑞似乎还想说什么，但是此时陆思诚跟他打了个手势示意他不要说话，随即仿佛有所察觉似的转身走到窗子旁——只见客厅的窗帘紧紧地拉着，只是有一团明显因为有什么东西连带着窗帘一块挤压在窗户上而陷入的一大片阴影……

陆思诚面无表情地将窗户拉开。

里面那一团原本紧紧贴在玻璃上的东西"哎呀"了一声，从窗帘后面栽下来——眼瞧着要翻出窗户，男人眼疾手快地一把连人带她怀中的猫一块扶住，阻止了她直接摔到地上。

第二十五章

童谣的脑袋保持着方才偷听时贴在窗户上的姿势撞上了男人结实的胸膛，她愣了愣，几秒后反应过来，把手里的猫一扔，手忙脚乱地爬起来。

"好玩吗？"

陆思诚面无表情地看着手脚并用翻下沙发立正站好的少女。

"什么？"童谣强作镇定地将头发别到耳后，"我打游戏打累了，来靠一下窗户玩玩手机，你做什么突然开窗？害得我差点摔下去！"

"有沙发不靠你靠窗？"陆思诚显然懒得跟她废话，"偷听到了多少？"

"没偷听……只听到了一点点。"童谣抬起手用两根手指比画出一丝丝缝隙，"你说我操作好，意识到位，为人乐观向上，打着灯笼都难找……"

童谣说着说着嘴已经忍不住咧开了："还说我是宝石。"

童谣清了清嗓子，收敛起傻笑："所以是真的吗？"

"什么？"

陆思诚以为她在问后面关于听见的TAT战队中单的事，没想到少女抬起手指了指自己的鼻尖，一双眼忽闪忽闪的，自带BGM《小星星》："你说我是宝石什么的。"

童谣的嗓门有点大，于是基地里的人都听见了，包括坐在沙发上的明神都把正在看的比赛录像暂停了——所有人同时扭过脑袋，一脸茫然地看着站在窗前的少女及站在窗外的年轻男人。

小胖："咋回事啊？咋前脚刚辟谣你俩啥都没有，后脚就宝石与星光地赞美上了呢?"

明神:"你俩一里一外一边站一个这是干吗?上演罗密欧与朱丽叶吗?"

老猫:"我当你队友那么多年,诚哥你也没这么夸过我。"

老K:"茅坑里的垫脚石就有你一份,醒醒……还有诚哥,太酸了,真的。"

陆思诚沉默了一下,而后试图解释:"不是这样的。"

然而基地中的所有人并没有改变此刻看着他的新鲜的眼神,于是三秒后,男人放弃了:"随便吧,一群傻子。"

说完他转身要走,刚走开两步便听见他的辅助小胖同志在后面又补了一刀:"哟,还害羞了?冰川消融?铁树开花?枯木逢春?啧啧啧,这酸臭,要死哦!"

童谣确实没有听见那天陆思诚和小瑞究竟说了些什么,只是后来小瑞和陆思诚先后找她谈过,告诉她TAT战队的中单很有可能会做一些非常过分的事来击溃她的信心。

小瑞的故事版本里包括牛神的故事,同时战队经理也提醒她,在接下来的训练赛中,对方可能会故技重施,做出拿她的成名英雄来打败她本人这种事。

而陆思诚则很直接:"想拒绝的话现在还来得及,没人会嘲笑你,逃避可耻却有用。"

面对陆思诚的提议,童谣摇了摇头,拒绝了逃避的选项。

这个时候她还觉得自己可以做一个替天行道的美少女,想法极其乐观:如果总有一天她将不得不面对这么一号人,那么现在逃避一点用也没有，现在被打败，总好过以后在更重要的比赛中被打败得一蹶不振来得好。

而且……万一，赢了呢？

抱着这样的乐观心态，童谣等来了和韩国表情包战队训练赛的那天。

这一日，当所有人如约来到对方战队开好的对战自定义房间，童谣看着对方的"TAT TEI"这个ID，有些紧张地咽了口唾液。

几乎是完全在陆思诚意料之中，对方一选直接锁了妖姬。

轮到童谣选英雄时，她犹豫了一下，最终将鼠标放在了之前总在牛神和阿太的故事里被提起的皇帝这个英雄上——六级拥有大招之前，皇帝与妖姬有一战之力，六级之后，因为英雄机制，皇帝会被摁在地板上揍，从此度过一段长时间的低迷期，游戏后期，妖姬伤害逐渐疲软，皇帝却可以在此时接管比赛。

正因为玩得好，童谣很了解妖姬这个英雄的优点和缺点，正所谓知己知彼，此时她并不觉得有什么人能用她所熟悉的英雄将她打败——

直到游戏开始，她发现现实和她想象中的并不那么一样。

同样是玩妖姬的好手，童谣能够知道妖姬的进攻套路，奈何对方的手速和反应能力实在太快了，此时已经不是理论明白就能够解决的问题，再加上擅长进攻型英雄的童谣在使用皇帝时并非那么得心应手，每次冲动与对方交换技能换血之后，就又会漏掉补兵……

几次换血后,童谣逐渐陷入劣势。

切出面板看了看对方的补兵数,琢磨着对方马上要到六级有大招,很有可能一套直接带走她,童谣开始有意识地往后撤,试图放弃进攻打法,转换为猥琐发育想安心等后期打团,但是对方却并没有给她这个机会,就像是知道她心里在想什么似的,在她开始试图往自家方向控制兵线时,对方的打野来了!

童谣心里一慌,看了眼自己的血量,虽然还有大半,但生怕贡献一血人头,她果断交出凌波,却在拉开一段距离后,余光看见对方中单使用W技能跟了上来,预判锁链稳稳地链住了她,夹杂着几下平砍和技能连招,她原本还在安全线上的血量立刻"哗哗"往下掉——

童谣后撤,对方不依不饶地跟上,仿佛十分淡定地追在她屁股后面点了几下,童谣屏幕一黑,最终还是贡献出了本场比赛的第一个人头。

"打不过就发育。"陆思诚淡淡地说了句。

童谣点点头,又打开面板看了一眼,此时比赛才开始七分钟,她已经被对方中单压了快二十五个补兵数,加上刚才被他单杀,他拿到第一个人头的特殊四百块赏金,再加上对方英雄前期正强势,她明白过来,现在自己只有抗压、猥琐发育一条路可走。

但是有时候你不得不说打游戏这种事就是这么邪门——在第一次死掉后,无论你怎么决定"不浪了""再浪自挂东南枝""猥琐发育等打团""我还能抗压",等到了线上,还是要被对方疯狂单杀。

第二十五章

一局比赛下来，童谣被对方单杀五次。

到了该打团的时候，她根本就像张薄纸一样随便来个人就能把她捏死——她成了队伍的突破口，成了队伍不可翻盘的所在点。接下来的比赛对她来说突然成了一种折磨，她不停地去看右上角的比赛时间，祈祷这局训练赛快点结束……

训练赛理所当然地输了。

因为中路到了第二十分钟的时候被人家狂压八十五刀，对方中单的补刀数字几乎是童谣的两倍，等级直接比她领先了二级到三级。

看着基地的大水晶一点点被点掉，童谣端起面前的水杯喝了口水，冰凉的水顺着喉咙流过，她的脑袋还有些发蒙，低头看了看水杯，水面上有一丝丝不易察觉的涟漪。

她的手在抖。

放下杯子，童谣沉默了一下，在身边队友有些担心地转过头来看向她时，她用手将一边的头发别至耳后，笑了笑说道："不好意思啊，中单被我养出个爸爸，明明你们其他线还算均势的。"

"一局训练赛而已，说什么抱歉哦？有输有赢很正常，而且对方中单确实很猛，以后会好的。"小胖安慰她，老猫和老K他们也随声附和。

陆思诚皱起眉，一副欲言又止的模样。

童谣这时候又转过头冲着他笑："我没事，你看，我就说了我没事啊——这次输了下次再赢回来就行，你们把我想得太脆弱，真的……"

说到后面,她似乎觉得自己话太多了,于是闭上了嘴。

训练赛过后,照常开会,分析数据,然后散会,队员休息或者自己打RANK训练、开直播之类的。童谣回到自己的座位上,如同往常一样开了新的游戏,一切如常。

直到晚饭时间。

直到夜宵时间。

直到凌晨,小胖打着哈欠站起来嚷嚷着"睡觉睡觉",陆思诚用自己的电脑点开看了眼童谣的战绩,她从下午一直打RANK排位赛打到凌晨三点多,中间除了站起来泡咖啡,什么都没吃。打了一晚上游戏,输了一晚上,直接从王者掉回了大师二百多点胜点。

"喂,美少女,你不睡觉啊?"陆思诚屈指敲敲她的桌面,"快四点了。"

"打完这局,"童谣头也不回地说,"马上去睡。"

陆思诚停顿了一下,想说些什么,看着面前这人好像真的若无其事的侧脸又不知道说什么好,只好"哦"了一声就回房间洗澡睡觉了。

第二天,陆思诚早上七点就醒来了。

随便冲了个凉,男人开门正想下楼找点吃的,结果刚打开门,就听见楼下传来鼠标咔嚓咔嚓的声音。男人停顿了一下,眉毛高高挑起,走下楼时不意外地发现之前说好"打完这局就去睡"的人还坐在电脑前面。

第二十五章

陆思诚走到童谣身后,此时她的电脑屏幕上开着的是自定义游戏模式,使用的英雄是昨天惨败的皇帝,也就是没有对手的游戏模式。一般选手会开启这种模式,练习击杀小兵的熟练度。

陆思诚走下楼,坐在椅子上的人动了动说了声"早",然后大概是因为分神补漏了一个小兵,她"嘶"了声,果断退出游戏,再开自定义模式,继续练习补兵——

漏了一个就退出再开,再漏,再退,就像是强迫症患者一样。

"一夜没睡?"

"一会儿就去。"

"练了一晚上皇帝?"

"嗯?啊。"

陆思诚端着杯咖啡站在她身后看了一会儿,垂下眼,看了眼坐在椅子上的人,双眼发红,充满血丝,一双眼酸涩麻木地盯着电脑屏幕。

他皱起了眉。

当对方又漏了一个兵嘟囔着"诚哥你别跟我说话啊,我这又漏兵了"时,突然伸出一只大手,从后盖住她的眼睛——

那移动着鼠标正要去点退出游戏的手一顿。

陆思诚没说话,冷着脸将她的脑袋往后摁,她的脑袋被重重摁到座椅靠背上发出"咚"的一声,被他捂住眼睛的人开始挣扎了几下,而后很快像是放弃了似的瘫软下来。偌大的基地一层,只有两人沉默着,他们甚至可以听见对方呼吸的声音。

男人的手干燥而温暖,带着刚洗完澡的肥皂及咖啡豆的混合香气。

几秒后,陆思诚感觉缓缓的、温暖的液体沾湿了他的掌心。

他愣了愣,却并没有挪开自己的手,很快便看见从他手掌覆盖的边缘,有一道无声的水痕滑落。他停顿了一下,平日里始终冷漠的眼角柔和下来,低沉温和的叹息打碎了这短暂的沉默——

"你不是说你没事吗?"

他挪开自己的手,看着发丝凌乱、通红的双眼被泪水盈满的少女仰着头瞪着自己,眼泪就像是止都止不住一样从眼眶溢出,陆思诚都惊讶一个人怎么能流这么多眼泪?

"骗你的,我有事,出大事了。"她嗓音沙哑,"我会个锤子皇帝,是个锤子第一妖姬。"

她吸吸鼻涕:"玻璃心都碎了一地。"

陆思诚:"嗯,看出来了。"

陆思诚:"小骗子。"

第二十六章

主题:"讲个笑话,国服第一妖姬。"

楼主:"一不小心OB看到了运营商队和韩国表情包队的训练赛——大家都知道训练赛一般是OB不到的,这次大概是特意放了出来……楼主看到的时候已经开始几分钟了,一血在对方中单身上,其他队友没有助攻,smiling是被单杀的。总之就是输得很惨啦,对方阿太用妖姬把smiling打爆,中路直接成突破口了……"

"看得出来其他队友都在努力想翻盘,顶不住中路的皇帝太傻,团战放个大就死,被疯狂压补兵压了一倍啊!这怎么玩?看看你们这几天吹的'国产中单希望'都是什么东西。"

阿文:"赢了吹输了黑,你们最有一套了。"

一拳送你升天:"一场训练赛能说明什么啊?而且那么刚好,本来一直赢的,就输的这一场被放出来?表情包战队其心可诛啊!为什么拿了那么多冠军也没几个人喜欢这个战队,是时候可以深思了吧?教皇和诚哥相继离开TAT战队真的是很正确的选择,想必他们的粉丝也松了一口气吧？喜欢一个队员但是讨厌他所在的战队绝对是一件矛盾的事。"

么么么哒鱼："楼上那些护什么护？当初吹得飞起来的不就是你们？赢了一堆国内菜鸡队伍就叫得比谁都大声，笑死人了，现在被打脸，疼不疼？讲个笑话，国产第一妖姬，被别人用妖姬打爆了。再讲个笑话，全华班永远打不过韩国队，今年S6还是韩国人的天下。"

我当时就笑了："我就服四楼这种，全华班你也能当笑话，骨子里都带着自贱还指望人家尊重你？尊严不是人家给你的，是靠你自己挣的。"

I AM YOUR GRANDFATHER："楼上那些兴高采烈得飞起来的才是真的傻——注意这是陈述句。吹的人好歹是连赢之后才开始吹，你们这些可怜虫看人家训练赛输了一场就忍不住出来跳了，忍很久了吧？憋得不行了吧？掐人使你幸福，黑人使你快乐。S6还是韩国人的天下？说这话的时候，如果中国夺冠，你们是不是该准备直播吃键盘？"

陆思诚双手离开键盘，看了眼身边空空如也的椅子，停顿了一下，问正好从他身后飘过的小瑞："那矮子还在楼上睡觉吗？"

"没有啊，醒了，然后和隔壁战队的艾佳出去啦！"

"艾佳？"

"还有他女朋友，听说是出去吃晚餐，然后放松一下——哎呀，出去一下也好，免得看到网上那些……你也看到了吧？"小瑞指指陆思诚的电脑屏幕翻了个白眼，"居然还有人把训练赛这种东西挂出去,以后谁还敢跟他们约训练赛啊?"

"所以他们从来约不到训练赛,哪怕是在自己国内,平常训练都是一队和二队自己练。"

"哼,童谣这时候出去散散心也好,虽然表现得无所谓,但是心里还是不痛快吧!她来这么久都没见她通宵打过游戏,结果今天都不知道几点才睡的。"

九点半啊,坐在那里稀里哗啦地哭了一通以后。

陆思诚想着,看了眼基地墙上挂着的钟,此时此刻,时针已经快要指向"12",分针也已经在表盘上转了过半,都快半夜十二点了。

这女人不会跳黄浦江去了吧?

陆思诚单手支着下巴,垂下眼心不在焉地想着,而此时小瑞还在他身后碎碎念:"不过话说回来,我也不是很想得通阿太这种'拿你擅长的英雄打败你'的套路为什么对你们这些职业选手来说就那么好用?当初牛神退役也是,今天童谣这个样子也是,按道理来说,难道不是用拿手的英雄却被人在线上打炸了这种事更加让人沮丧吗?"

"很难理解吗?"陆思诚摆弄了一下鼠标,"因为所谓'对一个英雄得心应手',这里面不仅包含了对这个英雄的技能解析、使用技巧,甚至还包括了对《英雄王座》这整个游戏的理解,所以一旦被打败的话……"

"就怎么样?"

"这么说吧,假如你从小到大都是个英语优秀的人,碾压周围所有人,甚至和英语老师谈笑风生,学校的活动、演讲都少不了你,你甚至是这座城市的英语学科传奇。直到某天,你在拿了奥赛一等奖,参加了一个全国性质的英语夏令营后,你发现里面随便一个人都和你五五开,甚至有一些人,他们说的话让你不得不拼命思考他们在说什么啊。就在你茫然且不安时,这些人转过头来嘲笑你,你这样的水平怎么会有资格参加这个夏令营?"

"你怎么办?"

"相比之下,如果是一群会不同语言的人参加一个聚会,其中一个人德语水平很好,能够使用德语比你更好地与别人交流,你会怎么想?无非就是这个人德语很厉害哦,但是关我什么事,大概是英语在这里的通用程度没有德语好的原因。"

"咦?你这样说的话……"

"所以妖姬对那矮子来说,大概是一种——"

陆思诚话还未说完,就在这时候,小瑞的手机响了,陆思诚打了个驱赶的手势示意他可以接然后赶快滚,小瑞拿起手机"喂"了一声走开了。

五分钟后,他又回来了。

小瑞踢了踢战队队长的椅子:"你很闲?"

陆思诚面无表情地说道:"很忙,要和贴吧里的那些人大战三百回合……"

小瑞:"干吗换了个ID?"

陆思诚:"上一个被封了。"

小瑞:"你说了什么啊?居然被封了?算了算了,队长同志,

第二十六章

本经理刚才接到一个电话,隔壁战队的中单打电话来说贵队中单烂醉如泥,凭他和他女朋友的力量根本没办法把她弄回来,甚至没办法将她从酒桌旁拖开,现在他们需要一个人去帮他们……"

"烂醉如泥是什么东西啊?"

"就是喝醉了,你中文不太好哦!"

"他们在酒吧?"

"是啊。"

"那酒吧不想开了?"陆思诚站起来拿起外套,"居然卖酒给未成年人。"

"她成年了,谢谢。也就在你眼里她还像个未成年。"

说完小瑞耸耸肩,迅速报了个酒吧名,就是他们基地附近没多远的一个酒吧,里面倒是不算乱,经常有电竞俱乐部在那儿聚会、开庆功宴,ZGDX战队基地和YQCB战队基地所在园区更是步行就能到。

所以陆思诚没开车,走路去的。

当然,更主要的原因是他有点害怕童谣吐在车里,你还不能跟一个喝醉的人讲道理,更加不能将她直接扔进黄浦江——陆思诚不需要这种无处安放的愤怒把自己逼得发狂。

而当陆思诚踏上去酒吧的路时,这边酒吧中,并不知道此时队伍中的阎罗王已经踏上了前来索命的旅途,ZGDX战队的中单小姐姐还一脸乐观地坐在酒吧里,一手拿着装着琥珀色液体的玻璃杯,一只手在玩手机,手机屏幕的光照在那张因为酒精变得通红的脸上。她微微眯起眼,一边刷着贴吧看着那些嘲笑她、骂她的话,一边"滋滋滋"地喝杯子里的饮料。

当一杯琥珀色饮料再次见底,她"哐"的一下将杯子放进在她面前摆着的四五个同样的空杯子行列中,举起手,伸长了脖子:"小二,再给我一杯冰红茶!"

"冰什么红茶啊!长岛冰茶,土包子!"坐在她旁边,一个身材高挑、面容姣好的妹子一脸紧张地一边去压她笔直举起的手臂,一边用手去捂她的嘴,"要喝冰红茶我给你去超市买,买一箱!一箱不够再加一箱,现在你给我住口!"

"我不。"

"你醉了。"

"我没醉,喝冰红茶怎么会醉?"童谣嘻嘻笑着,转过身捧着闺密的脸,打了个酒精味十足的嗝,"冰红茶使我幸福,冰红茶使我快乐。"

"你又在贴吧看到什么奇奇怪怪的东西了?"

"我爷爷说的话。"

今阳一脸茫然,抢过童谣的手机看了一眼,然后一边嘟囔着"谁会取这种ID啊",一边直接把童谣的手机塞到自己的屁股下面坐稳,还要扶住那拼命往自己身上拱的矮子:"不是让你别去网上看这些乱七八糟的东西了吗?你怎么不听?嗯?童谣,睁开眼看着我,气死人了,你们这群小屁孩——"

"我不是。"艾佳在女朋友身后小声辩驳。

"心灵怎么那么脆弱?"今阳丝毫不受身后人影响地把话说完,"不就是输了一场训练赛吗?想想也知道,怎么可能一直赢?

输了一场训练赛就这样，说你是玻璃心，玻璃都觉得特委屈……"

"我才不在意那些人说什么，喷子从来不是打败我的理由！"

童谣抬起头，有一瞬间她的眼睛看上去特别明亮清晰，但是很快地，童谣咧开嘴："我在意的是，妖姬对我来说，是一种——嘻嘻嘻嘻。"

"在意的是被人拿自己擅长的英雄打败了啊！难道不会怀疑人生吗？"艾佳说，"我懂这种感觉！"

"你懂个屁！"今阳翻了个白眼，怼他，"你不是天天都被打败吗？还是因为你根本就没有擅长的英雄？你看看我们家可怜的童谣……"

这时候，童谣已经从自己的椅子上整个滑出来坐在了今阳的大腿上，她一脸妩媚地抱着今阳的脖子蹭了蹭，说："妈妈，我换牙了……"

今阳快疯了。

好在此时，酒吧门被人从外推开，一个高大的身影出现在酒吧门口，跟酒吧老板打了个招呼后往四周看了看，他将视线锁定在了角落的一桌——

他看见自家中单以公主抱的姿势坐在一个陌生的漂亮女人身上，与人家精致的妆容相比，她顿时成了一个真的小学生。

陆思诚走过去，位置上清醒的二人都被吓了一跳，艾佳站了起来："诚哥，怎么是你来了啊？"

今阳也想礼貌性地站起来跟陆思诚握握手什么的，但是奈何现在她身上泰山般地压了个人，于是她只好跟自家近在咫尺但又碰不到的偶像含蓄地点头问好后,低下头拍了拍怀中人的脸:"喂,还在不在?朋友,有人来接你了。"

童谣看着就像是睡着了,这会儿迷迷糊糊地睁开眼,拼命地看了一眼站在她面前的那人的轮廓,她抬起头对自家闺密说:"我醉了。"

今阳:"啊?"

童谣:"我产生了幻觉,我看见了我们队长……嘻嘻,黑着脸看着我,凶神恶煞得好像想要把我扔进黄浦江。"

今阳:"是吗?那明天我去下游给你捞尸。"

童谣咧开嘴乐不可支。

陆思诚在两人跟前蹲下,抬起眼认真地盯着那咧着嘴笑出一口大白牙的少女,问他身后的艾佳:"怎么醉成这样?"

"心情不好啊,今阳怕她自己闷着,闲着无聊又跑去看网上那些风言风语,就干脆把她拐出来了。"艾佳显得有些紧张地挠挠头,"吃完饭原本说来喝一杯聊聊天,结果这人就喝大了……"

"我喝的冰红茶。"童谣不笑了,一脸严肃地纠正道。

"你闭嘴。"陆思诚淡淡道。

童谣愣了一下,果然收声。

只是几秒后,她突然放开了今阳的脖子,斜过身往陆思诚这边倾倒。眼看着她快滑落,男人伸手支撑着她,没让她倒下,前者便伸出手一把掐住了男人的脸——

艾佳和今阳都下意识地屏住了呼吸。

童谣拉着那张略微冰凉的脸往外扯,眉眼之间全是笑:"为什么在梦里你还这么凶?"

陆思诚将掐着自己的手拍掉,跟身后一脸风中凌乱的艾佳说了声:"我带这疯子回去。"在艾佳一脸得救了的感激中,他指挥艾佳和今阳把童谣放到自己背上,背稳。

"小心别摔了。"今阳看着趴在陆思诚背上的好友,拍拍她的屁股让她别乱动。

"诚哥背着她就像是背着个小书包似的,能往哪儿摔啊……"艾佳一脸黑线,转头看自己的女友一脸不放心又想跟上去,一把拽住她,"你又想干吗?"

"送童谣回去啊。"今阳莫名道。

"不是有诚哥吗?"

"让他们孤男寡女单独在一起吗?"

"你还担心诚哥人品啊?"

"我担心的是童谣的人品。"

两人说话之间,陆思诚已经背着背上那坨东西,稳步走出了酒吧——他走起路来速度很快,背上多个百来斤的东西似乎并没有对他造成什么影响……

两个人很快走出喧闹的大街,冷着脸的大帅哥背上背了个埋着头不知道在干吗的少女,这样难得一见的风景总是让人忍不住侧目,直到——

吧唧。

"拖鞋,拖鞋。"趴在男人背上呈垂死状的人突然惊醒一般,用纤细的手臂死死地勒住男人的脖子,"吁!吁!我拖鞋掉啦掉啦掉啦!"

男人被狠狠勒住脖子差点被憋死。他停下来,看了看路边——不得不承认有那么一秒,他很想把背上的人直接扔了,但是停顿几秒后,他还是黑着脸弯下腰,将掉落在地上的人字拖捡起来,拎在手里,继续向前。

"拖鞋呢?"抱着他脖子的人伸长了自己的脖子问。

"我手上。"

"我想穿。"

"你又不走路,穿什么穿……别晃,扔你下去了。"

继续向前——

已经穿过了喧闹的街道回到小区附近,眼前就是胜利的光芒,所以陆思诚并不曾停下脚步,继续向前——

"矮子。"

"嗯?"下巴搭在男人肩膀上,短发少女乖巧地转过头看着男人的侧脸。

"你知道,电子竞技,有输有赢,是很正常的一件事吧?"

"我知道啊,"少女微微眯起眼笑,"这不是之前我跟你说过的话吗?"

"那你也知道,无论网上的人怎么喷,他们都影响不了你成为一名优秀的电竞选手吧?"

"嗯,"少女将下巴放回了男人的肩膀上,吸了吸鼻子,打了个哈欠,"我知道啊,所以我根本不怕他们喷。"

陆思诚不说话了。

第二十六章

此时二人已经步入基地所在的别墅小区,除去隔一段距离会有的路灯,周围昏暗一片,偶尔从某座别墅里亮起光,有电视机的声音传来——童谣安静地听着从某个草丛里传来的虫鸣,她闭着眼,从另外一只耳传入的,是男人匀长的呼吸。

良久,她突然开口道:"诚哥,我不是为了输赢,或者是那些喷子的言论,又或者是我的自尊哭的。"

"我只是讨厌拖队友后腿的自己。"

"焦虑不安,自卑自责,我真的会这个游戏吗?我真的有资格打职业联赛吗?我真的了解妖姬这个英雄吗?"

陆思诚感觉到身后的人沉重的头压在了他的肩膀上,她停顿了一下,突然用非常轻、非常轻的声音说:"妖姬对我来说,是一种信仰啊。"

"而我的信仰如今崩塌了,我该怎么办才好?"

也许是他们无意中走近了哪个草丛,也许是男人的呼吸变得更轻了,从那个草丛里传来的虫鸣变得更大声、更立体了,几乎要将少女的声音掩盖。男人在一盏路灯下停了下来,一时间没有说话。

少女收紧了缠绕在男人脖子上微微冰凉的双臂,如同溺水之人捉住最后一块浮木。

良久——

"以想要赢的决心,建立起新的信仰怎么样?"

少女愣了愣,随即嗤笑:"哪有这么容易?"

男人走出了路灯照射的范围,于是趴在他肩膀上的人错过了他被黑暗掩藏的嘴角微笑——

"不试试怎么知道?"

"不用试就知道。"

"很容易的,我教你啊。"

"骗人,你这么强,没受过这种侮辱的,这种事你教不来。"

"……"

"干吗又不说话了?"

"因为觉得你说得好像有道理。"

第二十七章

陆思诚背着背上的人一步步往基地方向走去,突然发现背上的人没有了声音,他愣了愣,转过头发现那下巴搭在自己肩膀上的人此时双眼闭合,呼吸匀长,睡得一脸安详,像猪一样。

"喂。"

他试探性地叫了叫背上的人,后者却丝毫没有反应。陆思诚停顿了一下,仿佛试探性地将自己的脸贴近——直到他的鼻尖都快碰到她的,男人停了下来,沉静的瞳眸盯着肩膀上那张脸看了很久,对方不仅丝毫没有反应,唇边还挂着一滴哈喇子……

陆思诚想就这么把她扛回基地,随便找个垃圾桶扔进去,然而在又迈出一步时,忽然又不小心想到,方才他进酒吧时,某个人正像树袋熊一样挂在别人身上死活不撒手的一幕——明天ZGDX战队要早起去选夏季赛的新队服样式,大家今晚都会早睡,一会儿谁要是洗漱完准备睡觉之前,身上毫无预警地被挂上这么一个臭烘烘的玩意儿,那该有多心塞?

这么想着，男人硬生生收回了迈出去的脚，走到小区某个凉亭，弯下腰将背上的人放下来，拍拍她的脸："醒醒。"

童谣迷迷糊糊地睁开眼。

"这副模样怎么回基地？风气都被你带坏了。我去给你买醒酒药，在这儿待着，别乱跑。"

一黏上柱子立刻双手抱住的童谣"哦"了一声，重重地点点头。陆思诚拍拍她的头，就差想塞给她一颗糖。他转身正想要离开，突然衣服下摆被人从后面揪住——

陆思诚转过头，身后的人嬉笑着仰脸看他："瞪什么瞪？你也拽过我的，还差点把我拽倒，想这么试试很久了……"

童谣慢吞吞地瞪大了眼，一脸期待："你要倒了吗？"

陆思诚无情地将自己的衣服下摆抢回来，懒得跟这酒疯子计较，不放心地又强调一句："我五分钟就回来。"

"腿长就是了不起，走到小区门口我要十分钟呢！"童谣咯咯地笑，"那万一有色狼怎么办？"

这小区没有出入证，蚊子都飞不进来，哪来的色狼？而且这会儿都几点了……陆思诚看了看手腕上的表，时针已经准备指向数字"1"。

"色狼看不上你。"陆思诚答。

童谣"哦"了一声，愣了愣，嘟囔着"说的也是"，一边说着，一边将柱子抱得更紧了些："放心吧，我不乱走，我现在就是尾生（古人，与女子期于梁下，女子不来，水至不去，抱梁柱而死）。"

陆思诚嘲讽地撇撇嘴，心想你还挺有文化，醉成这样还能引

第二十七章

经据典,信手拈来,他扔下一句"那你抱好啊尾生",转身往小区外走去。

他走得步伐很急,看上去是真的准备五分钟来回。

然而陆思诚并不知道的是,这会儿哪怕是他飞起来也没多大用,因为自称是"尾生"的人在他前脚刚走时,后脚便放开了抱着的柱子,迷迷糊糊地自言自语着什么"我没醉,吃啥醒酒药""刚才还在和你聊理想""要多清醒有多清醒",然后站起来,锁定了一个大概是基地所在地的方向,她开始摇摇晃晃地往基地那边走。

ZGDX俱乐部标志很明显,哪怕是在这样到处看着都差不多的高档别墅小区里,童谣也能轻易找到它,一边感慨着自己有多么机智,一边掏钥匙打开基地的门,正想跟基地里的人民群众大喝一声"我童汉三又回来了",结果推开门定睛一看,发现基地一层静悄悄的,客厅里灯光昏暗,没有人说话,也没有熟悉的敲击键盘和点击鼠标的声音。

扶着门把手的童谣一脸茫然地保持着推门的姿势定格在门口,她低头看了眼手中的钥匙,开始疑惑自己是不是开了别人家的门……

然而就在这时,她看见靠墙的那一排电脑中的其中一台突然亮了——

是陆思诚的那台。

此时此刻,电脑屏幕的光芒照亮了蹲在电脑前的人——他一头黑发,挂满了银环耳钉的右耳上方的发髻挑染了一抹绿色,那人正垂着眼盯着电脑屏幕,"咔嚓咔嚓"地啃着左手大拇指的指甲,听到脚步声,他转过头来,看了傻愣在门口的少女一眼。

看清楚他正脸的那一刻,童谣背上的冷汗"唰"的一下就掉下来了——她感觉到一阵头晕目眩,盯着那张偏着头、面无表情地看着自己的俊脸,舌头打结:"诚、诚哥,你不是去买东西了吗?怎么先我一步……"

回基地了?

不对不对,她分明盯着他往另外一个方向走的,怎么可能绕个大圈子突然绕回基地蹲在电脑前?

正当童谣的脑子混乱成一团糨糊,那转过头来的人突然笑了,他停下啃咬自己大拇指指甲的动作,勾起嘴角,露出一口白森森的牙。

啪——

少女手中的基地钥匙掉到了地上。

那张原本因为醉酒而微微泛红的脸顿时变得惨白惨白的,她连续后退两步,而后夺门而出!

陆思诚买好解酒药回来,远远地便看见一个兔子似的身影,双手成手刀状向着自己以百米冲刺的速度飞奔而来。

路灯之下,她面如白纸。

陆思诚愣了愣,心里咯噔一下,蹙眉提高了声音:"你怎么来了?不会是真的遇见色……"

一个"狼"字还没落地,已经奔到他跟前的人原地起跳,稳稳地跳到了他的身上——陆思诚被撞得连连后退几步,手中的解酒药也掉在地上,他的双手稳稳地托着突然跳进他怀里的人的屁

第二十七章

股,一脸茫然:"干什么你?"

挂在他身上的人胸部剧烈起伏,气喘如牛,她打了个寒战,收紧了抱在男人脖子上的手臂,而后抬起头认真地看着他的眼睛说:"诚哥。"

陆思诚:"嗯?"

童谣:"我见鬼了。"

童谣:"我在基地看见一只鬼,和你长得一模一样。"

童谣:"害怕。"

陆思诚:"从我身上滚下去,酒疯子。"

第二十八章

被陆思诚托着屁股的人脑袋摇成了拨浪鼓:"不下!不下!基地有鬼!"

陆思诚又重复:"滚下去。"

童谣:"我不!"

陆思诚咬了咬后槽牙:"我撒手了,这么矮的人体重凭什么过百?和猪一样沉……一、二——"

少女尖叫一声死死抱住他的脖子:"你敢!"

当一路抱婴儿似的抱着瑟瑟发抖的自家队伍中单往回走时,ZGDX战队的队长默默在心里发誓:以后所谓的"陆夫人"要么是个滴酒不沾的仙女,要么他陆思诚就做一个安静的无性恋美男子——如果是后者,那么罪魁祸首一定就是现在挂在他脖子上一口一个"宝宝见鬼""宝宝害怕"的人。

"童谣。"

"嗯?"

怀中的人转过脑袋，发梢扫过男人的颈脖，带来一<u>丝丝</u>瘙痒——多么富有少女心的一个画面，如果不是此时挂在他脖子上的人正瞪大了醉醺醺的眼努力寻找焦点……陆思诚不耐烦地勾了勾唇："答应我，等你酒醒后千万不要不承认今天所做的一切。"

"承认了又怎么样？"

"我能清静一个月。"陆思诚看了眼基地半开的大门，还保持着少女仓皇逃走时的模样，他抬起脚将它踹开，"念及这个，我才忍住没把你扔进刚才路过的喷泉里。"

陆思诚一边说着，一边腾出手打开了基地一层的大灯——

灯"啪"地亮了，将此时此刻正站在对着大门的开放式厨房里，弯腰开冰箱门的人照得动作一顿，他转过身，对视上站在玄关、那个和他像是一个模子里倒出来的人。

"咦？"

站在冰箱跟前的人勾起唇，露出玩世不恭的笑容，他从冰箱里拿出一瓶酸奶，手腕一弯，关上冰箱门——

"砰"的一声响。

"我还以为是什么，这个咋咋呼呼的小矮子，是你女朋友啊？"

十分钟后。

童谣眼巴巴地看着所有的人打着哈欠从房间里走出来，满脸抱怨的样子揉揉眼，然后在弯腰看清楚楼下的人后，又统一做了一个表情，那就是没有表情。

小胖、老K、老猫，然后是明神、小瑞、战队领队、教练阿猴，

第二十八章

他们一个接一个地来到沙发上,原本空荡荡的客厅瞬间变得热闹到拥挤。

但是就是在这么一个拥挤的情况下,周围安静得可怕,没有人说话,只有战队经理小瑞俯身到童谣身边嗅了嗅:"你喝了多少酒啊?"

童谣面无表情:"喝的冰红茶好吗?没醉。"

童谣一边说着,一边抬起眼,看着坐在自己对面的两个人——一个人侧着身子向左,黑色头发,身上除了一块听说很昂贵的手表,没有一点装饰物,此时此刻他一只手撑着脑袋,垂眼,另外一只手在玩手机;另一个人侧着身子向左,黑色的头发,只是朝众人这边的发鬓被染成了非主流的绿色,耳朵上挂满了银环,他赤着脚,一脸认真地"滋溜滋溜"吸着酸奶。

两个人的侧脸几乎一模一样。

童谣:"所以,不是鬼。"

绿发耳环男从酸奶中抬起头:"你见过我这么帅的鬼?"

陆思诚:"陆岳。"

虽然只是简单地叫了名字,但是语气中却饱含警告的意味——一般来说,陆思诚用这样的语气讲话时,任何人下一步都是夹起尾巴装孙子——而眼前名叫"陆岳"的人却并不,他只是变得……稍有收敛一点而已。

童谣:"你俩长得,挺像的啊?"

陆思诚掀起眼皮,用"没什么好说的你就闭上嘴"这样的眼神扫了童谣一眼,反倒是陆岳笑了:"一个爹妈生的,当然像。"

这人不笑的时候很像陆思诚,但是一旦笑起来,邪性得很,就变得一点不像了。没错,眼前叼着酸奶喝得一脸认真的人是陆思诚的亲弟——陆岳,今年和童谣一样大,最惊奇的是和他那个星光璀璨的哥哥一样,他以前也是个打职业联赛的,所用ID是ZGDX Lv,位置是中单。

也就是那个之前众人绝口不提,一提起来就一脸嫌弃的"律"。

"我还以为全世界的人都知道诚哥有个烂泥扶不上墙的弟弟,"小胖摸了摸下巴,"你之前不是还百度过这个ID吗?随便看一眼百度百科都知道他和诚哥的关系吧……"

童谣想说什么,陆思诚闻言瞥了她一眼,站起来走到她的电脑前,弯腰移动鼠标查阅了下童谣的搜索记录,然后发现她确实百度了"律"这个人,只不过百度的问题全部都是——

"ZGDX Lv是谁?"

"ZGDX Lv厉害不厉害?"

"ZGDX Lv都上场打过哪些比赛?"

"ZGDX Lv的英雄池都有哪些?"

陆思诚:"矮子,你从哪个朝代穿越来的?为什么要冒充现代人打游戏?"

童谣:"怎么了?怎么了?你又有意见?"

陆思诚:"百度是这么用的?你查他的英雄池干什么?"

原本还梗着脖子质问的少女闻言老脸一红,像是被人揭穿了老底似的,心虚地瞥了一眼坐在自己对面的"律"本尊,压低了声音嘟囔道:"职业病,不行啊?"

陆思诚走回来，坐下——这一次是坐在了陆岳的对面，童谣的身边，他抱着双臂一脸冷淡地看着坐在对面的亲弟："到你了。"

陆岳抬了抬眼皮，懒洋洋地看了眼陆思诚："什么？"

陆思诚："别装疯卖傻，你来做什么？"

陆岳扔了喝空的酸奶瓶，伸了个懒腰，打了个哈欠："在网上不小心看到关于你们新招的中单被韩国表情包队那个阿太套路的消息，听说被韩国人欺负得可怜兮兮的。哎呀！当时脑海里有个声音说，陆岳大人，是时候回去打职业了——于是，我就回来啦！"

他一边说着一边摊手，说完之后一顿，盯着童谣："所以，你就是那个被韩国人欺负得可怜兮兮的新中单？"

童谣嘴角抽了抽，还没来得及回答，身边的人已经抬起大长腿踹了对面那人一脚——

陆思诚："轮到你发问了？"

"问一下嘛，"陆岳耸耸肩，一脸受不了老年人的模样，"还以为是你女朋友，差点要发短信给老妈报喜啦！她大儿子没问题，隔壁战队那位也并不像是网上说的那样'千里追妻'来中国，她可以安稳地睡个好觉了——差一点。"

陆思诚抬起手揉了揉太阳穴，十分头痛的样子："你闭嘴。"

小瑞同时开口道："你回来晚了，队伍里已经有首发中单了。"

陆岳嗤笑起来："什么晚不晚啊，我不是禁赛一个赛季吗？那么早回来也没用啊……而且，我也不准备抢首发位置，就继续打替补，我又无所谓。"

他说着，转过头看着战队教练阿猴："据我所知，夏季赛的替补名额队里还没确定下来,是吧?——教练,我想打职业。"

陆思诚:"不行。"

陆岳:"咦?"

陆思诚:"'咦'也不行。"

陆岳掏出手机,一边打字一边说:"给老妈发短信,就说天气变凉了,经过基地时想给哥哥送点保暖的衣服,谁知道不小心看见哥哥在和那个韩国人……嗯?"

陆岳停顿了下,然后低头继续打字:"拥吻。"

陆思诚:"你发试试。"

陆岳收起手机,脸上的玩笑收敛了起来:"你们知道以后早晚会再次遇见那个表情包战队的。我说真的,与其寄希望于贵队的首发中单——也就是这位小姐姐——能够重拾信心在正式比赛中崛起并打败这个曾经带给她绝望的人,不如聪明些,事先准备好一个稳妥的、可以让那个阿太无计可施的备胎——也就是我。"

"梦想是很重要没错,逆境中崛起的热血事情也叫人想要热泪盈眶。"

陆岳脸上的笑容变得清晰了些——

"但是人呢,有时候也是贵在面对现实,毕竟喊着口号踢着正步,S6的奖杯也不会自己滚到碗里来。"

一时间没有人说话。

陆思诚皱着眉,看着并不是很赞同眼前人的鬼扯——然而他没想到的是,他的沉默被某人看在眼里却成了默认,于是这个从头到尾一直在强装淡定的某人"哗"的一下,就哭了。

第二十八章

坐在她旁边的陆思诚听见动静不对,瞥了一眼,然后被吓得直接从位置上弹坐起来。

"我要有替补了吗?我要被替补了吗?我是不是要成为全职业联赛里唯一一个永远被摁在替补席的首发了?我是不是永远都不能上场打职业了?真是的,只是输了一场而已,为什么就要把我摁在替补席?我不想看饮水机……呜——"祥林嫂似的碎碎念的人打了个哭嗝,眼泪开了闸似的哗哗流,"我想打职业,我想报仇,我很强的,你们不能让我去看饮水机。"

小瑞一脸茫然:"她喝了多少?"

陆思诚皱着眉,弯腰抽了两张面巾纸,以几乎要将人捂死的力道捂在那低着头哭得特别伤心、正一抽一抽的人的脸上:"不知道,明天去举报街头那家酒吧吧,就说他们出售酒精饮料给未成年人,可以调监控录像证……"

噗呜——

旁边人擤鼻涕的声音打断了他的话。

一只略微冰凉的小手伸过来,强行掰开男人的大手,然后将裹着鼻涕的一团纸塞进了他的手心——

"给你,诚哥!"她垂着脑袋小声地说,"这是最后一次以首发中单的身份送给你的礼物。"

"看见了吗?"男人抬起头,面无表情地看着自己的弟弟,"一个队伍里有一个疯子就够了,我们队名额满了,你可以去隔壁问问他们需不需要。"

第二十九章

童谣做了一个噩梦。

梦中的她,在街头酒吧喝得像只猴子一样上蹿下跳。回到基地以后看见了即将取代自己的新中单……她哭了,而且哭得很伤心,舌头打结,眼泪如瀑布,从头到尾只有一句话:"我很强,我不要当看饮水机的替补小弟。"

最后她抱着陆思诚一脸真诚地说:"诚哥,我给你唱歌!你让我打首发吧。"

然后她认认真真地唱了一首《虫儿飞》,唱了一半自己把自己感动得不行,抱着陆思诚犹如抱着失散多年的爸爸,又开始哭。

梦中那种仿佛要被全世界抛弃了的忧伤特别真实。

后来发生了什么,童谣就不知道了,因为到这里的时候她已经被吓醒了,梦中陆思诚听她抖着嗓子唱"虫儿飞,虫儿飞"时,那张面瘫又凶恶的脸看上去是那么真实又立体,和记忆中每一张杀人犯通缉令上的脸完美地契合起来。

童谣睁开眼,看了眼屋内的挂钟,时间指向中午十一点,她卧室里的天花板在旋转——她瞪着眼,抬起脚抖了抖被子,发现被子里并没有钻出一个毛茸茸的东西:她家大饼不在。

十一点,已经过了那只爱好养生且作息健康的猫正常吃早饭加优雅如厕的时间,作为一名合格的铲屎官,生怕自家猫在饥饿与不满的情绪的驱使下掀翻装满了猫屎的猫砂盆。童谣挣扎了一下,无视正在天旋地转的天花板,从床上爬了起来……

然后她发现整个世界都在天旋地转。

她头痛欲裂,浑身酸痛得像是她昨晚去跳了八十套广播体操外加用脑袋疯狂撞墙。从床上下地的时候,她仿佛踩在海绵垫上,膝盖是软的……用半爬的方式爬进浴室里洗了个澡,出来的时候她清醒了些,一边擦头发,一边想开门找她家猫,结果童谣一开门,就不小心踢到了放在房门口的一个塑料袋。

"什么东西?"

童谣弯下腰捡起来,发现里面是一盒醒酒药。

拿着那一盒药站在房门口定格了大约三十秒,童谣退回了房间,将门关了起来。

一个小时后,中午十二点整。

陆思诚房间的门被人打开,赤裸着上半身的年轻男人打着哈欠从房间里走出来,乌黑的头发因为湿水而乖顺地垂着,水珠顺着他结实的小腹滴落,最后引人遐想地消失在裤腰边缘……

一只对童谣来说失踪已久的猫从他身后的房间里走出来,挤

第二十九章

在男人的脚踝和门框之间探了个脑袋出来看了看，最后迈着小短腿"噔噔噔"地下楼了。

站在二楼，男人往下看了一眼，而后发现在靠最右边的电脑前坐了个脸上戴着孙悟空面具的不明人士。

她整个人蜷缩在椅子上，身上还穿着长到脚踝的白色睡裙，大肥猫来到她身边"喵喵"地叫了两声，跳到了她的身上，踩来踩去。

此时基地里空无一人，大家昨晚被闹腾了一宿后都筋疲力尽，不睡到一点半集合去选新队服的时间他们大概是不会醒的。

陆思诚走下楼，来到冰箱跟前打开冰箱门，看了眼空无一物的冰箱以及旁边垃圾桶里堆满的酸奶空瓶子，他挑了挑眉，关上冰箱门，走到基地里"唯一存活"的那个人身后，伸出一根手指将她脸上戴着的面具掀起来一点点："悟空，为师的酸奶呢？昨晚睡觉前还有五六瓶的。"

坐在椅子上的人正在打《超级玛丽》。

马里奥很忙地蹦跶着顶金币、吃蘑菇、踩乌龟，操控马里奥的人也很忙，她稍稍向后躲了躲，躲开了陆思诚的魔掌，面具"啪"的一下又弹回到了她的脸上。

她"哎"了一声捂住被弹痛的脸。

陆思诚："你在干什么？"

童谣："思考人生。"

陆思诚："从哪一刻开始？从你出生的那一秒，还是大约十五个小时前你碰第一杯长岛冰茶开始？"

"建议是后者,"陆思诚淡淡道,"因为那些内容丰富得够你好好思考一阵了。"

马里奥停下了蹦跶,操控马里奥的人转过了脑袋——那张孙悟空面具下,是一双闪烁着的、充满了不安的眼。童谣推开键盘从椅子上爬起来,站在椅子上,以比陆思诚稍高的角度盯着男人的脸:"队长,昨天我是不是干了很多出格的事?"

"出格?"陆思诚盯着面前咧嘴笑的孙悟空挪不开眼,"你是指哪个?在大马路上嚷嚷着自己鞋掉了?"

"看见我弟以为看见了长得像我的鬼魂?"

"还是哭得一把鼻涕一把眼泪地说自己很强,不能替补,替补就失去了全世界,说着说着唱起了《虫儿飞》——一个真诚的提议,能把儿歌唱成鬼片配音……你以后别唱歌了。"

"还是把自己擤鼻涕的纸强行塞给每一个队友当饯别礼,不收下就抱着他哭,不撒手?"

"还是抱着你那只丑猫要给它舔毛?最后还含着人家的耳朵不撒嘴,三四个人掰开你的嘴都不松开还想要咬人?"陆思诚举起自己的右手食指,上面果然有一道牙印血痕,"实不相瞒,悟空,为师早起是为了去打狂犬疫苗。"

扔掉了怀中的猫,原本站在椅子上的人"哇"的一下捂着脸蹲回了椅子上,瑟瑟发抖。陆思诚冷笑了一声,转身回厨房给自己倒了杯凉开水,冷不丁地问了句:"吃药了吗?"

蹲在椅子上的人抬起头:"什么药?"

"醒酒药,不是放在你房门口了吗?"陆思诚放下水壶,"搞得好像你的疯病光吃药就能治一样……"

"别说了！别说了！我错啦！我错啦！我错啦！"声音从孙悟空面具后面闷兮兮地传来，"我怎么知道那个饮料里头有酒精？它有酒精叫什么鬼长岛冰茶！"

"因为老婆饼里没有老婆，松鼠鳜鱼里面没有松鼠，夫妻肺片里没有夫妻。"陆思诚懒洋洋地扫了眼不远处扒在椅子边缘探出半个脑袋露出一双眼小心翼翼瞅着自己的人，"所以长岛冰茶也不是茶，土包子。"

那半个脑袋"嗖"的一下缩了回去。

陆思诚将手中杯子里的凉水一饮而尽，走回电脑旁边打开电脑，点开游戏登录，其间转过头瞥了一眼整个人蜷缩瘫软在自己的椅子上安静极了的某人——对小胖来说简直有点窄的电竞椅能够将她整个人都遮挡起来，她脚上还穿着那天去超市买的那双家居鞋，白色长睡裙与之完美契合地遮住脚踝，唯独那两条白得扎眼的手臂暴露在衣衫之外，她抱着膝盖，一眼扫过去还能看见她手肘关节上大概是小时候调皮摔破留下的疤痕。

她半干的短发因为她的姿势有一些垂落在雪白的胳膊上，头发因为自然风干有些毛茸茸的，黑与白的对比却异常分明。

"喂，"队长大人微微蹙眉，抬起脚踢了一下在旁边椅子上挺尸的人，"你酒还没醒？穿着睡衣就下来了像什么话？一会儿投资商送夏季赛队服样板过来，你就这样见人家？"

椅子上的人颤抖了一下，慢悠悠地爬起来，跳下椅子抖抖裙子，她又像是想起来什么似的问："面具能不取吗？"

"戴着干吗？"

"没脸见人。"

"你还知道羞耻？昨天哭着让人好好守护你的鼻涕纸时可不是这样说的……"

"啊啊啊！"童谣抬起双手捂住耳朵，"不听不听不听！"

坐在椅子上单手支着脑袋的男人以身后的人看不见的角度勾起一抹笑，语气却听不出多少情绪："滚去换衣服，一会儿他们也该醒了。"

他用余光看见某人的裙摆在地上转了一圈，穿着家居鞋的脚跺了跺，最后仿佛是踏着愤怒又无奈的火焰，少女热热闹闹地转身上了楼，狠狠摔上了自己的房门。

又一个小时后。

所有人都醒了，聚集在楼下坐着，每人捧了一碗阿姨刚煮好的肉粥喝。这时候，二楼最里面的那扇房门被人小心翼翼地打开了，从门背后做贼似的探出一张戴着孙悟空面具的脸，她穿着牛仔短裤和宽大的衬衫，走出房门时弓着背。

"起来啦？"

楼下战队经理冷不丁的问候叫她脚下一顿，她伸脑袋看了看，所有人都到了，包括那个陆岳。童谣轻手轻脚地走到人们中间，很淑女地坐下，然后便低下头装死。

小瑞伸手摸了摸她的面具："smiling大大，你这又是什么新套路啊？"

戴着面具的脸低下去得更深了些,一旁的陆思诚替她补充说明:"没脸见人。"

戴面具的人抬起头,那固定在一个表情的面具转过来看了男人一眼,然后转向不远处赤着脚坐在她的座位上的绿毛黑发男身上:"你怎么还在?"

她的声音听上去闷闷的。

"因为你需要一个替补。"

那人摆弄着她的电脑、她的鼠标。

童谣深呼吸一口气——

"我不需要。"

"需要的。"

"不需要。"

"需要。"

"我不需要,"童谣从位置上站了起来,"那是我的位置。"

"是吗?你叫它名字看看它会不会理你。"

童谣三两步走到自己的座位旁,伸手要拽他,然而后者虽然比陆思诚年纪小,身高这方面却是完美继承了陆家人的优秀基因,童谣往他面前一站就像是小鸡崽似的。

现在"小鸡崽"正扑腾着,叫嚣着,拼命要把一条黄鼠狼从自己的鸡窝上赶走。

"你起来!"

"不起。"

"你起来!"

"不起。"

"啊!诚哥!你为什么要舔我的猫的耳朵!"

坐在椅子上的人立刻跳起来抓过手机打开照相模式,扭过脑袋看向少女一脸惊恐地看着的方向。就在他望向自家哥哥那双冷漠的眼睛外加举着粥碗安静喝粥面无表情的脸时——在他身后,少女一屁股将他撞开,迅速在自己的座位上坐下,双手抱着座椅靠背……

传说中被陆思诚舔了耳朵的猫迈着优雅的步子蹭着被骗的少年的脚路过。

"十九岁,成年了,"陆思诚缓缓道,"你俩为什么偏偏都像傻子一样?"

"是她比较傻吧,为了把破椅子撒的什么蠢谎话?"

"再蠢你也信了,你岂不是更蠢?"抱着自己椅子的人一脸坚定,"反正现在椅子是我的了,随便你怎么说。"

"你俩都消停一下。"陆思诚掀起眼皮扫了眼窗外,"送队服的人来了。"

说着,门应声响起,男人站起来走去开门之前,顺手将戴着面具那人的面具掀起来放在头上,后者"呀"了一声松开座椅靠背捂住脸,一整天被捂在面具后面的脸因为闷热有些微微泛红,她转过头瞪了陆岳一眼,后者回她一个邪性的微笑。

投资商今年给ZGDX战队提供了三个款式的夏季赛队服——一种还是按照春季赛的搭配,是红黑色的,黑色本体,背后是鲜红的、仿佛用毛笔画出的运营商标志,很潮;一种是屎黄色的,拿出来时便遭到众人嫌弃,根本懒得多加描述;还有一种是全新的蓝白配色,衣服本体是蓝色,上面有个低调的运营商标志,袖子上、胸口上用很细的深蓝色字体印着各种赞助商的商标。

蹲在椅子上的童谣拿起红黑的队服看看,放下,又拿起蓝白的看了看,又放下,明显是选择困难症犯了。

送队服来的跑腿小哥看着蹲在电竞椅上,脑袋上还戴着一个半掀起来的孙悟空面具的小姐姐,小心翼翼地问:"请问你就是smiling吗?"

童谣翻看新队服的动作一顿,抬起头看了他一眼,正想说"是啊",这时候小瑞冷不丁插嘴道:"这是昨晚半夜跑进我们基地的疯子,赖着不走了,临走前麻烦你把她带上扔进街口的垃圾箱里。"

童谣思来想去,有些舍不得似的放下了那件蓝白队服,道:"我投红黑色一票。"

小胖:"附议。"

小瑞:"队标是蓝白的,队服是红黑的,总觉得有点怪怪的——春季赛时我就在琢磨这个问题了,夏季赛还是用回蓝白比较好啊,蓝白色,一看就是要夺得S6奖杯的配色。"

老猫:"我也觉得蓝白色好看些。"

老K:"夏天就是要这种清爽的颜色。"

童谣:"红黑比较耐脏。"

小胖:"对对,大老爷们儿穿白色总觉得哪里怪怪的……"

童谣:"对对对。"

中辅二人的选择过于一致,让小瑞有些疑惑地转过头,看着举着红黑夏季赛队服不肯撒手的二人:"你俩咋回事?"

童谣和小胖对视一眼,这时候陆思诚在旁边冷不丁地说:"因为白色显胖。"

最后队服被敲定为蓝白色那一款,因为某个觉得自己胖的人可以减肥,而另外一个胖得无药可救的人显然无论穿什么都显胖。

敲定了夏季赛队服后,童谣的面具又回归到了她的脸上,并且还多了个臭毛病:走哪儿都背着她那把电竞椅,上厕所都带进厕所里。

晚上大家坐在一起吃饭,陆思诚看着盘腿坐在自带椅子上的少女,终于忍无可忍地问:"你准备疯到什么时候?"

戴着面具,只掀起来一点点露出一张嘴扒饭的人闻言停顿了一下,转过头问跟她并排坐着、同样低头扒饭的少年:"你什么时候走?"

"老到拿不起鼠标的时候。"陆岳回答。

戴着面具的人转回脑袋,从面具眼睛的小洞看了她的队长大人一眼:"他老到拿不起鼠标,不惦记着做我替补的时候。我不要替补。"

陆岳:"等你能打败阿太的时候再说这话。"

坐在餐桌前的"孙悟空"放下筷子,垂下脑袋。

陆思诚敲敲自己的碗,瞥了一眼自己的亲弟,对他说:"吃饭时别说话,不吃就滚。"

第三十章

YQCB艾佳:"诚哥,跟你说一件事你别害怕。我刚才好像在你们基地的院子里看见鬼了……贼恐怖!穿着白色的裙子,脸上戴着孙悟空的面具,走路飘啊飘的……我看了一眼差点被吓得过气去——这里不是什么大师看过的风水宝地、富人别墅区吗?为什么也会有不干净的东西啊!"

YQCB艾佳:"我和队友说,没人信我啊!可是我真的看到了啊!不可能看走眼的!那个孙悟空的面具还泛着绿光呢!"

YQCB艾佳:"而且我还听见你们那儿老有人啪啪啪走来走去很急促的脚步声,还有重物挪动的声音,好像鬼搬家啊,呜呜——"

YQCB艾佳:"害怕,诚哥你们要不要请个大师来看看啊?"

二十分钟后,陆思诚发来一条链接。

fhdjwhdb2333:"发光的面具。"

fhdjwhdb2333:"七块八全国包邮。"

fhdjwhdb2333:"你看见的不是鬼,是我们战队的疯子中单。"

"矮子，"低头用手机打字的男人突然抬起头，用长腿踹了踹盘腿坐在自己身边吃芒果的人，"你又穿着睡衣到处乱跑了？"

"刚洗完澡，想带大饼去院子里呼吸一下新鲜空气，顺便等水果外卖送来啊。"脑袋上戴着半掀起来的孙悟空面具的少女放下叉子，一脸莫名，"怎么了？"

陆思诚扫了眼她睡衣外面套着的宽松衬衫，停顿了一下，淡淡道："没有。"

"哦。诚哥，吃芒果吗？"

"不吃。"

"那我自己吃。"

"你不是怕队服显胖吗？还吃？"

"小胖，吃芒果吗？好甜。"

瞥了眼此时立刻放下叉子，一边背乌龟壳似的挪着电竞椅，一边套路小胖吃芒果的少女，陆思诚低下头继续打字："你听见的跑步声和重物拖拽的声音也不是鬼搬家，是我们战队的两个疯子中单在抢椅子。"

YQCB艾佳："童谣吗？她戴着面具干吗？她哪里弄来的这种面具？"

陆思诚隔着屏幕都能感觉到隔壁战队的崩溃。

可惜同情不起来，毕竟他们在隔壁，他可是和这疯子同一屋檐下，近距离观察。

fhdjwhdb2333："粉丝送的，至于为什么送她这个，大概是什么样的人招什么样的粉。"

第三十章

YQCB艾佳:"你刚才说两个中单是什么鬼?你们队啥时候又多了个中单!"

fhdjwhdb2333:"陆岳回来了。"

面对对方打过来的一大串点点,陆思诚思考了一下,收起手机。这时候童谣已经坐回了自己的位置上——此时已经到了美少女该睡觉的时间,而童谣也正忙着考虑是不是要将椅子扛上楼,反锁在自己房间里。

"你搬回去我站着也能用你的电脑。"陆岳嘲笑道,"我上学时经常在教室外头走廊里一站就是一个早上,不信你试试。"

"你别那么无耻。"童谣瞪他。

"你才是别那么自私。"陆岳试图跟她讲道理,"你睡觉又用不了电脑,霸占着干吗……女人都像你一样不讲道理的吗?"

"对,女人都这样,是不是很可爱?"

"你俩闭上嘴!"陆思诚看向童谣,"你去睡觉,椅子留下。"然后又转头看向陆岳,"你来打RANK,我看看你最近的状态——要是状态掉得厉害,今晚就给我滚蛋。"

童谣愤恨地将面具拉扯下来盖住脸,在面具后冲陆思诚做了个鬼脸,跳下今天背了一天走哪儿带哪儿的椅子,不情不愿地上楼去了。陆岳冲陆思诚假笑一下,看上去并不领情,也不像是童谣在的时候对那把椅子那么向往了,只是转过身从冰箱里找出一瓶酸奶,窸窸窣窣地喝了起来。

两个人一分开,基地里立刻回归曾经的宁静。

小瑞从厕所里飘出来,看了看四周:"悟空呢?"

陆思诚头也不抬地说:"悟空睡美容觉去了。"

小瑞走到捧着一盒芒果吃得很开心的小胖身后,劝道:"八戒,别吃了。"

小胖:"吃完这盒,明天开始减肥。"

此时陆岳坐上了童谣的位置,点开游戏,直接用童谣的账号登录游戏,点击排位系统开始排队。陆思诚偏了偏脑袋说:"自己没号?"

"好久没打韩服了,"陆岳随意地笑了笑,"我的号这个赛季定级赛都没打。"

每年赛季结束,当前排位情况结算完毕,每个号的当前排位段位系统清零。新赛季开始时,每个号都需要打十局排位赛,系统根据这十局排位赛的胜负情况以及上个赛季结算时的段位给此号定一个新的初始段位。

陆思诚"哦"了一声,点开自己的好友列表看了一眼:"阿太也在排队。"

话音刚落,系统"噔"的一声响起,陆岳点击确认进入游戏的同时,TAT TEI那边也同时显示进入游戏。

陆思诚飞快扫了眼陆岳这边的队友名单:"他在你对面。"

陆岳无所谓地笑了一声。

陆思诚话音刚落,这时候十分钟前说要去睡觉的人"噔噔噔"从楼上连跑带跳地冲下来了,往陆岳身后一站,微微眯起眼看屏幕,而后尖声道:"我就说我怎么睡不着!坐我的位置还要糟蹋我的号!"

第三十章

陆思诚短暂地嗤笑了一声,像是早就料到会这样。

"她骂人你怎么不管管,还笑?"陆岳揉揉耳朵,看看站在自己身后叉着腰的少女,"你不是睡觉吗?怎么又下来了?"

"总有刁民惦记朕的龙椅!朕如何安睡?"童谣抱紧怀里昏昏欲睡的猫,却没有伸手再去推陆岳,"好好打,我才打回王者……"

陆岳:"我排到那个阿太了。"

童谣立刻安静下来,向后看了一眼,把猫往身后的小瑞怀里一塞,自己拖了个板凳过来坐在陆岳旁边——此时游戏已经进行到BAN&PICK环节,陆岳在三楼,拥有第一个BAN英雄的权力,童谣见状微微蹙眉:"妖姬BAN了。"

陆岳闻言,稍稍撇过头,懒洋洋地瞥了她一眼:"慌什么?"

童谣愣了愣。平日里陆岳看上去总是像个小混混一样惹人讨厌,但是往电脑前面一坐,这人的神态简直和他哥像是一个模子里刻出来的,自大又傲慢。

禁用英雄环节很快就结束了。对面的TAT战队中单大概此时也知道童谣的号排到了自己的对面,所以又是首抢妖姬。童谣的胃部一阵抽搐,酸水狂往上冒,那天的噩梦仿佛又要再次来袭……

轮到陆岳选人。

童谣有些紧张:"拿个时间猎人,或者月亮女神也行,前期稳妥发育,后期等着打团……"

陆岳:"都不会。"

童谣:"九尾狐?"

陆岳:"不会。"

童谣:"深渊卡萨?"

陆岳:"……"

童谣:"啥啥都不会,打什么职业?回家养猪!你都会啥?"

陆岳锁了个皇帝。

童谣:"不管这局赢不赢,反正我是个智障的形象大概已经在那个韩国人的眼中根深蒂固了。"

"早晚要被踩在脚下成为手下败将的人,"陆岳淡淡道,"你那么在乎他的想法做什么?闲的啊?"

此时游戏开始了,童谣闭上嘴不敢再跟陆岳搭话让他分心,而陆岳打游戏的时候也是很专注的模样——至少对皇帝这个英雄,他似乎用起来比童谣得心应手得多,前期好好补兵根本不着急与阿太换血,只是专心地与对方拉开距离吃小兵经验和经济,到了第三分钟时,他的漏兵数是0。

用皇帝和妖姬对线,能做到这一点绝对是非常非常不容易的事情。

童谣用皇帝哪怕是开单人训练模式,在没有敌方骚扰的情况下有时候自己补兵也会漏一两个——这还是前段时间一阵猛练后的成果,而眼前这人面对阿太丝毫不虚,作为一个Carry位,至少基本功方面他绝对是国际一线选手水准。

而他打起游戏时的稳如泰山,和他浮夸的性格大相径庭——

皇帝这个守塔能力极强的英雄在陆岳的手中真的发挥到了极致,虽然他们队伍前期上下二路都被对面的打野抓到过几次,人头数上落后了,但是因为有陆岳在,中路的一塔成了对方的眼中钉——直到接近第三十分钟,这个塔还是坚强地耸立在那儿,对方迟迟推不下来,不能入侵野区资源,拿不了小龙,前期打野在线上GANK创建的优势也在渐渐丢失。

到了第三十五分钟左右,游戏进入中后期,妖姬这个英雄因为前期发育一般,也逐渐进入了疲软状态。此时开团,拥有一个发育还不错的皇帝的本方阵容显然更为优秀,几次团战大大小小的胜利帮助他们从劣势到均势,从均势到优势,最终走向翻盘,胜利。

这大概是皇帝对线妖姬的劣势局教科书:保证自己不死,死守中路一塔,将对方中单也锁死在中路,让其他两路队友疯狂发育,后期打团时站出来Carry队友走向胜利。

看着敌方大水晶一点点被戳爆,童谣一声不吭,陆岳也是沉默到最后一秒大水晶爆裂,这才淡淡道:"皇帝这英雄还是可以打妖姬的,只是不适合你——每个人都有适合自己与不适合自己的英雄,你拿防御性的英雄去打换血,拼人命,那就是中了对方的套了。"

童谣站了起来,想了想,撩了下头发:"你是有两把刷子。"

"以前我也给明神当替补啊,"陆岳微微眯起眼笑,"需要防御型中单的时候就换我上,所以上个赛季成绩很好……"

"有什么用啊?"

旁边突然出声的小胖打断了陆岳的话。

众人微微一愣,抬起头看向这个总是显得特别乐观的胖子,而眼下的小胖脸上的表情绝对称不上是"乐观",童谣入队以来头一次看到他这样。

小胖推开自己的键盘站了起来,瞥了陆岳一眼:"常规赛赛季再好有什么用?全年积分第一保送S系全球总决赛又有什么用?你还有脸提明神?也不想想是因为谁才把他搞得今年不得不因伤病退役?"

一室沉默。

"我还是坚持我的看法,"小胖转向战队经理,说道,"他要做替补,可以,那是俱乐部的自由,但是我个人不接受这样的队友。"

说完,他转身头也不回地上楼,狠狠摔上自己房间的门。在那门都快被震碎得掉下来的震撼中,陆思诚站起来,拍拍陆岳的肩膀,丢下一句"我去看看怎么回事",随后便上了楼。

下路二人组前后离开,面对小胖的发言,老猫和老K显得有些尴尬。老猫嘟囔了一句:"都过去那么久了,还提它干吗?明神自己也没有说什么啊。"

而陆岳从头到尾都保持沉默,闻言,抬起头看了老猫一眼:"别说了,是我的错。"

童谣一头雾水,完全不知道究竟发生了什么,不懂小胖为什么发这么大的火,也不懂小胖为什么比她更加抗拒陆岳这个人,而且更加不明白这个时候为什么又突然提起了去年全球总决赛出战名额的问题。

去年总决赛,ZGDX战队是没在出征名单上的。

之前童谣理所当然地以为他们只是没拿到门票而已,而眼下,她突然想起之前小瑞好像提到过什么"因为一些原因没有参加总

第三十章

决赛"——难道不是因为没有拿到门票,而是在拿到了门票的情况下因为一些事没去成?

童谣隐约记起小胖貌似说过什么"他是被赶走的""没人想要跟他当队友"这样的话,难道这个所谓的"因为一些事"是跟陆岳有关系?甚至还牵扯到了明神?

童谣被自己的脑洞绕得有点晕,眼下大家略有不欢而散的趋势,她也不敢多问,只好从战队经理怀中把自己的猫抱回来,然后灰溜溜地滚回了房间。

回到房间后,童谣睡不着,躺在床上胡思乱想了一下,干脆抓起手机到处搜索去年ZGDX战队退赛的消息。这才发现原来在她没有关注《英雄王座》职业赛事的那一年,发生了很多戏剧性的事情——去年夏天,ZGDX战队夺得了夏季赛冠军。根据蓝脑公司的规矩,每个赛区的夏季赛冠军是保送S系全球总决赛的。

当时大家都对ZGDX战队怀揣着夺冠的希望。

然而没想到的是,正当所有人以为ZGDX战队正在进行封闭式训练准备征战S5时,ZGDX战队官方公布了一个惊人的消息:ZGDX战队退出S系总决赛。

原因没说。

当时网上骂声一片,众说纷纭。有的人说是运营商撤资,ZGDX战队面临解散;有的人说是战队成员内部出了问题,根本打不了比赛;还有的人说他们就是顶不住压力,怂了……总之说法很多,最终却都没有得到一个准确的答案。

童谣在网上搜了一圈,原本就云里雾里的脑袋更加成了一团糨糊。

临睡之前,她收到了一条小胖发来的短信——

小胖:"不会让那个人来打替补的,明神的事我永远不会原谅他,走着瞧。"

童谣回了他几个问号,对方却没有回复了。童谣等了又等,最后抱着手机睡着了。

第二天,童谣是被手机吵醒的。迷迷糊糊从被窝里钻出来,眼睛都没睁开便将电话贴到耳边,她喂了一声,对面传来好友今阳的咆哮:"你还在睡!我的天!你队出大节奏了朋友!"

"啥?"童谣揉揉眼,"啥啥?"

"自己去贴吧看!"

今阳那边说完就挂了电话。

童谣莫名其妙,打开某电竞知名贴吧,只见首页满满都是"ZGDX"四个字母刷屏,叹息的、骂的、无语的,什么都有。她莫名其妙地刷了刷,结果一个刷新,便刷到了一座回复量已经快两三万的摩天高楼——

主题:"ZGDX战队去年退出S5总决赛的真正原因。"

主题帖是一个视频。

童谣打了个哈欠,以为又是什么人来炒作,漫不经心地点开了视频——视频很暗,看上去是一个监控录像拍摄的,拍摄的环境是一个KTV,原本里面坐着一堆年轻人,他们身上穿着印着"JK"的队服。

第三十章

童谣想了想,好像是某个俱乐部的二队叫这个名字,只是今年他们已经从职业联赛掉到次级职业联赛去了。

视频刚开始,这些人在喝酒聊天,笑成一团,一片和谐的样子,没过一会儿,KTV包厢的门被人从外面推开了,走进来两个人。

童谣"噌"的一下从床上爬起来,抱着手机瞪大了眼——

走进来的人是陆岳和明神,陆岳走在前面,手里拎着个酒瓶,进门二话不说,一酒瓶子就敲在坐在门口最近的那个队员脑门上了。JK战队的人一看自己人被搞了,这还得了,一个个也跟着站了起来,场面立刻变得一片混乱。

刚开始是陆岳一个打七八个,最后变成那七八个打陆岳一个。

酒瓶碎片、玻璃杯碎片一地,茶几都被这群血气方刚说干就干的少年砸成两半——讲实话,那些黑道题材的港片也就这样了——童谣捧着手机看得心惊肉跳,心里正琢磨着"这要是谁没站稳摔下去还得了",结果还没来得及细想,一个没站稳的倒霉蛋就出现了。

那就是伸手想要去劝架的明神。

明神从一开始就没加入战局,他看见陆岳打人时想要拽着他不让他上,看见陆岳被打时就想拽着他跑路,但是JK战队最先被揍的那人一脑袋的血哗哗的,人家才不让你走——于是在明神去劝架的时候,其中一个人看也不看地推了他一把,明神一个没站稳,整个人倒进了从中间碎成两半的玻璃碴儿里!

他右手下意识地撑地,整个手掌都撑进玻璃碎片中,锋利的茶几边缘更是在他手臂上划出一道长长的口子……

手机里的画面还在播放。

上一秒还好好的明神下一秒就倒在血泊里,原本被人围殴的陆岳愣了片刻之后一个鲤鱼打挺,跳起来踹飞了围在他身边的人,抓着明神就将他拖起来,只是此时他俩都像从血浆缸里捞出来的一样。

童谣手抖了抖,手机掉在床上,她抬起头茫然地看了看门外,从来不知道打职业还能打得头破血流。

第三十一章

童谣看了看,底下两万多个评论,说什么的都有。

有愤怒的怒火直接朝着陆岳就去的——

"这什么意思啊?我还以为明神的手伤是职业病,官方说法也含糊其词的,结果现在你们告诉我是因为打架……"

"一大波明神粉丝正在赶来的路上,看来ZGDX战队基地要被他们碾碎了。"

"我不接受陆岳再加入ZGDX战队。"

"陆岳这人看着一直邪性,呵呵,你们老说他长得和陆思诚像,这视频开始时他露半张脸我就知道是他不是陆思诚,我还不是陆思诚的粉。"

"上个赛季官方公布的是陆岳因为打架斗殴禁赛一个赛季,具体原因都没说……打架斗殴,原来是因为这事?"

"听说陆家有钱,势力也大,估计被压下来了当时。"

有稍微没那么愤怒,冷静下来后先质疑楼主的——

"等等,楼主放个视频就跑是什么意思?前因后果呢?陆岳吃饱了撑着没事干,踹了降级队的门把他们的人给砸了?理由是什么呢?"

"楼上说得对,ZGDX战队的粉丝还是先别急着被带节奏,自己窝里斗,我现在更想知道理由……"

"我记得JK战队去年降级以后老板都换了,原本是个打得不错的富二代自己组建的战队,挂了个名字在CK战队名下而已?所以这事牵扯的人还真都是些不得了的人啊!当时被掩藏得那么好,各个媒体、贴吧居然一点风声都没听见,连个说话透风的都没有。"

还有重点完完全全放在明神身上的——

"我们余明的手腕啊,天啊,上着课都直接哭出来了……这傻子为什么要凑上去拦啊!"

"我快心疼死了,这血看得我整个人都不好了。"

"希望现在明神没事了,在我们没看见的地方他受了多少苦难,光是想到这个我就没办法接受。"

童谣看到后面,有感慨的也有瞎骂的,评论大同小异,追着楼主要个真相的几乎要被这些评论掩盖。

整楼最意想不到的评论莫过于有个人脑洞大开地说这视频是smiling放的,别看这女人平日里傻白甜,背地里鬼心眼多着呢,说不定就是怕陆岳抢了她的夏季赛首发位置,才眼巴巴凑上来发了这个视频。

这么严肃的事情,非要有人来搞笑。

第三十一章

童谣用自己的贴吧马甲回了他"大兄弟说得好,简直最毒妇人心",而后暂时退出贴吧,去看她几乎快要爆炸的微信——跑来微信私聊问童谣到底咋回事的人也不在少数,童谣挨个回"我知道个屁",回到后面都烦了,干脆把这句话一个个复制粘贴过去。

加上回复时不时跑来八卦的人,童谣跪在床上低着头看了大半个小时才把帖子看完。这个时候,房间门被人随便敲了敲就从外面推开了,他们亲爱的队长大人站在推开的门缝后面:"起床,开会。"

声音可谓是冰冻三尺。

童谣乖乖放下手机,爬下床就想跟着他下楼,结果手刚放在门把手上想拉开门跟出去,一只大手就从门后伸出来摁在她脑门上,将她往房里推:"洗脸,穿外套。"

童谣愣了一下,这才想起自己刚爬起来就被这惊天动地的新闻支配得瑟瑟发抖,脸都没洗,头也没梳,邋里邋遢的,身上还穿着睡裙。她老脸一红,拍开脑袋上的大手缩了回去,小声嘟囔道:"知道了。"

说着"咔嚓"一声关上门。

童谣转身去浴室的时候,隐约听见隔壁传来陆思诚挨个敲门的声音;她打开水龙头用杯子接水挤牙膏时,隔壁响起了有人走动的声音。童谣发现房间隔音是不好,所以她关上了水龙头,于是便听见陆思诚低沉的嗓音响起,他在问某个人:"你们当时到底是怎么回事?"

隔壁沉默了。

少女叼着牙刷、瞪着眼、撅着屁股、翘着一条腿，几乎要把自己整个人都贴到浴室瓷砖上，她这才隐隐约约听见另外一个人回答："阿岳不让说，我要说了他又跟我发脾气……你要问就自己去，反正也只有你管得了他。"

趴在瓷砖上的人愣了愣，没想到说出这话的人居然是明神——没有想象中被提起不好的往事的愤怒，没有不满，也没有当年的真相被公告天下的大快人心，他的声音听上去特别平静，甚至带着一点无奈。

童谣将脑袋从浴室墙壁上挪开，像是盯着什么怪物似的盯着瓷砖上的一道裂缝瞪了许久，她突然觉得这件事搞不好并不是他们想象中那么简单，所谓当年的真相，大概连那个发视频出来的楼主自己都不知道。

片刻之后，她恍惚回神，将叼在嘴里的牙刷扯出来，飞快地刷牙洗脸，然后抓起衬衫披上便匆匆忙忙下了楼。

这个时候基本上所有的人都在基地一层了。

所有的人的概念是"大家能想到的所有人"。除了战队的正式队员、战队经理等平时能看见的那些人，还包括一些童谣没见过的其他部门的工作人员。其中还有个妹子，她抬起头冲着童谣笑了笑，然后自我介绍说自己负责官博，也就是专门管官方微博，发布信息、回复信息。

"官方微博都快被人挤爆了，"她小心翼翼地看了陆思诚一眼，然后小声说，"都在讨个说法，现在应该怎么办啊？这个肯定不是装死不回复就能过去的……"

第三十一章

话音刚落，原本缩在沙发角落"咔咔"啃旺旺雪饼的陆岳停下动作，抬起眼瞥了明神一眼，明神垂着眼没说话，陆岳"啧"了一声，想要拿起手机去看那些人说了什么，结果刚抬起手便被那个说话的妹子抬手摁住了手机："陆岳，你还是别看了，没几句好话。"

陆岳黑着脸放下手机。

陆思诚抬起脚踹了他一下："后悔吗？当年就跟你说了职业选手也是半个公众人物，言行举止和在学校不一样，让你收敛着点，别害了别人又害了自己。"

陆岳叼着零食，面无表情地抬起双手捂住自己的耳朵。

陆思诚又踹了他一脚。

战队经理小瑞从头到尾都是黑着脸："首先，这事肯定是冲着陆岳来的，他这刚禁赛结束回到俱乐部，就有人把视频放出来，明显是利用媒体舆论不想让他回来……"小瑞停顿了一下又继续道，"这个视频只有我们内部的人有。我说句老实话，当时为什么消息被封闭得那么好？因为看过这视频、接触过这视频的人加上KTV的工作人员还有警方，绝对不超过二十个，KTV的保安和警方都是三四十岁的中年人，在他们看来，这事跟什么电竞扯不上关系，就是一群年轻人在打架斗殴，而剩下的就是我们俱乐部的人和JK战队那些人——JK战队的人肯定是不敢公布这个视频的，因为以舆论压制力来说，公布这个视频对他们一点好处都没有，当时要把事压下来，是大家商量的结果，他们甚至表现得比我们更加积极。"

童谣:"为啥?不是陆岳先打人的吗?"

陆思诚:"但是他们还手了。"

童谣:"正当防卫?"

陆思诚:"正当防卫不是这么用的,视频看了吗?这些人刚开始想要制伏陆岳,将他摁倒,抢夺他手里的凶器,这叫正当防卫;后来反手把他揍了一顿,这叫聚众斗殴——"陆思诚瞥了陆岳一眼,"在我看来,也叫活该。"

陆岳无所谓地扯了扯嘴角,撇开头。

小瑞打了个手势让陆思诚先别说话,淡淡道:"所以这件事是我们自己人做的,是谁我不知道,我希望你自己站出来,然后我们自家人说自家话,好好把这件事解决了——现在外面风言风语,每个人都是站在风口浪尖,我们内部如果还不够团结,那就肯定要出大事。"

小瑞话音刚落,小胖就摸了摸肚子,而后面无表情地说道:"视频是我发的。"

所有人都沉默了。

童谣默默地扶了扶自己的下巴,没想到小胖承认得这么爽快,也没想到这视频还真是他发的。

"为什么打架?为什么拖累明神?为什么拖累队伍?"小胖皱着眉,第一次露出那种算得上是轻蔑的眼神,"一酒瓶子敲下去很帅是吧?呵呵,想当年你胖爷暴脾气,在中学校门口一个打十个的时候也这么帅,但是后来我就不这样了。为什么?因为我知道我是个职业选手,我背后有我的队友,有我的老板,有俱乐部,还有整个电竞圈……"

小胖长吁一口气："往小了说，因为你这一下，明神的职业生涯变得可以看见尽头，去不了S系全球总决赛，整个队伍一年的努力都白费了；往大了说，现在的社会怎么看待电竞行业？不务正业，只知道打游戏有什么出息——这种话我年年听，听烦了也还是抬不起头来，你跟一百个人解释，我们不是这样的，然后一转头，就有猪队友用行动向一万、十万个人证明，你们说得没错，我们就是你们说的那样的一群废物。"

小胖站起来："我知道一本正经说这些很无聊，但是我就是这么想的——我很烦，自己在做的并不是什么见不得人的事，但是却始终抬不起头来，这是为什么？"

小胖说完，一时间没人说话。

陆岳看着小胖，也没生气，脸上看不出什么情绪。

陆思诚轻描淡写地扔下一句："太冲动。"

小瑞则声声叹息："你们这些小孩啊……"

明神皱起眉叫了陆岳一声，陆岳抬起头看了他一眼。

明神停顿了一下，终于像是下定决心似的不再去看陆岳，而是看向小胖，突然开口道："小胖你搞错了，这事其实还有其他内情，阿岳当年怕影响你们不让说——"

原本缩在角落里的陆岳从沙发上站了起来："余明。"

陆思诚抬脚踹了他膝盖一下，他"嗷"了一声，膝盖一软摔回沙发里。陆思诚警告似的看了陆岳一眼，而后转头对明神道："我就知道没那么简单。你把话说清楚，当年到底是怎么回事？"

事情还得从去年夏季赛刚结束的时候说起。

ZGDX战队夺得夏季赛冠军，保送S5全球总决赛，本来是一件皆大欢喜的事情，打完比赛开庆功宴自然是要的，庆功宴完了以后，一群人就闲不住地跑到KTV去唱歌。

因为第二天放假，所以大家喝了一些酒，中间陆岳喝高了，大家就让一滴酒没碰的余明拖着他去厕所洗把脸清醒一下。结果回来的路上，居然碰到了JK战队的人——这个战队以前是挂名在CK战队名下的二队，后来从次级职业联赛打上职业联赛，因为官方规定一个俱乐部在职业联赛行列中不能同时拥有两个战队，所以JK战队的名额就卖了，富二代A花了大价钱买的，为的是自己上场比赛。

A自己做了JK战队的队长，虽然他打得不错，但是真的不到职业水平，所以哪怕是有别的四个队友带着，还是在职业联赛里死亡轰炸。最终他们以小组最后的成绩，和另外一组同样垫底的队伍打保级赛，输的队伍直接掉级滚回次级联赛，然后这个JK战队果不其然就输了。

但他们痛恨的不是最后跟他们打保级赛且战胜他们的那支队伍，而是当时已经确保以小组第一的优势进入季后赛的ZGDX战队却死活不肯抬手让他们赢一场。

"如果不是ZGDX战队，我们也不至于输一场就降级！小组倒数第二之间的斗争，输的好歹还能和次级联赛第二名争夺出线保级权！"

"我是觉得我们打不过职业联赛队伍，打次级联赛那些垃圾还是绰绰有余的。"

"我刚才看见ZGDX战队那些人了,好像是庆祝冠军的庆功宴,也来这家KTV啦。"

"现在ZGDX战队那群人保送S5,整天趾高气扬的,我看着就想吐。我们掉级他们有什么好处啊?抬一手怎么了?A哥花了那么多钱买的名额,才打了一个赛季就掉下去了,这钱都砸水花里了啊……"

包厢里面的人声音很大,几乎盖掉了隔壁包厢唱歌的声音,原本被明神架着摇摇晃晃的陆岳闻言,笑了笑突然就站在那门口不走了——

里面的人毫不知情,还在继续,之前一直没说话的人,也就是JK战队队员嘴里的A哥,估计也是喝高了,听到这儿嘿嘿笑了两声,阴阳怪气地说了句:"想去S5?想得美,我们掉级的滋味也该让他们尝尝才行啊……"

说着,包厢里安静下来,在唱歌的人也关了音乐。

在JK战队队员的目光注视下,只见那个A哥掏出手机,拨了个电话,"喂"了一声,然后用笑得特别开心的语气说:"一会儿你找点人来凯撒KTV外头给我蹲几个人。嗯,那些人出来我告诉你……不用怎么着,就把他们的手给我废了啊!哈哈,对对对,是打职业的,叫他们还继续打职业,拿脚打……哦对了,中间有两个长得挺像的小孩别碰,陆家的人,碰了怪麻烦的,其他的人就别担心了,该怎么样怎么样……赔钱坐牢啊?我给钱,你们快点过来,我怕他们跑了。"

包厢里的声音清清楚楚，隔着门传到走廊里。

站在门外的明神听了，心中暗道不好，正想赶快回包厢叫还不知情的队友们在那些人来之前先撤，顺便拿出手机想要报警，结果低头一看，原本还软趴趴挂在他身上的人突然眼神都不对了，站起来转身推开隔壁KTV的包厢，在一堆陌生人莫名的目光注视下，拎起酒瓶就一脚踹开了JK战队那些人的包厢门！

谁都没反应过来发生了什么，陆岳的酒瓶子已经砸到那个A哥的脑袋上了——从头到尾陆岳就进包厢的时候说了一句话："你不是很牛？有本事来弄我，坐牢赔钱？我也有钱。"

之后就是视频录下的那一段，打架，推人，直到明神受伤，众人停下，报警叫救护车，警察来了以后把受伤不严重的人拉走，陆岳、余明还有那个脑袋被开瓢儿的A哥被救护车先拉去医院，然后是司法验伤。

A哥虽然头破血流，伤口却意外地被定了个轻微伤，不构成刑事责任。陆岳被关了几天，接受教育，然后赔钱。只是这事捅出去，被蓝脑公司在中国大陆地区的分公司知道了，参与的人除了明神，全部都不同程度禁赛，陆岳禁赛一个赛季，时间最久。

明神进了医院，虽然是手腕受伤，但是医生也没给他的手下死亡判决书，就是说观察治疗。

这个时候，明神还不一定就赶不上S5了。

陆岳从警察局出来以后跑到医院，在余明的病床前守了一宿，除了跟余明道歉，同时跟余明说好了这件事的起因、经过谁也不要往外面说，因为害怕这种破事影响队伍征战S5，大家努力了一年，不能因为这种事影响了队伍的成绩。刚开始余明不同意，但是最后陆岳还是说服了他——

陆岳说："我都禁赛了，你也受伤了，为的是什么？要是被队伍的其他人知道打个职业还要被这种事困扰，我这件事就做得不值得。"

陆岳一句话说服了明神。

只是后来明神的手在S5递交名单之前还是没好，所以在一名中单禁赛、一名中单受伤的情况下，ZGDX战队最后不得不宣布放弃出席他们梦寐以求的全球总决赛。

在那之后，余明一直想告诉大家这事并不是陆岳主动找碴儿，但是陆岳不让他说，然后陆岳就暂时退队了，消失了整整半年，谁也没联系，过年都没回家，直至今日。

余明不急不缓地将当年的来龙去脉一一道来，说到最后大家沉默得连呼吸的声音都快听不见了。虽然陆岳还是能挑出个冲动的毛病，但是仔细想想，当时他也就十七八岁，年轻人血气方刚，容易做出点冲动的事，而且从一开始陆岳也是单枪匹马地上，他拎着啤酒瓶进包厢前还有一个把明神往外推的动作，他从一开始就没想着拉着明神一块上。

明神受伤真的是个谁都不愿意看见的意外。

眼下，当明神把故事说完，小胖脸上的感情有些复杂，他拿出手机当着众人的面把他发的帖子删了，然后转身上楼，关上了房门。

外宣部和公关部的负责人外加小瑞凑一堆儿开会去了,大家商量着怎么把这事的真相公布出去,不说完全把风向扭转过来,至少要让人们知道当年可不是他们ZGDX战队的人犯错在先。

陆思诚坐在沙发上抱臂看着他弟:"逗英雄。"

陆岳低下头,"咔嚓咔嚓"地啃旺旺雪饼,皱着眉瞥了一眼明神,嘟囔道:"都让你别废话。"

明神笑了笑,摸摸他的脑袋:"你都委屈这么久了,不能再让你继续委屈。"

陆岳满脸不耐烦地推开他的手。

与此同时,童谣感觉到刚才下楼时笼罩在基地上方的低气压消失了。

下午,在大家都忙着商量怎么处理这事的时候,陆思诚这个人居然跑去开直播了——这种时候,与其说是开直播,不如说是在召开记者发布会,他的直播间都快被挤爆了,每一个人都在问今天早上的那个视频到底咋回事。

陆思诚还是打他的游戏,只是今天破天荒地开了弹幕助手,一边打游戏,一边像是皇帝翻牌子似的,随便挑了几个问题进行回答——

"陆岳先动的手是没错,因为当时对方叫的人的面包车都已经在停车场了。"

"明神手受伤是意外,没错,跟这个肯定有关系……他的手以前也有旧伤,肌腱撕裂什么的,很正常,打Carry位要补兵这样很正常，战队里一直有理疗师的。"

"视频谁发的？无可奉告，好奇心太重了你，你这样的在电视剧里最多活半集。"

"视频是smiling发的因为害怕同行竞争？"陆思诚手一抖，补兵直接漏了个炮车，顺手将摄像头一转，"你自己问她吧。"

摄像头中，旁边"咔嚓咔嚓"吃薯片看美剧的人愣了愣，咬着薯片鼓着腮帮子转过头来，口齿不清地问："什么鬼？"

"有人说视频是你发的。"男人平静的声音从画面外传来。

吃个薯片也躺枪的人瞬间瞪大了眼，捞起袖子从椅子上站了起来："去年这时候我在国外读书好吧！去哪儿弄这么内部的视频？当我FBI啊！"

男人："薯片渣子喷出来了。"

少女慌慌张张抬起手捂住嘴的同时，摄像头被一只大手遮住转了回来，大手挪开后依然还是ZGDX战队队长那张面瘫的脸："听见了？"

弹幕上除了刚开始的各方面提问，还多了一些"哈哈哈哈哈哈哈""站在椅子上萌炸了"，还有人重点抓得不怎么对，在问——

"我是不是看见了smiling的睡衣！"

"啊啊啊！少女的睡裙！白色的！"

"队长，你家中单穿的啥？是睡衣吗？"

"再让我看一眼我女神！"

对于这些弹幕，没人知道陆思诚看见了没有，人们只知道大概三十秒后，众人屏幕一黑，屏幕显示"主播不在家"——

男人一言不合关了直播。

直播间的众人傻眼了,五分钟后,他们刷新微博,看见那个万年不发一条动态的微博突然更新了,就三个字:"网炸了。"

至于是不是真的——

"下午基地网炸过?"

晚饭桌上,蹲在电脑前看了一下午美剧的人抓着手机一脸茫然地问。

"炸过。"

"我怎么不知道?"

"视频有缓存。"

"哦。"童谣点点头,放下手机,"诚哥,你微博为什么不关注我啊?"

"关注过。"

"没有啊!"童谣举起手机给陆思诚看左下角的单箭头,"你看,没有,不会是系统抽了吧?"

"又取关了。"

"为什么?"

"你微博刷屏,一刷全是你,看着烦。"

童谣放下手机,扒了两口饭,想了想扔了筷子,气不过地说:"女人就是喜欢什么事都发微博的!你懂什么!"

陆思诚:"不懂,所以取关,有问题?"

第三十二章

陆思诚开的"记者发布会"引发了一阵轩然大波,刚开始一边倒骂陆岳的声音之中,那些质疑有内情的声音终于不再被淹没,人们从开始的愤怒中冷静下来,很快开始正常思考起这件事的来龙去脉——陆思诚下午直播时的回应被很多粉丝和路人制作成小视频发布到各大媒体平台,人们针对他的话做起了高中语文阅读理解,有的人甚至在他随便的一个"了"字里读出了他对当前电竞环境的不满,是对社会对电竞的偏见思想发出的呼吁与呐喊。

童谣嘲笑陆思诚开个直播就变成了"电竞鲁迅"。

但是她并没有能幸灾乐祸太久,因为她蹲在椅子上刷贴吧的时候很快发现但凡还有人质疑"是smiling把陆岳打架的视频发出来的",下面就会很快有人回复:"我在等一张图。"

再往下拉,就能看见童谣站在椅子上撸袖子喷薯片的GIF动图,旁边还有配字:当我FBI啊!

童谣看着自己的表情包,再也没有力气去嘲笑陆思诚了。

晚上睡觉之前，小瑞他们那边终于拟好了官方声明文案并发出，所有人在小瑞的要求下乖乖上微博转发以正视听。

真相大白之后，因为队员们亲自转发，战队粉丝聚集起来，外面舆论的声音也逐渐往一边倒，人们开始质疑JK战队，质疑某些富二代搅乱当前电竞圈环境——虽然还是有人提出陆岳明明还有更好的方式去解决问题，如报警，但是这种情况下就有人跳出来帮忙说话："哪个男人年轻的时候没跟人干过架？更何况，JK战队先撩者贱。"

到童谣洗了澡爬上床睡觉前，这件事的讨论热度还在，但是下午那样疯狂谩骂的情况已经不在了，人们跑到CK战队的官方微博下群起而攻之，CK战队的官博一脸茫然地跳出来说明："JK战队早八百年前就卖了，跟我们没半毛钱关系。"

也是撇得干干净净。

至此，这件事算是在闹得更大之前，终于落下帷幕。

缩在被子里的童谣一边刷贴吧看着人们的评论，一边感慨她长这么大，从未像今日这样成为腥风血雨中心的一部分，那些被八卦着的人都是她身边活生生的人啊，这种成为电竞圈里一部分的感觉真微妙。

少女打了个哈欠，当她的大肥猫在她身上踩第三个来回时，她放下了手机，撩起被窝让大饼钻进来，然后闭上眼，很快进入了梦乡。

第二天中午，破天荒的，小胖早早就起来了，更破天荒的，

第三十二章

小胖亲自下厨给大家做了顿饭——没什么技术含量的咖喱鸡肉牛肉土豆混合餐。

作为一个胖子,因为昨天带了队内一波大节奏,小胖唯一能想到的补偿就是给大家做一顿好吃的——童谣是这么猜的——虽然她觉得小胖因为冲动做事被扣了三个月工资加奖金,这样其实已经算挺惨了,这意味着接下来几个月他可能都要依靠队里队友点外卖时捐赠他一份过日子。

"我义务捐赠十五天份的黄焖鸡米饭。"童谣说。

"没关系,"站在厨房前,围着围裙拆咖喱材料的小胖头也不回地道,"我应得的。"

童谣踮起脚万分感慨地摸了摸小胖毛茸茸的头。

虽然同情归同情,但这不妨碍早起时饿得上蹿下跳的童谣跟着小胖像是个小尾巴似的,小胖走到哪儿她跟到哪儿,平均三分钟问一次"要不要我帮你切肉""要不要我帮你削土豆""要不要我帮你刷锅"——最后小胖忍无可忍地将她赶出厨房。大约是一个小时后,童谣饿得瘫倒在餐桌边,其他的"睡美男"才陆陆续续下楼。

当所有人下楼在桌边坐稳时,小胖从厨房把分好的一碗碗咖喱饭端出来。

端到陆岳面前时,两人对视一眼,坐在陆岳旁边的童谣感觉空气尴尬得能拧出水来——小胖放下碗落荒而逃,陆岳没说什么,转身进厨房拿了个勺子,面无表情地开始吃。

童谣吸吸鼻子举起木勺开始挖饭,肉类有限,所以大家吃起来都是格外珍惜地一口土豆一口咖喱一口饭一口肉,老猫吃了两口还抱怨:"小胖你被扣工资也不用肉都舍不得多买一斤吧?"

"是啊,我刚看你切肉也切了挺多的啊……"童谣随声附和。

"不吃就给我。"忙到最后才坐下来的小胖理直气壮道。

童谣同情地看了眼老猫,低头继续挖自己那份咖喱饭,不敢再抗议,结果挖着挖着,余光瞥见好像哪里不对。在众人苦哈哈地珍惜自己那几口可怜的肉时,唯独坐在她旁边的这位好像每一勺不是牛肉就是鸡肉,她观察了半天,终于还是放下勺子,用纸巾擦了擦嘴,叫了声陆岳。

童谣直接用两根手指捏着他那花盆一样大的碗到自己面前,陆岳挑起眉:"你干吗?"

童谣抢过他的勺子,将铺得严严实实的米饭扒拉开,看着底下铺着厚厚的一层各种肉,童谣用桌边所有人都能听见的声音道:"不是吧小胖!给偏爱的小孩在碗底藏加料这种事我还以为在我妈那个年代就不流行了!"

明神放下勺子擦擦嘴,心领神会地笑着,用老年人的语气叹息道:"你们这群小孩……"

小胖一张脸憋得通红,瞪了童谣一眼,捧起自己的碗落荒而逃,回到自己的房间甩上门。

陆岳还是面瘫着脸目送小胖狼狈逃离。几秒后,小胖又把门打开了,火烧屁股一般来到楼梯口,对着餐桌的方向深深弯腰鞠躬:"陆岳,我错了,不搞清楚情况就带了你一波节奏,对不起!"

没等陆岳反应过来,他又像是怕被拒绝似的匆忙转身回房,

第三十二章

逃避一般地重新关上门!

小胖的道歉来得猝不及防,桌边陷入短暂的沉默。

直到十几秒后,陆思诚说了句:"这房门早晚被他甩掉下来。"

扫视了一圈定格在桌边的众人后,队长大人又发话了:"看什么看?吃饭。"

众人这才乖乖低下头扒饭。陆岳横了童谣一眼,然后将自己的花盆碗和勺子抢了回来。小瑞笑眯眯地说:"咦,这下好了,既然连小胖都没意见了,那么陆岳归队的事大家都没有意见了,对吧?陆岳,等下我让人送份新的合同过来给你看看,正好明天要递交新赛季名单,后天安排夏季赛定妆照,现在安排什么都还来得及……"

在小瑞喋喋不休的安排中,童谣一脸问号地抬起头:"怎么这事就定下来了?怎么就大家都没有意见了?怎么小胖就成唯一有意见的那个人了?我呢?我呢?我呢?我有意见!"

小瑞:"新人都是要有替补的。"

童谣:"我没打过职业,你别骗我。"

小瑞:"真的。"

小瑞:"你看诚哥刚打职业时甚至还是别人的替补,结果一年以后,他就把教皇按在替补席上瑟瑟发抖……"

童谣持续一脸问号:"你这到底是在说服我还是在干吗?"

小瑞:"就想告诉你是金子总会发光的。你看看教皇和诚哥,一样受人尊重,一人统治一个赛区,所有的AD在他们的魔爪下都瑟瑟发抖,《英雄王座》历史上最强的光与影。"

童谣抬起眼皮看了眼陆思诚，陆思诚对此说法抱有的态度果然是嗤之以鼻。再看看身边的陆岳，这时候他正捏着勺子，以一种探索者的目光上下打量了一圈童谣，然后扔了勺子，一脸大写的冷漠外加桀骜不驯："被韩国人打败一次就酗酒买醉，满地赖地打滚的'光'？我才不要。"

童谣："你说什么？你再说一遍，你好好说话。"

陆岳扭开了头。

童谣在板凳底下绷直了腿踢了踢低头安静吃饭的队长："他不说你说！"

被连踢几下膝盖的陆思诚终于不能再继续装死，不得不抬起头，扫了眼坐在自己对面忙着针锋相对的两个幼儿园大班生，面无表情地问道："说什么？"

童谣张大鼻孔，愤怒道："本宝宝要被你弟骑头上来了！"

陆思诚"哦"了一声，冲着陆岳扬扬下巴："先来后到，谁叫你那么晚才归队……而且人家的英雄池比你深不知道多少，你老实点。"

"听见没？"童谣用手肘捅捅旁边的人，"听见没！先来后到！我的英雄池深！英雄勺（指一个人会的英雄少，不能构成所谓的'池'）！"

陆岳被捅痛了，扔了勺子不高兴地看着陆思诚："你干吗帮她说话？"

陆思诚停顿了一下，当桌子上所有人都用"对啊，你干吗帮她说话"的眼神看向他时，队长大人终于还是用他习惯的那种四平八稳的语气说道:"我高兴,你管不着。"

陆岳露出不高兴的表情。

陆思诚看向童谣:"你也别嚷嚷,没打过正式比赛,以防万一备个替补很正常。一切以夏季赛成绩为主,想要坐稳首发,自己用实力去争取。"

童谣鼓起腮帮子。

小瑞放下碗,鼓掌道:"好,本战队经理见过最一碗水端平的一碗水端平。"

什么就一碗水端平了?

第三十三章

夏季赛定妆照拍摄前一天,童谣拿到了他们每个人的队服,同样的队服和裤子都备了几件供他们夏天换洗。看着背后"smiling"的蓝色端正ID字样,童谣捧着队服幸福得根本不肯撒手。其他老司机拿到队服的第一件事就是抖开其中一件翻看细节和大小是否合适,陆岳打开自己的看了一眼,评价道:"怎么看都觉得这个好像高中时的校服。"

"高中校服哪有这个好看!"

"当初嚷嚷着红黑搭配比较好看的不也是你吗?女人真的是善变。"

"这叫既来之,则安之,你懂什么?"

童谣哼了一声,白了他一眼,终于忍不住将自己的队服从塑料袋里拆出来,抖开看了看。这时候,小胖拎着自己的队服过来比了比,啧啧道:"不是说什么自己胖得见不得人吗?我信了你的邪,衣服还不到我的一半那么大……"

和童谣拎在手里的那块布相比，小胖的队服确实大得像一块桌布。

老猫嗤笑："女人说自己胖的话能信吗？"

童谣挠挠头，不知道在得意啥地嘿嘿笑。这时候，坐在自己的位置上，队服放在一旁碰都没碰过，只是全程安心打自己游戏的男人抬起头扫了她一眼："她是胖，架不住胸小啊。"

"你说什么！有没有礼貌？怎么能随便评价少女的胸！"

"前几天你在小区前的中央大街酒醉囔囔时可不是这么说的，路边酒吧老板作证。"

"都什么陈年旧事了！这梗你准备玩一辈子吗？！"

"你以为我不想快点忘记吗？"

童谣鼓着腮帮子狠狠瞪了面瘫的队长一眼，一把抱起自己的队服"噔噔噔"上楼试衣服去了。此时还是白天，外头阳光正好，童谣抖抖衣服对着阳光看了半天，最后放下衣服微微蹙眉给好友发微信——

ZGDX smiling："呼叫呼叫！新队服到手了，但是强光下好像有点透，咋整！明天拍定妆照，摄影棚灯光肯定很强啊！"

今阳那边两秒就有了反应——

阿毛它娘："屁大点事，自己不知道找件黑色内衣穿？"

ZGDX smiling："黑色？"

阿毛它娘："要不大红色？是喜庆了点，不过也不是不行。"

ZGDX smiling："想什么呢，哎哟！"

阿毛它娘："合格的女人，就应该以最性感的一面随时准备应对突发状况。"

ZGDX smiling:"突发个屁！我跟你们这些妖艳货不一样，拍工作定妆照呢，你以为结婚啊！"

阿毛它娘:"说得好！明天是你和诚哥第一次照片同框啊，我希望下一次看见你们同框是在民政局，你们的结婚证上。"

阿毛它娘:"一个美好的祝福，不用谢——我的二百五闺密拿下电竞男神，真有那么一天，我能在外头吹牛吹一年。"

ZGDX smiling:"我怎么认识你这种朋友！"

童谣回完信息直接把手机扣了扔到一边，翻箱倒柜地试图找一件合适的内衣——不是黑色也不是红色，最好是浅色——最后童谣安心地发现她的每一件内衣都非常合格，她里里外外都是一个合格又纯洁的少女系选手。

第二天早上爬起来洗头洗澡，随手套上新买的一套内衣小裤衩，待穿戴整齐的童谣下楼时，队友们都在楼下等着了，大家都穿着便服——因为怕他们提前换上衣服在车上蹭来蹭去、东倒西歪地将衣服弄皱，所以昨天小瑞统一把一套队服收起来，让他们到摄影棚那边化完妆再换。

"又要一年夏季赛啦！"老猫伸了个懒腰，拍了拍老K的肩膀，"希望今年也能顺利进入S系。"

"确定拿到全球总决赛门票那天，我会找把锁把你们通通关起来，"小瑞驱赶他们上保姆车的同时嘟囔道，"直到登机的那一天，你们别想去哪儿给我惹是生非。"

小胖:"我会跟粉丝告状说你非法拘禁,让他们制裁你。"

小瑞冷笑:"你去吧,说不定粉丝也是这么想的,还要热情地给我寄一把钥匙以及沉到太平洋底的安全锁。"

陆岳听了这话不尴不尬地清了清嗓子,摸摸鼻尖爬上车,挨着童谣坐下。童谣往里面挪了挪,肩膀不小心碰到了正在拿手机打游戏的陆思诚,后者停顿了下,回过头看了她一眼,两个人的距离近在咫尺,童谣眨眨眼问:"挤?"

陆思诚:"嗯。"

童谣反应很快地说:"陆岳下去就不挤了。"

陆岳闻言嗤笑了一声:"不照定妆照我还是你的替补,名单都递交上去了,死心吧,幼稚鬼。"

童谣用肩膀撞了他一下,他用手肘撞回来。陆思诚感觉到身边的两个人在不安分地动来动去,盯着手机屏幕拧过头:"再闹就都给我滚下去,自己打车去摄影棚。"

打闹中的两个人立刻安静了。

车开到摄影棚用了一个小时。到了地方,少年们热热闹闹地下车集合,成群拥入化妆间。

早早就等在化妆间里的化妆师们上前,替这些人整理发型,上粉底,同时就"要不要画眼线""口红要不要涂一点""眉毛要不要画"的问题跟这些直男展开斗争——

老猫:"不画眼线,看上去怪怪的。"

化妆师A:"确定吗?瑞哥你来看看,老猫用了眼线是不是看上去比较精神?"

陆思诚:"粉底涂太厚了。"

化妆师B:"啊,是吗?我看看,我看看,真的是,擦掉一点,诚哥你自己皮肤就很好啊。"

陆思诚:"哦。"

老K:"咦,这个口红什么鬼!直男不搞这个的!"

化妆师C:"K神,用这种语气说话,你跟姐姐说你是直男?"

老K:"不行吗?"

化妆师C:"不行。别动,要上一点口红,不然一会儿看起来很苍白的。"

小胖:"眉毛不画了吧?胖爷眉毛很帅。"

化妆师D:"是很帅,但是左右高低不一样,你有没有发现?"

小胖:"是吗?"

化妆师D:"是啊。"

陆岳:"我不化妆。"

化妆师E:"不可以。"

旁边一群人鸡飞狗跳,只有队中唯一的女队员与化妆师F姐姐这边倒是一派和谐,光研究底妆的颜色两个人就讨论了半天。于是等队内其他人都化好妆,弄好头发,童谣这边才刚刚上好底妆。考虑到一开始大家都是分开拍个人定妆照,琢磨着前面几个人照完了轮到童谣时，时间似乎也差不多，工作人员就没有催促，驱赶着一群大老爷们儿先到摄影棚，临走之前叮嘱童谣她们注意时间，顺便带上了门。

"瑞哥，队服你放哪儿了？"

"沙发上的袋子里。"

"换衣间呢？"

"角落里，哎呀，你随便找个地方换吧，反正又没人。"

"哦。"

此时童谣的想法是：说得也是。

队员进入摄影棚内，大老爷们儿的拍照进行得很顺利。

本来男生对照相这种事并没有"肤白、脸小、貌美、腿要长"这种乱七八糟的要求，随便站上去根据摄影师的要求摆几个姿势"咔嚓咔嚓"几张照好，然后就是三三两两随机组合地拍照，宣传时要用的粉丝福利之类的。

小瑞蹲在摄影师后面看照好的照片，一边看一边感慨："啧啧啧，我们运营商队啊，真的是电竞男模队！连小胖都是胖子里的大帅哥！"

"这种话你去年已经说过一次了，"刚拍完和小胖的下路组合双人照，陆思诚走过来看了眼相机里的照片，停顿了一下问，"几点了？该照合照了吧？"

"是啊，都几点了？咱们队里唯一的小姐姐咋还没出来？"小瑞愣了愣，看看手表，"这是要把自己化成武则天？"

第三十三章

"女人都这么磨蹭。"

当她们说要出门了,这意味着接下来她们还要洗头、吹头、梳头、化妆、搭配衣服、喷香水、选包包、选鞋子……

"说得好!诚哥,你去把她叫过来吧。"

"我去?"

"她怕你,你一露脸她就屁滚尿流地过来了。"

陆思诚低头看了下表,看时间是不早了,无奈地点点头,在众人期盼的目光下往化妆间那边走去。

而此时的化妆间内,化好妆的童谣一只手撑在化妆镜前,另一只手正拨弄着自己的睫毛,化妆师F姐姐一边收拾着自己的化妆箱一边说:"那边单人照应该也照得差不多了,一会儿他们该来催了……"

"就过去,我换队服的。"

"行,你先换队服,我给你去看看吧,差不多了的话我回来叫你。"

"好的好的,谢谢。"

童谣一边心不在焉地应着,一边在撩自己的睫毛。从镜子里看着化妆师拉开门走出去,童谣放下手,不好意思说是有陌生人在她不好直接换衣服,这会儿见室内空下来了,赶紧一溜烟跑到小瑞留下的袋子里把自己的队服掏出来,冲进换衣间里脱了身上的衬衫、大裤衩。她打开袋子一看,傻眼了——袋子里只有一条长裤,上衣并不在里面。

难道上衣和裤子分开放啦?

童谣琢磨着估计是自己拿漏了，想了下现在化妆间里应该也没人，就拉开更衣室的门，一个箭步往沙发上放着的那个袋子那边飞奔而去——

就在这时，没上锁的门"咔嚓"一下被人推开了。

"矮子，太阳落山了，你准备磨蹭——"

男人高大的身影伴随着他的声音进入化妆间内，而那声音在他掀起眼皮与绷直呈一个弓字步定格在沙发边上的人对视上时戛然而止。

童谣低头看了看自己的小兔子加胡萝卜印花内衣和小裤衩，又抬头看看安静站在原地的男人，一瞬间脑子里想到电影里女主角此时应该捂胸娇羞尖叫什么的都是骗人的——她当下能做出的反应就是张大鼻孔狂吸一口凉气整个人倒退一步。

那表情不出意外的话应该又丑又狰狞。

而陆思诚只是沉默地转过身，冷静地扔下一句"你快点"，转身，出门，关上门。

一脸茫然地盯着那死死关上的门看了五秒，脑海中不小心响起了好友今阳神圣的声音——

"合格的女人，就应该以最性感的一面随时准备应对突发状况。"

童谣这才仿佛回过神来似的蹲下身，双手扒在沙发边缘一顿狂踢！

几分钟后。

第三十三章

见陆思诚和童谣迟迟不来,陆岳成了被打发来一探究竟的第二个人。他一路走来,结果在快到化妆间的时候远远便看见了陆思诚。

"哥,你搞什么鬼?摄影棚那边在催了啊。"

走廊上悄然无声。

陆岳要找的人此时此刻正蹲在化妆间门前,化妆间大门紧紧关闭,男人一只手捂着眼,修长的脖子在白色衣领下隐约泛红,他沉默不语,发型师好不容易定型好的头发被他弄得有些凌乱。

这是陆岳长这么大,第一次看见陆思诚脸红。

第三十四章

不知道是想到了什么,陆岳的眼神变了变,他一边问"那个死矮子呢",一边走向陆思诚。走到化妆间门前,手刚放到门把上要拧开,原本蹲靠在门边的男人却站了起来,高大的身形严严实实地遮挡在了陆岳和他身后的门中间。

"你先回去。"

陆思诚声音平静,面无表情,除了头发有些乱,丝毫看不出任何一点方才那样的情绪,就好像是陆岳自己看走眼了似的。

陆岳将手收了回来:"她在里面?"

陆思诚:"在。"

陆岳:"在干吗?"

陆思诚:"不知道。"

对答如流。

陆思诚停顿了下,又说:"你先回去,她很快就来。"

陆岳盯着陆思诚的眼睛:"小瑞非要我们首发和替补照一组二

人合照,所以我才来找她。"

陆思诚"嗯"了一声,显然是懒得再就这个问题多说。陆岳见实在是从他嘴巴里撬不出什么话来,只好放弃,扔下一句"那你们快点",转身犹犹豫豫地重新往摄影棚那边去了。

走廊上又剩下陆思诚一个人,过了十几秒,他身后的门"咔嚓"一声,被人从里面打开了,门拉开一条窄窄的缝隙,从缝隙后露出一张小心翼翼的脸,在化妆间昏暗的灯光下,少女的面颊微微泛红:"你、你刚才在和谁说话?"

"陆岳。"

陆思诚转过身,看了眼门缝后面,白色的队服已经穿在了她的身上——他停顿了一下,然后用听不出多少情绪的声音说:"穿好衣服就出来,磨磨蹭蹭做什么?"

"穿好衣服"四个字差点让童谣把门把手给拽下来,紧紧地握住手中金属的把手,门被拉开了些,身着ZGDX战队夏季赛队服的少女像条泥鳅似的从门后滑出来。

白色的夏季赛队服穿在她身上和穿在其他队友身上的画风不太一样,露在短袖外面的白皙细胳膊将原本白色的队服都衬得变成了生成白—— 一看就像是常年宅在室内不肯出门捂出来的那种颜色。

陆思诚什么也没说,扫了她一眼转身走在前面带路。

气氛那叫一个尴尬。

童谣背着手一路小跑跟在后面,拼命给他找台阶下:"你刚才看见什么了?"

识相点，陆思诚会说"什么都没看见"，然而没想到走在前面的人脚步顿了一下，诚实道："什么都看见了。"

童谣脚下踉跄了一下，差点踩着陆思诚的后脚跟。她站稳了，抬起头："跟你说了多少次进房之前要敲门！"

"刚才陆岳也没敲门就想要开，"陆思诚顾左右而言他，"是我拦住了。"

"说你呢，扯什么陆岳！"

"你都在化妆间一个小时四十分钟了，我开门进去看到你保持那种状态、那种穿着、那种姿势在化妆间里闲晃的概率和我开门进去发现你已经莫名其妙死了的概率基本五五开。"

摄影棚的入口就在不远处，远远地还能听见小胖大声问陆岳："你不是去找我们少女中单了吗？人呢？"

童谣犹如抓到救命稻草，伸长了脖子正想回应她在这儿，没想到就在这时，走在她前面的男人突然停了下来——童谣微微一愣抬起头，从她这方向只能看见男人宽阔的肩，还没等她反应过来他为什么停下，便突然听见男人淡淡道："但是，抱歉。下次会先敲门。"

童谣的大脑放空了。

三秒后，一个巨大的弹幕飞进了她的脑子里——

队长大人在道歉。

跟我。

上一秒还只是感觉到尴尬和羞涩的脑袋忽然间"轰"的一下炸开了，她举手"啪"的一下捂住自己顿时红得可以煎荷包蛋的脸,手掌拖住面部肌肉使劲往下拉,整个人"嗖"的一下蹲了下去,脸几乎快要埋进膝盖里:"你、你有毛病啊!干吗突然一本正经地道歉!"

原本背对着童谣的男人转过身,看着蹲在地上的人,他嘴角抽搐了一下,伸手拎着她的小细胳膊将她从地上拎起来,无视那张红得像是煮熟了的虾的脸,男人淡淡地道:"我还以为你需要一个一本正经的道歉。"

"对对对,是是是,要的,"童谣红着脸狠狠瞪他一眼,"在古代你这样搞是要娶我的。"

陆思诚:"这惩罚好像有点过分了。"

童谣:"……"

陆思诚:"别蹬鼻子上脸。"

童谣立刻屁滚尿流:"对不起!"

陆思诚放开她的胳膊,保持面瘫转身抬脚往摄影棚那边走,剩下童谣一脸生无可恋,乖乖跟在他屁股后面,对于自己一紧张就瞎说话的臭毛病佩服得五体投地。

两个人前后脚进入摄影棚,小胖最先看见童谣,眼睛一亮正想说你们终于来了,结果一眼看见低头走在陆思诚后面的童谣,又嚷嚷:"童谣,你脸怎么了?"

这一嚷嚷把所有人的注意力都吸引过来了。

陆思诚回过头瞥了童谣一眼,后者"哗"的一下抬起头,强装镇定地将碎发别至耳后,清了清嗓音问:"什么怎么了?"

"红。"坐在一旁的陆岳面无表情,"你俩刚才做什么去了?"

第三十四章

如果视线也能有音效，那么现在众人看向童谣和陆思诚的目光应该是武侠片里那种"哐哐嗖嗖嗖唰唰"的刀光剑影之音。

"跑来的。"陆思诚淡定道，"不是赶时间？"

陆岳："跑过来的你怎么没反应？"

陆思诚："我腿长。"

陆岳不说话了。

这时，童谣在摄影师的催促下走进摄影棚，开始拍摄她的单人定妆照。

童谣是最后一个拍摄单人照的，战队的宣传合照都是单人照然后由后期美工合成变成一张图，所以考虑到后期难度，会对队员单人照的姿势做出一点要求。比如此时，摄影师便要求她双手抱臂，下巴微微上扬对准镜头，微微垂下眼。

稍微熟悉一点战队宣传照基本规则的人都知道这姿势肯定是最后要放在中间的人才会摆出的姿势，这是何等给她面子外加看中她？在队内还有个陆思诚的情况下，新人这么有面子地压其锋芒地站中间啊——换了别人怕早就欣喜若狂，可惜某人却还在那儿叽叽歪歪："这样？这样？下巴抬那么高？确定吗？大叔，这样搞脸会不会显得很大啊？垂下眼，眼睛不是没了吗？本来眼睛就不大哎……"

摄影大叔："会。"

摄影大叔："但是这样才霸气，想象一下自己是女王。"

童谣一脸茫然："女王？"

小瑞站在旁边看着她，满脸都是想要拿根棍子冲上去将她一棍子敲晕的冲动。陆思诚跷着二郎腿坐在旁边,看似低头认真玩手机,冷不丁冒出一句:"你们让个拇指姑娘装女王,好歹也考虑一下人设本身的不可塑造性。"

最后是摄影大叔亲自指挥助手摁着童谣的脑袋强行让她摆出合适的姿势,"咔咔"疯狂摁快门,勉强照出个差不多感觉的,接下来就只能看后期的发挥了。

单人照之后是小瑞强烈要求的双人照。

"要一种宿命对决争夺的感觉,激烈碰撞的,充满杀气的,替补与首发之间无声的战争感,要制造出你俩之间因为竞争关系而产生的矛盾感!"

小瑞努力在给童谣和陆岳讲戏,陆岳全程面无表情,也不知道在没在听,童谣一脸似懂非懂地跟着点头,陆思诚伸长了腿道:"这两个人不是天天都在激情碰撞,充满杀气,无声的战争感充满整个基地?拿出你们抢椅子时傻乎乎的感觉,小瑞要的其实是你们的本色演出。"

童谣远远地翻了陆思诚一个白眼。

晚上,被摆弄了一天的众人筋疲力竭地回到基地,童谣瘫软在座位上用手机给众人点外卖,正一个个问过去大家都想要吃什么,这个时候回到电脑跟前的小胖突然"哇"了一声,童谣吓得手一抖,手机差点扔出去,艰难地从沙发上抬起头:"怎么了?"

"官博发了下午照的定妆照图透啊!"小胖指着屏幕说,"这张照片照得真的不错!"

第三十四章

童谣闻言,想想下午被迫摆出来的各种大脸眯眯眼造型还真有点小紧张,赶紧登录微博刷了下首页,结果微博刷新的第一条就是ZGDX战队官方微博刚刚发的一张被转成热门微博的照片。

童谣的眼皮跳了跳。

照片里的是她和陆岳。

神一样的后期美工将摄影棚周围的光线都调暗了,一束光从童谣的左边打过来,她的半张脸于光线之下,半张脸于黑暗之中。在她的身后,与她背靠背的少年比她高出许多,他背对着镜头正面,像是童谣身后的一座高大的山影,他微微往光源的方向偏过脑袋,一束光照在他高挺的鼻梁与淡漠的嘴角,他微微垂着眼,长长的睫毛在眼下投下一小片阴影。

少年正处于成熟与稚嫩之间,眉宇之间隐约可见英气。

照片被转发两千多次,只是底下的评论炸了——

那个少年是陆岳啊:"啊啊啊!我们律!"

她的王:"啊啊啊!我女神smiling!"

ZGDX大于ALL:"这照片感觉不错。"

咦哈哈:"新一代'光与影'诞生了,越来越期待夏季赛。"

狗子短腿:"新夏季赛队服挺好看,嘿嘿,ZGDX战队就该是蓝白色的。"

阿岳岳的小妻子:"我好酸,这挂在卧室里难道不是结婚照?Excuse me?"

我就路过:"这意思是律确定这赛季也在名单上了对吗?看这照片要传达的意思——首发smiling,替补律。"

给我一只大象:"诚谣党抱紧我!坚定自己的立场!不要随便动摇!"

阿潼:"热门第一那个诚谣党你好,我是岳谣党,从今天开始本党派异军突起了。"

童谣盯着这张照片看了一会儿,又翻了翻评论区,良久"咦"了一声,爬起来转头去看陆岳。此时陆岳手中也正拿着手机垂着眼目光平静地看屏幕,仿佛是感觉到童谣的目光,他掀起眼皮扫了她一眼——

两个人的目光在空中对视三秒,然后互相甩给对方一个大大的白眼,相互嫌弃地挪开了视线,童谣重新瘫倒回沙发上。

"我让官博发的这照片,"小瑞飘进大厅,"在名单正式公布之前,让能看明白怎么回事的人都看明白,这个夏季赛我们ZGDX战队还是有两个中单。"

"看明白的人不多,"陆思诚在旁边凉飕飕地说,"大多数人还是以为贵队两个中单在民政局登记结婚了。"

童谣"噌"的一下从沙发上爬起来,腰杆挺直,双手放在膝盖上,瞪大眼一脸无辜地看着不远处的队长大人,小瑞也跟着愣了愣:"大多数人?谁啊?"

"我妈,"陆思诚指指陆岳,"手机五个未接来电,微信十几条未读,全是在问她小儿子是不是有女朋友了,怎么情侣照还发官方微博去了。"

陆岳闻言一愣,赶紧抓起手机拨通某个电话,转身出去打电话澄清绯闻去了。

第三十四章

童谣庆幸她妈不刷微博,但是她忘记了自己还有个刷微博的闺密,所以在陆岳转身出去不超过五分钟,隔壁队伍的中单直接带着今阳登门拜访。童谣拉开门的第一时间,她那身高一米七二还要穿高跟鞋的闺密的大爪子就落在了她的肩膀上:"照片不错。"

感觉到身后一束目光射过来,童谣背脊一紧:"别瞎说!咱们队禁止内部消化。"

今阳笑靥如花:"我什么也没说啊朋友。"

后面那束目光变成了"目光如炬",童谣忍无可忍地转过头,却发现身后一个人都没有,小瑞在打电话,老猫和老K打开电脑双排起来,小胖蹲在冰箱跟前翻来翻去,陆思诚坐在沙发上低头玩手机——

每个人都很忙的样子。

童谣长吁一口气,将艾佳扔给自己的队友,推着今阳上楼。今阳一边走一边说:"我进来时看见男主角了,在外面打电话——听说和陆思诚是亲兄弟是不?长得真的有点像,第一眼我都差点认错,要不是陆思诚高点的话……帅也是真的帅啊,那一瞬间我都产生电竞圈遍地是小帅哥的错觉了。"

"然后呢?"

"然后我怎么就在遍地都是小帅哥的圈子里拣了艾佳这么个残羹冷炙?"

"喂,楼上的,我听得见啊!"

楼下传来艾佳的声音,今阳做了个鬼脸,然后拉开童谣的房间跟她进去说悄悄话。此时童谣身上还穿着夏季赛的队服,因为没洗过，队服有点硬，童谣回房间就要脱了换舒服的衣服——她脱衣服的时候今阳盘着腿坐在她身后，看着站在衣柜前的人掀起队服露出底下的内衣，顿时"啧"了声："你穿的这什么东西？"

"内衣。"童谣面无表情地转过身，"怎么样？"

今阳的目光从那幼稚印花的内衣边缘一扫而过，边缘上方细嫩的白肉微微鼓起，被勒出一条曲线，往下是平坦的小腹，内裤虽然也是幼稚印花，但是也是小心机的两旁系绳款，绳子系成两个蝴蝶结。

今阳单手撑着下巴，意味深长地"唔"了一声："我现在觉得我可能搞错了一件事。"

"什么啊？"童谣转过身抓过一件衬衫套上，随口问。

"搞不好也是有人吃这一款的。"

"但是如果真的有人吃这一款，你就要小心了，毫无疑问他会是个变态。"

童谣转身将换下来的夏季赛队服往身后那人的脸上捂，后者叫了一声，哈哈笑着往床上倒去，两个人闹作一团，于是被压在下面的人根本没办法发现此时嚷嚷着"你赶紧闭嘴"的人脸上红得不太正常。

两个人闹着，童谣的手机突然振了，她气喘吁吁地爬起来抓过手机一看，屏幕上一大串乱码ID，发过来的话却极为简单——

fhdjwhdb2333："外卖送来了。"

fhdjwhdb2333："钱我给了。"

fhdjwhdb2333："下来吃饭。"

第三十四章

童谣:"啊!"

今阳跟着爬起来:"干吗?"

童谣伸手扒了下头发:"外卖送来了。"

她爬下床,抓着手机飞快发了三条微信——

"别别别!"

"我来给我来给,今天说好我请客!"

"这就来!你别冲动!"

童谣发完微信将手机往口袋里一揣,踩着拖鞋就急急忙忙要下楼,拉开房门听见楼下传来大家走动拿碗筷的声响,她加快了步伐准备下去把外卖钱给陆思诚,这时候她听见陆岳说了声:"哥,手机借我用一下,我手机没电了。"

童谣没细想就"噔噔噔"下楼,结果楼梯下了一半听见楼下陆岳的声音突然停顿了下,然后疑惑道:"这个备注名'兔子抱紧胡萝卜'的人是谁?他发微信跟你说他这就来,让你别冲动,别冲动什么?"

陆岳声音刚落,众人便听见从楼梯那边传来"吧唧吧唧哐哐哐"的巨响,伴随着少女"啊"的一声惨烈痛呼。众人震惊地转过头,随即便看见他们的首发中单狼狈地坐在楼梯下面,拖鞋不翼而飞,保持着刚刚从楼梯上滚下来用屁股着地的狼狈姿势。

"童谣你没事吧?"

"跑什么啊?有那么饿?"

"快起来快起来……摔哪儿了?扭着脚没?"

众人震惊之后一拥而上。

唯独陆家兄弟二人站在原地,陆思诚扫了楼梯那边整张脸都痛得皱起来、扶着自己的腰被小胖从地上拎起来的人一眼,然后扭开脸,将自己的手机从陆岳手中抽回来:"没谁,好奇心那么重你?用手机就用,乱看什么?"

第三十五章

半小时后。

陆思诚躺在床上打游戏,房间门被人从外面一脚踹开,他掀了掀眼皮,看着自家首发中单扶着腰从外面走进来。

"所以,你都看见了。"

眼前的光被横在自己跟前的人挡住,男人打游戏的手一顿,从手中PSP上方边缘扫了一眼站在床前的人,而后垂下眼,继续打自己的游戏,完全没有要理她的意思。良久,当童谣开始怀疑他是不是聋了,男人才言简意赅地扔出三个字:"又不瞎。"

童谣感觉自己的脸开始燃烧:"那图案很小的!"

"哦,但是我看见了。"

游戏机里传来"砰砰砰""啪啪啪"的声音,而童谣也在脑海中用AK-47模拟爆头眼前的人无数次。

"备注删了。"

"你进来也不敲门。"

"备注删了。"

"什么备注?"

"备注删了。"

"听不懂你在说什么。"

"备注删了。"

"当初我让你删微博的时候你怎么说的?——不。"

陆思诚翻了个身,背对童谣。童谣倒吸一口凉气,扑上去摇晃他:"那都是多久以前的事了你记仇到现在,再说难道不是你把门甩我脸上在先,你怎么能这么记仇!"

陆思诚被晃得烦了,手中的游戏机"啪"的一声掉在枕头上。他转过身来,稍稍坐起来一些,一只手撑着头,脸上露出似笑非笑的表情:"你不是也记得很清楚吗?"

童谣盯着男人这邪性的表情看了许久,一瞬间还以为他被陆岳鬼上身。两人相互瞪视片刻,她盘腿在陆思诚的床边坐下来,试图跟他讲道理:"你这备注太奇怪了,以后要是被谁看见了我那套……那什么,再联想下你的备注,你觉得人家该怎么想?"

陆思诚不笑了,他扫了一眼坐在自己床上、下巴放在床边缘的一脸真诚的少女,淡淡道:"你还准备给谁看你那个样子?"

说得也对啊!但是现在好像并不是钻这个牛角尖的时候。

童谣:"当然不准备再给谁看,但是你这样我很不安。"

陆思诚:"不安什么?"

童谣:"你有没有觉得给一个队友的微信备注用她的内衣图案命名这种行为……好似一个变态?"

第三十五章

"变态?"

陆思诚在童谣认真的注视中,他勾起嘴角,身体微微前倾凑近了此时下巴放在他床边缘的人——当两人的距离靠得极近,他能感觉到床边的人立刻屏住自己的呼吸,瞳孔微微缩小,原本放在床上的手指悄悄捏住了床单,就像是一只随时准备炸毛的猫科动物。

陆思诚伸出手,修长而微微冰凉的指尖碰了碰她的耳廓,看着被他碰到的白皙皮肤以肉眼可见的速度染上血色,男人嘴角的笑变得更清晰了些。

这一刻,童谣仿佛能感觉到自己的心都快从胸腔里如同异形一般突破肋骨而出。

陆思诚的瞳孔是深棕色的,像是巧克力的颜色。

男人陌生的气息近在咫尺。

此时他们真的很近很近,近到只要她稍稍不经意地往前,几乎就能碰到对方那轻轻翘起的嘴角……

童谣觉得自己站在了死亡的边缘。

直到男人的大手方向一转,在她耳边的手突然整个扣住她的脸,洗手液的淡香钻入鼻中,她的脑袋被人不轻不重地往后推了一把。

"要变态也不是对着你这样的变态,当我没审美啊?你疯了还是我傻了?"

男人冷淡的声音传来。

童谣整个人后仰,定格在被推开的姿势,盯着陆思诚房间的天花板发呆十秒,直到脸上的温度终于冷静降下,她僵硬地转过自己的脖子,看着重新转过身背对着自己捡起PSP继续打游戏的人。她沉默地从地上爬起来,叉腰站在他身后。

男人像是丝毫未察觉她的目光如炬。

终于,当她炙热的视线在那宽阔的背上扫来扫去,扫到第十个回合依然未动摇某人时,童谣垂下眼,忍无可忍地抬起脚泄愤似的踹了那结实的、没有一丝赘肉的腰一脚,扔下一句"算你狠",转身犹如愤怒的哥斯拉,脚下踏着火焰离开了陆思诚的房间。

房间门被"哐"的一声摔上,连窗子都震动起来。

片刻,当房间终于陷入沉默,只剩下男人手中游戏机的音效时,始终背对着门的他放下手中的游戏机,停顿了一下,抬起手挠了挠方才被踹了一脚的腰。

不痛不痒的。

"啧。"

当晚,童谣做了一晚关于兔子和胡萝卜的噩梦。梦中,她变成了一根胡萝卜,被一只毛茸茸的兔子疯狂追逐,最后那只兔子抱着她用毛茸茸的脸使劲蹭她,那白色的毛发全部跑进了她的鼻孔和嘴巴里,搞得她快要窒息!

"你这兔子不要这么变态!"

梦中童谣拼命挣扎着想要推开这只讨厌的兔子,她使劲地推开它的脸,而就在童谣推开它的一瞬间,兔子的脸变成了她家队长大人的,英俊的男人目光冷淡、面色淡定。

第三十五章

"要变态也不是对着你这样的变态,当我没审美啊?你疯了还是我傻了?"

声音是带立体环绕的那种,于是成功地把童谣从噩梦中吓醒。

睁开眼,看着窗外乌压压的天气,已经是早上九点,太阳却丝毫没有要露脸的意思。接近六月,已经到了上海的雨季。

中央空调的温度在这种阴天有些凉,童谣摸了摸自己露在被子外起了一片鸡皮疙瘩的手臂,伸手将毛茸茸坐在自己脸上的大屁股,尾巴几乎快塞进她鼻孔里的猫从她枕头边推开。她坐了起来,拽过浴巾:"大饼,你再在我睡着的时候把屁股坐我脸上,晚上你就滚去外面睡。"

优雅地跳到地板上的大肥猫回头瞥了她一眼,回答她:"喵。"

这当然是来自偶尔任性的铲屎官的迁怒。

童谣磨磨蹭蹭地洗澡,穿衣服,抹护肤品,下楼时已经接近中午,队友们大部分都已经起床开始一天的训练——夏季赛快到了,有时候比赛会安排在下午一点半就开始,因为害怕长期熬夜会让这些颠倒黑白的家伙没办法适应比赛时间,所以最近俱乐部也稍微对队员的作息进行管制。

童谣下楼的时候,陆思诚正拿着手机准备出门——

男人身上穿着长袖卫衣外套,里面一件白色衬衫,裤子是宽松的短裤,当他站在玄关弯腰穿上跑鞋并戴上耳机时,他看上去就像是隔壁某个体育大学出来的大学生。

虽然大概很少有大学生会穿价格是五位数的跑鞋。

童谣停下下楼的步伐,趴在楼梯上问她的队长:"诚哥,去哪儿啊?"

耳机大概还没打开,男人停顿了下,微微扬起下巴看了她一眼,而后拽下耳机淡淡道:"隔壁队的AD在商场走丢了,我去接他。"

隔壁AD?

那个教皇啊。

童谣:"隔壁队AD走丢了跟你有什么关系?"

陆思诚脸上的表情更加放空了:"因为今天他们战队的翻译有急事回家,而他微信里会韩语的就只有我一个。"

陆思诚把耳机塞了回去。

童谣:"外国人刚来这儿就自己逛街是什么毛病?"

陆思诚:"隔壁辅助也就是他们队长凉生一起陪着去的,中间走丢了。"

童谣:"哦。"

童谣三两步跳下楼梯,在男人抬脚要走时伸手一把拽住他的衣角,后者身形一顿,回过头,见身后的人仰着小脸,一脸关切道:"外面要下雨了,带伞。"

童谣:"淋雨要感冒的。"

陆思诚顿了顿,扫了一眼不远处正埋头打游戏的队友们,而后稍稍弯下腰用只有两人能听见的音量道:"你知道哪怕是这样献殷勤,我也不会把备注改掉的。"

一脸被识破似的,少女关心的表情立刻垮下来,放开男人的衣服后退几步,扔下一句"好走不送",转头去冰箱给猫开罐头去了。男人看着她弯着腰,撅着屁股蹲在冰箱前摸索了一会儿,片刻之后冷笑一声,转身离开。

陆思诚走后的十分钟,外头狂风大作。

陆思诚走后的十五分钟,外头天空传来一声闷雷。

陆思诚走后的十七分钟,外头风雨交加。

靠在客厅的沙发上,看着豆大的雨滴噼里啪啦地打在窗户上,童谣裹紧了身上的外套,懒洋洋地打了个哈欠,笑眯眯地说风凉话:"上海的天气呀,真是多变到叫人欲罢不能,真诚希望诚哥是开车去的。"

"他车昨天送去保养了啊。"小瑞从客厅淡定飘过。

童谣微微眯起眼,脸上的笑容变得更加灿烂——但是几分钟后,她就笑不出来了,因为刚刚从客厅淡定飘过的战队经理又回来了,他手里抓着手机,看了一圈一楼的所有人:"诚哥说没带伞,你们谁送去啊?就在附近商场。"

又到了即将结算工资的日子,所有人都在卖力打游戏上分,打响工资保卫战,只有早就稳坐王者位置的中单同志蹲在沙发上撸猫。

她一脸茫然地抬起头,与战队经理对视几秒,下意识脱口而出:"不好吧?我很忙!"

"忙个屁,就你了!多带几把伞,隔壁战队那两个人也没带伞。"小瑞将童谣从沙发上拎起来,"你当初刚来的时候不也是诚哥百忙中抽空带你去商场买日用品吗?做人要知道感恩……"

"我是白眼狼。"

"别啰唆,你给我动起来。"

最后童谣无奈地爬起来，穿衣服，梳梳头，看了眼外头的倾盆大雨，她又叹了口气，一只手"嘭"地撑开自己的伞，腋下还夹着三把大伞，跟站在玄关叉着腰一夫当关、万夫莫开的战队经理说："我去了，大概二十分钟到，因为腿短走得慢，你让他自己找个暖和的地方等我。"

"去吧去吧。"

童谣出门了。

出门的时候她发了个微信给陆思诚，问他人在哪儿，找到他的好友教皇了没，自己出发了，到了打他电话。手机握在手里等了十分钟陆思诚也没有回复她，她嘟囔了声"不会手机没电了吧"，将手机揣好，加快了脚下的步伐。

外面的风雨是真的有点大，一把伞根本不顶什么用，等童谣到小瑞告诉她的那个商场时，她已经被风吹进伞下的雨淋得不成人形。商场的冷气一吹，她哆嗦了一下，打了个喷嚏，掏出手机拨通陆思诚的电话，电话那边先是一阵沉默，而后传来叫人绝望的语音提示："您拨打的用户暂时无法接通，对方已经启用来电提醒功能……"

童谣将手机从耳边拿开，像是看什么怪物似的盯着手机看了一会儿。她在商场入口呆立片刻，回头看看身后偌大的商场，顿时感觉到一阵令人窒息的绝望。

童谣给小瑞发了个信息告诉他联系不上陆思诚，然后她开始在商场的每一层每一个咖啡厅找她的队长。这个时候她还对自家队长的智商抱有一定的期望——

第三十五章

直到她在第三层的某个蛋糕店里遇见了同样一脸茫然加焦急的隔壁队辅助加队长凉生。

那个看上去大概比童谣还小一两岁的少年身上穿着短袖，头发毛茸茸的，长相一看就是性格温暾脾气好的小可爱，在看见童谣的一瞬间，他双眼一亮，像是抓到了什么救命稻草一样冲上来一把握住她的手："是隔壁运营商队的中单吧？请问你现在有空吗？能不能帮我一个忙？"

童谣："我知道你在找你家AD，我也在找我家AD——据我所知，大概在半个小时前你家AD走丢以后，发了个微信说自己迷路了，找我家AD来救他，然后我家AD就出发了……半个小时后，我家AD和你家AD携手失踪，手机关机，我是来找他的。"

童谣抽回手，拍拍凉生的肩膀，感慨自己终于找到了战友："你快给你家AD打个电话，让他给我家AD接电话。"

凉生"哦"了一声，却没有动作。

童谣："你不会没他电话吧？"

凉生："他又不会中文，我留他电话干吗？"

童谣"啪"的一下捂住自己的脸，然后"一个人的孤独之旅"变成了"两个人踏破铁鞋无觅处的绝望之旅"。她和凉生一块儿漫无目的地寻找起他们要找的人。

直到又过了半个小时后，在童谣他们恨不得把这个商场倒过来抖三抖的绝望中，他们来到顶层的儿童乐园区，远远地便听见各种游戏设施"砰砰砰"的声音。童谣捂着耳朵问凉生："两个加起来身高快接近四米的人不可能这么幼稚跑来这个地方吧？"

话音刚落,她便发现此时身边的少年正眼睛发直地盯着前方不远处——那是一排各种形式的夹娃娃机。

童谣顺着他的目光看去,轻易便看见那一大排机器的其中一台跟前挤满了人,而人群中间站着两名身材高大、长相惹眼的雄性生物。在周围小女生倾慕、小朋友羡慕的目光中,他们其中一人手上拎着一麻袋夹起来的各式小玩偶,斜靠在那还没他高的夹娃娃机器上;另外一个人的脖子上挂着一个巨大的皮卡丘,此时他正站在那台娃娃机跟前,修长的手指操控着遥控杆,稳稳地将一只巴掌大的玩偶夹起来。

周围的人都惊呼着"好厉害哦""这都第几个啦""这一排机器都快被他们清空了",他垂着眼,神情淡漠,跟无数次童谣看着他操控着游戏人物无情捶爆敌方基地的时候一模一样。

少女风中凌乱地站在原地,而她身边的少年已经一脸感动地喊着斜靠在那台娃娃机上的红发男人的游戏ID冲了上去,拼命挤开人群,挤到他面前,一把抓住他的手腕比手画脚地说了些什么。

陆思诚弯下腰将刚抓到的娃娃从机器里取出来,直起腰扫了眼找到自家AD后一脸感动的隔壁战队辅助,这时候他似乎是感觉到了什么似的回过头看了一眼,随即便看见站在他身后,腋下夹着三把大伞,手里还拎了一把,此时此刻正满脸黑线地看着他,死活不肯靠近的自家中单。

陆思诚掏出手机想看看时间,这才发现手机没电自动关机了。

他将手机揣回口袋里,余光瞥见友人正一脸歉意地说着"sorry",将手中抓来的那一麻袋玩偶尽数塞进了少年的怀中,简

第三十五章

单的韩语随即蹦跶出来。陆思诚贴心地帮忙翻译:"他说很抱歉,这些玩偶送你。"

陆思诚走到童谣跟前,将她抱着的几把伞接了过去,问:"找很久了?"

童谣活动了一下胳膊:"一个小时。"

陆思诚"哦"了一声,低下头正想让童谣叫个车他们打车回去,结果一低头发现站在他旁边的人眼睛还盯着隔壁辅助怀里的那一麻袋玩偶,他停顿了一下,问:"你干吗?"

童谣收回目光,撩了撩头发,目光轻飘飘地从陆思诚脖子上挂着的皮卡丘身上一扫而过,淡定地答道:"没干吗,回去了,我快冻死了。"

说完转身往回走。

男人停顿了一下,转身跟上。

童谣埋头在前面走,走着走着突然感觉到脖子上一沉,有什么东西压在她的背上,她停住脚步,低下头看了看圈在自己脖子上的皮卡丘的爪子,抬起头一脸茫然地回过头。男人将手中最后抓来的那个娃娃塞进她手里,拍拍她的脑袋:"外面雨还没停,用软件叫个车。"

童谣"哦"了一声,双眼发直地低下头,发现手里拽着一只粉色的垂耳兔玩偶,兔子怀中抱着一根胡萝卜。

玩偶,很可爱。

《你微笑时很美1》完